Duke of Pleasure
by Elizabeth Hoyt

黒の王子の誘《いざな》いは

エリザベス・ホイト
緒川久美子[訳]

ライムブックス

DUKE OF PLEASURE
by Elizabeth Hoyt

This edition published by arrangement with
Grand Central Publishing, New York, USA
through Tuttle-Mori Agency, Inc., Tokyo

黒の王子の誘《いざな》いは

主要登場人物

アルフ……………………………………情報屋
ヒュー・フィッツロイ………………カイル公爵
クリストファー（キット）…………ヒューの長男
ピーター（ピーティー）……………ヒューの次男
アイリス・ダニエルズ………………レディ・ジョーダン。ヒューの亡妻の友人
ゴドリック・セントジョン…………セントジャイルズの亡霊
マーガレット（メグス）……………ゴドリックの妻
コペルニクス・シュラグ……………国王の個人秘書
デイヴィッド・タウンズ……………チルドレス子爵。ヒューの亡妻の弟
ジェンキンズ…………………………ヒューの部下
ライリー………………………………ヒューの部下
タルボット……………………………ヒューの部下

1

むかしむかし、白の王国と黒の王国という、時の始まりから争っているふたつの国がありました……。

『黒の王子と金色のハヤブサ』

一七四二年一月
イングランド、ロンドン

カイル公爵ヒュー・フィッツロイは、まだ死にたくなかった。理由は三つある。
時は零時三〇分過ぎ、場所はコヴェントガーデンの近く。前方の寒々しい路地から風体の悪い男たちが突然わいて出た。ハプスブルク大使の晩餐会からの帰り道だったヒューは、右腕に抱えていたウィーン産のワインを左脇に持ち替え、剣を抜いた。
さて、死にたくない理由のひとつ目は長男のキット。スタッフィン伯爵であるこの子は、まだ七歳だ。親を亡くして公爵を継ぐには幼すぎる。

今、ヒューの隣では明かり持ちの少年が凍りついたようにかたまっていて、その手にさげられたランタンが狭い路地に小さな光の輪を作っていた。恐怖に目を見開いている少年は、せいぜい一四歳というところだろう。振り返るとうしろからも数人の男が迫っていて、はさみ撃ちにされたのがわかった。

さて、理由のふたつ目は次男のピーター。この子は五カ月前に母親を亡くして以来、今でも悪夢を見る。このうえ父親まで失ったら、どうなってしまうか。

もちろん、この悪党どもがただの追いはぎということもありうるが、その可能性は低い。追いはぎはふつうもっと小さな集団で襲ってくるし、これほど組織立っていない。そして彼らの目的は犠牲者を殺すことではなく、金を奪うこと。

つまり、目の前にいる男たちは殺し屋だ。

三つ目の理由。ヒューは今、〈混沌《こんとん》の王〉を壊滅させるという重要な任務を国王陛下から託されている。なるべくなら、任務は最後までやりとげたい。そうすれば少なくとも、一日を満足感とともに終えられる。

だから、まだ死ぬわけにはいかないのだ。

「走って逃げろ」ヒューは明かり持ちの少年に指示した。「やつらが狙っているのは、おまえではなくわたしだ」

ヒューは一番近い敵である背後の三人に向き直り、突っ込んでいった。

リーダーらしき大男が棍棒《こんぼう》を振りあげる。

ヒューはそいつの喉に水平に切りつけた。深紅のしぶきをあげて、リーダーが倒れる。だが二番目の男はすでに棍棒を振りあげていて、ヒューの左肩に骨がきしむような一撃を見舞った。ヒューはワインのボトルを落としそうになって危ういところでつかみ直し、男の股間を蹴りあげた。二番目の男が体をふたつに折ってよろめきながら三番目の男にぶつかったところを、その頭越しに三番目の男の顔に拳を叩き込む。

背後に足音が響いた。

急いで向きを変えると、路地の前方からも男が襲いかかってくるところだった。剣でナイフを受け止め、そのままナイフを握っている手まで刃を滑らせる。

ぎゃっという叫びとともに血が飛び散って、ナイフが冷たい石畳の上に転がった。

男は怒り狂った牡牛《おうし》のように、頭をさげて向かってきた。

ヒューは一九三センチの大きな体を汚い路地の壁に寄せ、脚を一本突き出して牡牛を引っかけた。転がっていた三人の上に男が倒れ込む。

反対の壁に張りついていた明かり持ちの少年は、この隙にようやく倒れている男たちのあいだを抜けて逃げていった。

明かりがなくなり、空の半月だけが路地を照らす。

ヒューは不敵に笑った。

彼には、暗闇の中で間違えて殴ってしまうのを心配しなければならない仲間はひとりもいない。

ヒューは牡牛のうしろにいた男に突進した。悪党どもはいい場所を選んでくれた。両端以外に脇道のない狭い路地なので、ささやかながらも彼に有利な点がある。相手がどれだけ大勢でも、一度にせいぜいふたりしかかかってこられないのだ。残りの者たちは、うしろで親指でもまわしながら順番を待っているしかない。

ヒューは男を切り、肩で押しのけた。頭のてっぺんを殴られて一瞬くらっときたが、頭を振ってめまいを払い、相手の顔に容赦なく肘を叩き込む。次の男には腹に蹴りを入れた。そのとき、明るい路地の出口がちらりと見えた。

紳士たる者、敵に背を向けるべからずと考える者がいるのは、ヒューも知っている。だがそういう人間は、実際に戦ったことがないのだ。

それに彼には、殺されてはならない重要な理由が三つもある。

いや、よく考えてみると四つ目もあった。

ヒューは左脇にウィーン産のワインを抱え、右手に剣を握って、路地の出口へと走った。薄く氷の張った石畳の上を全速力で駆け抜け、明るい通りへと滑り出る。

しかし左からすでに、六人の襲撃者が迫っていた。

いまいましい。ヒューは毒づいた。

四つ目の理由。彼は九カ月以上も女を抱いていない。そんな状態で死ななければならないとしたら、運命は残酷だ。

ヒューはワインを落としそうになりながら、急いで右に向きを変えた。さっき叩きのめした男たちが狭い路地で立ち直りつつあるのを横目に、ロンドンの最貧民街であるセントジャイルズへと走る。殺気立った男たちは、すぐうしろまで迫っていた。このあたりの通りは狭くて明かりはほとんどなく、道は舗装されている部分もでこぼこだ。氷で滑ったり敷石が欠けている部分につまずいたりすれば、二度と立ちあがれないだろう。

彼は狭い路地に入り、すぐにまた別の路地へと折れた。

うしろで怒鳴っている声が聞こえて、ヒューは焦った。ふた手に分かれてはさみ撃ちにされたら、逃げられなくなってしまう。

彼ほどの大男がセントジャイルズみたいな場所で隠れ場所を見つけられるとしても、今は追っ手とのあいだに距離がなく、探す時間がない。ヒューは狭い中庭に駆け込み、四方を囲むように立っている建物を見あげた。雲でかすんだ月明かりに、屋根から屋根へと飛び移る少年の影が一瞬見えたような……。

いや、そんなことはありえない。

頭を使わなければ。ぐるりとまわってやつらの背後に出たら、今来た道を逆にたどって逃げられる。

狭い道に飛び込むと、すぐに別の小さな中庭に出た。

くそっ。

やつらはすでに、残りふたつある出口をふさいでいる。

ヒューはあわてて向きを変えて引き返そうとしたが、そちらにもすでに一〇人以上がひしめいていた。

さて、どうしようか？

ヒューは唯一残された壁に背中をつけ、身構えた。

本当は、ワインはふつうに飲んで味わいたい。彼はウィーン産のワインが好きなのだ。

ぼろぼろの茶色いコートをまとい、赤い首巻き《クラヴァット》をつけた背の高い男が歩み出る。その態度の大きさから演説でも始めるのかとヒューは思ったが、そいつは黙ったまま大人の男の前腕ほどもあるナイフを抜いてにやりとすると、ナイフの刃に舌を這《は》わせた。

まったく、いかれている――。

男がそれ以上何をするのか見届けず、ヒューは一瞬で距離を詰め、ウィーン産の高級ワインをその頭に叩きつけた。

残りの男たちが襲いかかってくる。

剣を振るうと、肉を切る手応えが腕に伝わってきた。

別の男の顔面に切りつける。

ふたりいっぺんにかかってこられて、ヒューはよろよろとあとずさりした。

顎をしたたかに殴られ、さらに膝の裏を殴打される。

ヒューは凍りついた地面にがくりと膝をつき、罠にかかって血を流している熊のようにうなった。

腕をあげて頭をかばう。

そのとき……。

彼の前に空から何者かが舞いおりた。

襲撃者たちと向きあい、しなやかな身のこなしで剣を振るいはじめる。

二本の剣を。

ヒューはよろめきながら立ちあがり、まばたきをして目に入った血を払った。いったいいつ、目の上が切れたのだろう？

とにかく、それで見えるようになった。彼の前にいるのは少年だろうか？　いや、違う。半分顔を覆う奇怪な仮面をつけた華奢な男だ。何色かわからないつばのやわらかい帽子とブーツを身につけた彼は、悪党どもを相手に果敢に戦っている。ありえない。そう考えたところで、目の前の華奢な男が突き飛ばされ、背中からヒューにぶつかってきた。

受け止めた彼の手が、やわらかな感触をとらえる。これはまさか……胸？

ヒューは、なりは男だが明らかに女性だとわかった人物を押し戻し、背中合わせになって死に物狂いで戦った。

実際、ここで踏ん張れなければ死ぬことになるのだ。

まだ八人ほど残っている男たちは、正式な武術の心得はないものの、ヒューを必ず仕留めるというぎらぎらした思いが伝わってくる。彼は剣も拳も脚もすべて使って戦った。ヒューを助けに駆けつけた女剣士も、優雅に死の舞を踊っている。ようやく残り三人になり、ヒューがひとりの脳天に剣の柄を叩きつけると、最後のふたりは顔を見あわせて仲間を抱えあげ、尻尾を巻いて逃げていった。

ぜいぜい息をつきながら、ヒューは中庭を見まわした。あちこちからうめき声が聞こえるが、すぐに立ちあがってきそうな者はいない。

仮面をつけた女に目を向けると、小柄で彼の肩にようやく届くくらいの身の丈しかなかった。こんな女性にどうやってヒューを薄汚い路地での恥ずべき死から救い出すという活躍ができたのかと思うが、たしかに彼は救われたのだ。

「礼を言う」声がしわがれ、ヒューは咳《せき》払いをして続けた。「わたしは――」

ところが彼女はにやりとすると、目にも留まらぬ速さで左手を伸ばし、ヒューの首を引き寄せた。

キスをするために。


アルフはカイルのすばらしい唇を口に押しつけながら、自らの大胆な行動に心臓が胸から飛び出しそうになるほど、どきどきしていた。

カイルのうめく声が、首のうしろに当てた指先から伝わってくる。けれども彼に引き寄せられそうになると、アルフは急いでうしろに飛びすさり、細い路地を駆けだした。樽《たる》が積んであるところを見つけて上にのり、張り出したバルコニー、次に屋根へとよじのぼる。彼女はゆるんだり割れたりしている瓦の上を姿勢を低くして慎重に歩き、屋根の端まで行って腹這いになると、下をのぞいた。

カイルはまだ、アルフが消えた路地を見つめている。なんて間抜けなのだろう。それにしても、彼は大きかった。がっちりした広い肩に長い脚。そしてあの唇は、男のなりをしていても彼女は女なのだと思い出させてくれた。追いはぎから必死で逃げているあいだに帽子も白いかつらも落としたカイルは、自然な髪をさらしている。それに血だらけの破れたコートを着ているので、月明かりのもとではセントジャイルズの人間と見間違えてしまいそうだ。

でも、彼はここの人間ではない。

カイルはようやく向きを変えると、コヴェントガーデンのほうに足を引きずりながら引き返しはじめた。アルフも立ちあがって、あとを追う——彼が無事にセントジャイルズから出ていくのを確かめるためだ。

彼女は前に一度だけ、情報屋の少年アルフとしてカイルに会っている。情報屋の少年は彼女の昼間の変装だ。だが、カイルのために仕事はしなかった。彼の依頼が、そのときの雇い主であるモンゴメリー公爵の情報を手に入れることだったからだ。

短く刈り込まれた黒い髪を見おろして屋根の縁を走りながら、アルフはふんと鼻を鳴らした。雇い主を裏切ると思われるとは、なんという侮辱だろう。彼女はレディではないけれど、名誉は重んじる。だから夕食をおごられながら仕事の内容を聞いたあと、テーブルをひっくり返して料理も酒もカイルの上にぶちまけた。そしてすぐに酒場から逃げ出したが、その前にちゃんと彼と目を合わせ、鼻で笑ってやった。

アルフは屋根から屋根へと飛び移りながら、にんまりした。最後に見たとき、カイルは高価な服からジャガイモとグレービーソースを滴らせ、ハンサムな顔を怒りにゆがめていた。

セントジャイルズの出口に近づくにつれて、カイルの足取りが速くなる。彼のブーツのかかとが石畳を打つ音を聞きながら、アルフは足を止めて煙突に寄りかかった。このあたりまで来ると店が増え、明かりの数も多い。カイルが警戒するようにあたりを見まわしつつ、剣を手にしたまま通りを渡っていくのを、彼女は見送った。

おそらくすごい屋敷に住んでいるのだろうけれど、そこまでついていく気はなかった。彼は自分の面倒は自分で見られる男だ。

それでもアルフは屋根の上でしゃがみ、カイルのうしろ姿をずっと見ていた。見えなくなって、ようやく立ちあがる。そろそろ隠れ家に戻る時間だ。

彼女は向きを変えると、屋根の上を軽快に走りだした。

こうやって屋根にあがることを学んだ子どもの頃、彼女はロンドンを森だと考えていた。セントジャイルズは近所の森、屋根は張り出した枝だと。

だがじつを言えば、今まで森を見たことは一度もない。木々の枝が張り出している様子など、まったく知らないのだ。だいたい、生まれてこのかたロンドンから一度も出ていないのだから。彼女の行ったことのある東の端は潮の香りがかすかに鼻をくすぐるワッピング、西の端は盗賊王ミッキー・オコーナーの絞首刑を見に行ったタイバーンだ。ただしタイバーンでは、結局絞首刑を見られなかった。ミッキー・オコーナーは処刑場から姿を消し、テムズ川で暴れまわった海賊として伝説になったのだ。でも、そうなってよかった。野生の鳥は、森の木々の梢《こずえ》で自由に歌っていなければならない。

そして子どもだった彼女は、自分のことも木の枝から枝へと自由に飛びまわる鳥だと思っていた。

人生に疲れた二一歳の大人になった今でも、ときどきそんなふうに思う。

彼女は鳥で、家々の屋根は勝手知ったる故郷の木々の見晴らしのいい梢。一番安心できる場所だ。

足元には暗い森が広がっているけれど、森というのがどんな場所かは、小さい頃友だちのネッドがおとぎばなしを聞かせてくれたから、よく知っている。魔女や悪霊や小鬼《トロル》が歩きまわっていて、見つかったら食べられてしまうのだ。

セントジャイルズの森には、それよりもさらに恐ろしい怪物が徘徊《はいかい》している。

今夜、彼女はそんな怪物と戦った。

アルフはセントジャイルズの屋根の上を飛ぶように駆けた。ブーツを履いた機敏な足で的確に足場をとらえ、月をランタン代わりに、セントジャイルズの亡霊として街を見まわる。

さっきもそうしていて、〈赤い首団〉のやつらが集団で怪しい動きをしているのを見つけた。金のためなら殺しもいとわない悪党どもが何をたくらんでいるのかとあとをつけ、カイルを追っているのがわかったというわけだ。

情報屋である昼間のアルフは〈赤い首団〉と折りあいがよくない。仲間に入ろうともしなければ、みかじめ料を払おうともしない彼女は完全に目をつけられていた。それでも極力関わらないようにしているので、向こうも彼女など目に入らないふりをして、たいていは無視している。だが女であると知られたらどうなるかを想像すると、アルフは体が震えた。

一匹狼の反抗的な少年は、まだ放っておいてもらえる。でも、女なら?

もっとたいしたことのない理由で川に浮かぶはめになった少女たちの噂を耳にする。

それでも〈赤い首団〉が野犬の群れのようにカイルを追っているのを見つけたとき、アルフは一瞬もためらわず、彼を助けようと思った。カイルは必死に走って逃げ、追いつかれてもあれだけ数がうわまわる敵を相手に、けっして諦めずに戦った。

あの頑固さは称賛に値する。

カイルとともに戦ったあと、倒れてうめいているやつらの真ん中で立っていると、勝利の喜びに胸が高鳴り、生きている実感がこみあげて、彼のすばらしい唇を引きおろしてキスをするのがとても自然なことに思えた。

男性にキスするのは初めてだったのに。

もちろん、過去にアルフにキスをしようと試み——成功した男もいた。とくに彼女がもっと幼くて体も小さく、すばやくかわして急所を蹴りあげてやれなかった頃は。だがキスはされても言葉を尽くして罵って、すぐに逃げ出した。昔から足は速かったのだ。

ここ何年かはそれもない。誰にも触れられないように気をつけてきたから。

けれど、さっきのカイルとのキスはそういうのとは違う。彼女からキスをしたのだ。

アルフは屋根から屋根へと音もなく飛び、音もなく着地した。カイルの唇はかたく引きしまっていて、ワインみたいに刺激的な味がした。アルフを引き寄せようとして、彼の首のうしろや胸や腕の筋肉にぐっと力がこもるのを指先に感じた。

でも、ちっとも怖くなかった。

月に、どこまでも連なる屋根に、はるか下の道を歩く女たちに、うれしくてほころんだ顔を向ける。

カイルへのキスで何かが解き放たれたかのように、自由でわくわくした気分だった。

まるでセントジャイルズの屋根の上を本当に飛んでいるようだ。

古くて薄汚いハーフティンバー様式の長屋の上におり立つ。崩れかけたその家はぼろをまとった老女みたいに、上階が中庭に向かってかしいでいた。アルフは下を確かめもせずに端から両脚をおろすと、壁面に浮き出ている木の梁《はり》をつま先でとらえて、窓から屋根裏部屋に入った。

そこはセントジャイルズという暗い森にある、彼女の秘密の隠れ家だった。建物の内部から部屋に入る唯一のドアは、釘を打ちつけてふさがれている。つまり窓からしか出入りできないのだ。

ここなら安全だった。

彼女以外の誰も入ってこられない。

アルフはため息をついて伸びをすると、帽子と仮面を取った。ふだんはあることすら意識しない筋肉まで、体じゅうから緊張が解ける。

安心できるわが家だ。

ひと家族が丸々住めるような広々とした空間には、彼女しか住んでいない。アルフは壁に一列に打ちつけてある木の釘に帽子と仮面をかけた。窓と向かいあった壁にれんがの煙突があり、そこに作った炉には火が絶えないよう、火種を灰に埋めてある。彼女は自分の頭ほどしかない半月形の小さな炉の前に行ってしゃがんだ。煤《すす》で真っ黒になっていて今にも崩れそうだが、煙突の先端近くにあるので空気がよく通る。炉にとって重要なのはそれだけだ。折れた鉄製の棒を使い、豆粒みたいな小さな火をかきたてた。そこに何本か藁《わら》を重ね、火が移って煙が出てくるまでそっと息を吹きかけた。それから石炭のかけらを一度にひとつずつ、五つのせる。やがて小さな火が気持ちよく燃えはじめると、ろうそくに火をつけ、暖炉の上の粗末な棚に置いた。

半分にちびたろうそくが、あたたかい光を周囲に投げかけている。アルフはろうそくの根元にそっと触れたあと、その隣にあってろうそくの小さな炎を映している小さな丸い鏡に指先をつけた。続けて錫《すず》のコップ、何年も前に見つけた黄色い陶器の水差し、象牙色のくしを、次々に指で弾く。くしはネッドが姿を消す前日にくれたもので、一番の宝物と言える。

彼女は棚の端に置いてある油の入った瓶とぼろきれを取り、毛布を重ねた寝床のそばにある三本脚の腰かけに座った。

長い剣はそれほど汚れていなかった。油を染み込ませた布で刃を拭いたあと、ろうそくの光にかざして欠けていないか調べる。貯金のほぼすべてをはたいて買った二本の剣は、いつもきれいに磨いて鋭い切れ味を保つようにしていた。剣は彼女の誇りであるだけでなく、夜の森で亡霊として戦う際の武器でもあるのだ。長剣の刃はこぼれていなかったので、鞘《さや》におさめて脇に置く。

けれども短いほうの剣には血がべっとりとついており、アルフは鼻歌を歌いながら丁寧に拭き、油を塗り込んだ。布が錆《さび》みたいな赤色に染まり、代わりに剣の刃が鏡と見まごうばかりに光を反射する。

窓の外に目をやると、空がうっすらと明るくなっていた。

アルフは鞘におさめた二本の剣を壁に吊るすと、黒と赤の糸でひし形模様のキルティングを施した中綿入りのチュニックと、その下に着ていた飾り気のない男物のシャツを脱いで釘にかけ、冬の朝の冷気に体を震わせた。ブーツをその下の床に置き、チュニックと同じキルティングを施してある下着のズボンをシャツの隣に丁寧にかける。

少年用の下着と暗い色の靴下にガーターという姿になったアルフは、うしろで縛ってあった肩までの長さの髪をおろし、指を通してくしゃくしゃにした。それからふたたびうしろでまとめて革ひもの切れ端で結び、顔のまわりにおくれ毛を少し垂らした。次に細長くやわらかい布を取って、胸が平らになるように巻きつける。でも息を吸えなくなるので、きつくなりすぎないように加減した。そもそも彼女の胸はそれほど大きくない。

だぶだぶの男物のシャツを頭からかぶり、染みのついた茶色のベスト、ぼろぼろの少年用の膝丈ズボン《ブリーチズ》、すり切れた黒いコートと順々に身につけていく。仕上げに短剣をコートとベストのポケットに一本ずつ入れ、薄い革の鞘におさめた小さいナイフを右の靴の中に隠した。くたびれたつば広の帽子を目深にかぶると、アルフのできあがりだった。

少年のアルフ。

彼女の昼間の姿だ。

夜はセントジャイルズの亡霊になる。セントジャイルズの住民を守るために。大きな暗い森に住む人々は庇護《ひご》を必要としているのだ。だから彼女が、彼らに襲いかかる怪物どもを追い払う。人殺しや強姦魔《ごうかんま》や強盗たちを。月明かりに照らされた屋根の上を自由自在に飛びまわって。

けれど、昼間は情報を売って金を稼ぐ少年のアルフだ。あちこちで耳を澄まし、あらゆる情報を頭におさめる。コヴェントガーデンで子どもたちに掏摸《すり》をさせているのが誰か、どの売春婦が性病持ちか、どの治安判事なら買収可能か、またそれにはいくら必要か。彼女ならこういった質問に答えられる。金と引き換えに。

つまり彼女は亡霊でもアルフでもある。だが、女ではない。これからもずっと。少なくともセントジャイルズにいるかぎりは。

セントジャイルズの亡霊は、いつから女になったのだろう？

ジェンキンズに額の傷を縫ってもらいながら、ヒューは鋭く息を吸った。

はたで見ているライリーが痛そうにうめき、ブランデーのボトルを差し出す。

タルボットが咳払いをした。「お言葉を返すようですが、セントジャイルズの亡霊が女だったってのは、たしかなんですかね？」

ヒューは元擲弾兵《てきだん》の大男に目をやった。「ああ、たしかだ。胸があったからな」

「手ずから確かめられたってわけですか」ライリーがアイルランド訛《なま》りで上品に述べる。

タルボットが鼻で笑った。

ヒューは思わずライリーに非難の視線を向けたが、縫い糸が引っ張られたせいでジェンキンズは舌を鳴らし、ヒュー自身は恐ろしく痛い思いをした。

「じっとしていてくださいよ」ジェンキンズが静かにとがめる。

ここにいる三人は、インドや欧州でヒューの部下だった男たちだ。妻のキャサリンがハイドパークで落馬して亡くなったという知らせを受け取ったとき、ヒューは国外での放浪生活は終わったと悟った。将校の権利を売って本国へ戻らなければならない、と。そこでライリーとジェンキンズとタルボットに、イングランドへ戻って彼の下で働いてくれと頼んだのだ。

三人とも、躊躇《ちゅうちょ》なく申し出を受けてくれた。

ライリーはカイル・ハウスの広い主寝室のドアに腕組みをしてもたれ、つねに悲しみをたたえている目を縫い針に据えている。隣に立っているタルボットはいかにも元擲弾兵という体格で、胸板の厚い筋骨隆々のそびえるような大男だ。

白髪頭に黒い革製の眼帯をつけているジェンキンズは、口元を引きしめ片目を凝らして針と糸に集中している。「あとふた針か、せいぜい三針ってとこです」

ヒューはうなり、頭を動かさないようにブランデーをひと口あおった。彼は四柱式寝台の端に座り、ろうそくの光に照らされながら、ジェンキンズに傷を処置してもらっている。

元陸軍兵士のジェンキンズは、どんなに金のかかった教育を受けた医者よりも手際よく、傷を縫いあわせられる。ほかに抜歯や瀉血《しゃけつ》や熱病の手当てもお手のもので、じつは四肢の切断までこなせるのではないかとヒューはにらんでいた。ただし最後の処置については、目撃したことはない。ジェンキンズは寡黙だが、手つきはやさしくたしかで、しわの刻まれた顔には落ち着きと知性がうかがえる。

針が肉に刺さる感触に顔をしかめながら、ヒューは優雅かつ的確に二本の剣を操った女をふたたび思い浮かべた。「セントジャイルズの亡霊は引退したという話だったが」

ライリーが肩をすくめる。「そんなふうに聞いていましたし、ここ一年、目撃情報もありません。ですが過去に亡霊を名乗った者は、ひとりじゃありませんからね。一度にふたり、いや、三人いたこともあるとジェンキンズは考えています」

部屋の隅から、ためらいがちに問いかける声があがった。「ミスター・ライリー、その亡霊というのはなんですか?」

ヒューが部屋に戻ってからベルはずっと黙っていたので、彼は少年の存在をすっかり忘れていた。腰かけに座っているベルを見ると、青い目にはまだ力があり、しっかりしているものの、疲労から肩が前に落ちている。一五歳の少年は最近父親を亡くし、ヒューの配下に加わったばかりだ。

年上の男たちにいっせいに見つめられて、ベルは赤くなった。

少年を力づけようと、ヒューはうなずいた。「ライリー、説明してやってくれ」

ライリーが組んでいた腕をほどき、ベルにウインクをする。「セントジャイルズの亡霊ってのは、この街の都市伝説みたいなもんだ。まだら模様の短いズボンとチュニックに、顔を半分覆う仮面。そんな道化師みたいななりで、屋根の上を踊るように軽々と動きまわる。子どもを脅かすお化けにすぎないと言う者もいるが、貧しい人々の守護者だと言う者もいる。治安判事や兵士が怖がって入らないセントジャイルズで目を光らせ、もっとも弱い者たちを食いものにする追いはぎや強姦魔やけちな物盗りを追い払ってくれるらしい」

ベルが困惑して、眉根を寄せた。「それって……現実にはいないってことですか?」

ヒューはやわらかい肌の感触を思い出して、うなった。「いや、その——女は血肉を備えた現実の人間だった」

「そこが妙なんですよ」タルボットが割って入る。「亡霊に助けられたって人間と何人も話しましたが、誰も女とは言ってませんでした。もしかしたら、前に亡霊だった男の妻か何かかもしれませんね」

ヒューはとっさにいやな気分になったが、その理由は深く考えないことにした。

「その女が何者にせよ、すばらしい剣の使い手なのはたしかだ」

「そんなことより、重要なのは襲撃の黒幕の正体です」ジェンキンズがふたたび皮膚に針を刺しながら、静かに指摘した。「誰があなたを亡き者にしようとしたんでしょう？」

「〈混沌の王〉の仕業ですかね」ライリーが問いかける。

「かもしれない」ジェンキンズが糸を引っ張ったので、ヒューは顔をしかめた。「だが、もうひとつ可能性がある。襲撃の前、わたしはハプスブルク大使の屋敷で晩餐会に出席していた。そのとき途中で用を足しに行ったんだが、戻るときにたまたま、ある会話を耳にした」

「たまたまですか？」ライリーが無表情にきく。

「一度身についた習慣は、簡単になくならないものだな」ヒューは淡々と返した。「廊下の暗い隅で、男がふたりフランス語でひそひそ話していた。片方はロシア代表団のひとりだ。正式な役職はないが、一員であることは間違いない。もう片方には見覚えがなかったが、格好からしておそらく使用人か従者だろう。ロシア人がその使用人に何か紙を渡し、急いでプロイセン人に届けるように言っていた」

「プロイセン人と言ったんですか？」ジェンキンズが静かに尋ねた。「名前ではなく？」

「ああ、名前じゃなかった」

「とんでもないやつらですね」タルボットが感心したように首を横に振る。「ハプスブルク大使の屋敷でプロイセン人への密書の受け渡しをするなんて、すごい度胸ですよ」

「やつらがしていたのが、そういうことならな」ヒューは慎重に返したが、内心ではほぼ確信していた。

「そいつに姿を見られたんですか？」ライリーが質問する。

「ああ」ヒューはむっつりと認めた。「通りかかった別の客に、うしろから呼びかけられたんだ。まったく、ばかな酔っ払いめ。ロシア人には、わたしが立ち聞きしていたのが一目瞭然だっただろう」

「そうかもしれませんが、晩餐会が終わるまでの短い時間に襲撃を手配するのは無理だったでしょう」タルボットが考えを述べる。

「わたしもそう思う。だから〈混沌の王〉の可能性が高い」

ジェンキンズがヒューに顔を寄せ、片方だけの茶色い目で傷口を真剣に見つめながら糸を切って、全身の緊張を解いた。「終わりました。包帯は巻きますか？」

「いや、いらない」出血はすでにほとんど止まっている。「ご苦労だった、ジェンキンズ」

ヒューはベルがあくびを噛み殺しているのに気づいた。「おまえたちはもう寝たほうがいい。睡眠を取って、明日の朝また話しあおう」

「わかりました」ライリーが体を起こし、直立不動の姿勢を取る。

タルボットも敬意をこめて頭をさげた。「では、明日の朝」

「おやすみなさい、閣下」ベルが挨拶をする。

三人は部屋から出ていった。

ヒューは布を濡らし、顔についている血をぬぐった。その動きで打撲を負ったあばらが痛み、顔をしかめる。

ジェンキンズは無言で、傷を縫うのに使った道具を黒い革製のケースにしまっていた。ヒューは窓に目をやり、カーテンの隙間がほんのりと明るいのに気づいて驚いた。セントジャイルズから戻ったあと、そんなに長い時間が経ったのだろうか。

彼は窓の前に行って、カーテンをめくった。

荒涼とした冬の裏庭に面した窓から見える空は、間違いなく明るくなりかけている。

「ほかに何かありますか？」ジェンキンズが背後から問いかけた。

「いや。もういい」ヒューは振り返らずに答えた。

「では」ドアが開いて、閉まる。

そのとき、屋敷と門のあいだの小道を厩舎《きゅうしゃ》に向かって駆けていく華奢な人影が目に入った。ヒューは一瞬身をかたくしたが、すぐに厨房で働いている靴磨きの少年だと気づいた。彼はばかなことを考えたとばかりに顔をしかめた。セントジャイルズの亡霊が、この屋敷の庭にいるはずがない。

ヒューは持ちあげていたカーテンを落として、寝室を出た。

ロンドンの屋敷をカイル・ハウスと名づけたのはキャサリンだった。彼自身はそんなたいそうな名前はいやだったのだが、キャサリンが王族の一員の屋敷なのだからと言って、譲らなかったのだ。そして結婚直後でまだ彼女に夢中だったヒューは、それ以上反論せずに名前を認め、結婚が破綻したあとも変えなかった。

おそらく、彼はこの件をいましめにするべきなのだ。家には名前をつけてはならないとか、あるいは女性への情熱に流されて理性や自己保存本能や常識を失ってはならないといういましめに。流されれば、待っているのは破滅なのだから。

彼は大切に思っていたもの、自分という人間を形作っていたものを、ほぼすべて失った。

廊下で石炭の入ったバケツとそれをすくうためのスコップを持ったメイドふたりとすれ違い、腰をかがめてお辞儀をしている彼女たちにうわの空でうなずき返す。階段を一段抜かしで三階までのぼると、そこは静まり返っていた。世話係のメイドたちの部屋の前を通過し、息子たちの寝室のドアを開ける。

そこは明るく開放的な、居心地のいい部屋だった。キャサリンはいい母親で、この部屋の内装も熱心に選んでいたのをヒューは覚えている。彼女がキットを宿していたあの頃、彼はわくわくする感動に満ちた未来が開けていると信じ、なんでも実現できる気がしていた。それなのに、いつの間にか結婚生活は怒鳴りあいとヒステリックな涙に満ちたものへと変わり、幻想が壊れたあとに残ったのは、取り返しのつかない失敗をしてしまったという冷え冷えとした諦めだけだった。

だからヒューはもう、自分の判断に自信が持てない。

キャサリンを愛していると心から信じていたのに、あんなふうに気持ちが変わってしまったのだから。けれど、あれが愛でないのなら、彼女を追いかけていたときの荒々しい喜びに満ちた恍惚《こうこつ》状態をなんと呼べばいいのだろう？　彼女を妻にしたときの、心の底からの満足感を？

結婚してたった三年で、激しかった情熱は燃え尽きて灰となり、苦々しい憎しみだけが残った。

愛は美しいものだ。だが、なんとはかなく移ろいやすいものなのか。まさにキャサリンという女性そのものだ。

ヒューはため息をついて、息子たちの寝室に入った。

すると柵付きのベッドが二台あるのに、一台しか使われていなかった。

ピーターは最近五歳になったが、まだ悪夢を見る。キャサリンが亡くなる前からなのか、あとからなのかはわからないが、とにかく週に数回は見るのだ。そしてピーターは今もキットの横で、赤い顔を兄に押しつけて眠っていた。大の字で口を開けて眠っているキットの腕の下に、弟の金髪の頭がもぐり込んでいる。キットの黒髪は汗ばみ、両方のこめかみに張りついていた。

昨日の夜の襲撃が成功していたら、今頃息子たちは孤児になっていた。ヒューはそんな縁起でもない考えを身震いとともに振り払い、〈混沌の王〉について考えはじめた。〈混沌の王〉というのは、背徳の放蕩《ほうとう》にふけるために不定期に会合を行う秘密組織だ。一度入会した者は、一生メンバーとして過ごす。ほとんどの者は互いの素性を知らないが、もし誰かに一員だと明かされたら、どんなことをしてもそのメンバーを助ける義務を負う。〈混沌の王〉は政治の中枢や教会、陸軍および海軍にまで浸透していると考えるだけの根拠をヒューは得ていた。

だからこそ国王は、この秘密組織を壊滅させたいと望んでいる。

調査を始めたとき、ヒューはモンゴメリー公爵に四人の男の名前を書いたリストを渡された。

チェイス男爵ウィリアム・ベインズ
ダウリング子爵デイヴィッド・ハウゼル
アーロン・クルー卿
エクスレイ伯爵ダニエル・ケンドリック

貴族階級に属するこの四人は、全員がくだんの秘密組織のメンバーだった。それから二カ月、ヒューはこの四人について情報を集め、〈混沌の王〉がどのようにして組織されたのか、リーダーは誰か、会合はいつどこで行われているかといったことを解明しようとしてきた。

しかし、どの疑問に対する答えも見つかっていない。

調査はまるで進展していないのだ。

それなのになぜ、彼を殺そうとするのだろう？　襲撃は大陸の国々のあいだで渦巻いている政治的陰謀のせいだと考えるほうが、ずっとありそうに思える。この国で弱く無垢《むく》な者たちを食いものにしている背徳の秘密組織のせいというより、異国間の争いというほうが。

襲撃を〈混沌の王〉と結びつける根拠は何もない。

それなのに、彼らの仕業だという疑いをどうしても捨てきれないのだ。

ヒューは険しい表情で、静かに寝室をあとにした。

廊下に出て、ふたたび階段へ向かう。今度はもう一階上の使用人用の区画を目指した。両側にドアの閉まった部屋が立ち並ぶ長い廊下を進んでいく途中で、驚いた表情の厨房の下働きのメイドとすれ違う。彼は左側のある部屋の前で立ち止まると、ドアを叩いて開けた。

そこはベルが若い従僕ふたりと使っている部屋だった。早朝から働きはじめている従僕たちのベッドはすでに空だが、残りひとつのベッドは毛布の下からベルのくしゃくしゃになった茶色い髪がのぞいている。

一瞬、ヒューは胸が痛んだ。眠りに行かせてからまだいくらも経っていないのに、少年を起こしたくはない。だが、事態は急を要する。彼はベルの肩にそっと触れた。

少年はすぐに目を覚ました。「閣下？」

「仕事を頼みたい。セントジャイルズに行って、情報屋を見つけてきてほしい。名前はアルフだ」

どうして白の王国の者が黒の王国の者を憎んでいるのか、黒の王国の者が白の王国と聞くだけでいやな顔をするのか、その理由を誰も思い出せませんでした。争いの始まりは、遠い時の彼方だったからです。誰の目にも明らかなのは、どちらもこれまでおびただしい血を流していて、この先も容赦のない争いが果てしなく続くということだけでした……。

『黒の王子と金色のハヤブサ』

2

一時間後、アルフはセントジャイルズの通りをふんぞり返って歩いていた。

子どもの頃の彼女は女であることを隠し、少年たちの窃盗団と一緒に走りまわっていた。本当の性別を知っていたのはネッドだけで、どうやったら男の子に見えるかを教えてくれたのは彼だ。〝脚を少し開いたまま、大股で歩くんだ。自分が一番偉いって顔で通りを歩け。怖いもんなんかないって目で、知らないやつをにらみつけろ。そうしたら生意気だって殴られはしても、おまえを女だと思うやつはいない。そうなったらしめたもんだ。おまえは安全に過ごせる〟とネッドは言った。

彼に教わったことは、今や第二の天性だ。朝になったら、彼女はアルフという少年の衣をするりとまとう。アルフは彼女の本当の年齢よりも年下で、一五、六歳といったところだ。彼女は生まれてからずっとこのセントジャイルズで暮らしているのだが、アルフがこの数年ちっとも成長していないことに誰も気づいていない。アルフは一瞬得意になったけれど、よく考えれば、ここではひとりで生きている生意気な少年など、人目を引く珍しい存在ではないのだ。

角を曲がってメイデン通りに入った彼女は、ぶるりと震えた。コートの内側にぼろ布を詰め、指のない手袋もしているものの、帽子をかぶっていても耳が冷たかった。前方に〈恵まれない赤子と捨て子のための家〉が見えてきたが、できたばかりの清潔で傷ひとつない建物は、この通りではひどく浮いている。アルフは背中を丸めて狭い路地に入ると、厨房に続いている孤児院の裏口にまわり、階段をあがってドアを叩いた。

頭をすっぽりと覆う室内帽《モブキャップ》をかぶった、金髪のかわいらしい女性がドアを開ける。

孤児院のメイド頭であるネル・ジョーンズは、アルフを見て唇を一瞬ぐっと結んだ。

「おはよう、アルフ。中に入りなさいと言っても、無駄なんでしょうね」

アルフは肩をすくめた。施しを受けるのが嫌いなのだ。促されるまま厨房に入れば、きっと朝食を勧められる。だが人と親しくなりすぎて得することはないと、ネッドがしょっちゅう言っていた。誰でも結局、何かを求めてくる。そうなって失望するくらいなら、なんでも自分でするほうがいい。「あの子に会えるかな?」

「もちろんよ」

ネルがそう言い終わらないうちに、ハンナが走ってくる足音がした。

「アルフなの?」ネルのスカートのうしろから小さな赤毛の少女が顔をのぞかせ、アルフは思わず顔がほころんだ。

六歳のハンナはそばかすだらけでぽっちゃりしているが、二年前に初めてアルフが見たときはがりがりにやせておびえており、けっして笑わなかった。ハンナは女の子ばかりを狙う誘拐団にさらわれたのだ。悪党どもはそうして集めた幼い少女たちを閉じ込め、奴隷のように靴下をひたすら編ませていた。アルフは当時のセントジャイルズの亡霊の力を借りてハンナを救い出し、この地区で子どもが安全に暮らせる唯一の場所である孤児院に連れていった。

それ以来、週に数回はハンナに会いに来るようにしている。「そうだよ。ハンナは元気だったかい?」

「さあ、行って」ネルが少女を促した。「冷たい空気が入ってきてしまうから、外に出てアルフと話したほうがいいわ」

階段の上に出てきたハンナの横には、さらに小さな女の子がくっついていた。親指をしゃぶっていて、髪は黒い。ふたりとも、寒くないようにショールを巻かれていた。

「この子は誰かな?」アルフは新顔の子の前にしゃがんで、目を合わせた。

「メアリー・ホープ」ハンナが答える。「いつもあたしにくっついてるんだけど、ほとんどしゃべらないの。代わりにしゃべってあげなくちゃならないこともあるのよ」

メアリー・ホープがハンナを見あげ、親指をしゃぶったまま大きく笑う。

「へえ」アルフは笑ってしまいそうになり、かろうじて抑えた。「メアリー・ホープ、きみはいくつ?」

メアリーが五本の指を広げる。

「もう、違うでしょ」ハンナが叱った。「誕生日までまだ二週間あるって、ネルが言ってたもの。だからまだ四つ」

叱られても、メアリーはまったく気にしていないようだ。こくんとうなずき、ハンナにもたれる。

大きいほうの少女はしょうがないというように大きくため息をつき、メアリーに腕をまわした。「ミスター・メイクピースが読み方を教えてくれてるの。はっきり言って、勉強してるのは、あたしや大きい子たちだけよ。メアリーみたいなちっちゃい子は、遊んでばっかりだから」

「何を読んでるんだい?」アルフはおかしくなってきいた。

「聖書」ハンナがやや浮かない顔で答える。「でもネルがときどき、新聞を読んでくれるわ。それにもっと勉強したら、新聞を自分で読めるようにもなるって」そこでハンナは気がとがめたのか、つけ加えた。「だけど新聞には小さな女の子が読むべきじゃないことも書いてあるって、ネルが言ってた」

「そうだね。でも、読む練習は続けるんだぞ」アルフは厳しい顔を作った。「いい仕事につくためには必要なんだから。わかった？」

ハンナは真剣な顔でうなずいた。「うん、わかった」

「いい子だ」アルフはポケットを探って、ぴかぴかのシリング硬貨を取り出した。

「一生懸命勉強してるご褒美だよ」

ハンナがうれしそうに大きく笑う。「ありがと」

「それから、きみにもあげるよ、メアリー」アルフはメアリー・ホープの小さな汚れた手にも、一シリング握らせた。「なくさないようにな。どこか安全な場所にしまっておくんだ」

「うん、そうする」ハンナはそう言って、躊躇なくアルフの首に両腕をまわして抱きついた。

アルフは目を閉じて、つかのまの甘い瞬間を味わった。幼い少女に抱きつかれるのは、なんて気持ちがいいのだろう。今の彼女は少年ではなく、ぽっちゃりした幼い子の感触を全身全霊で求める若い女性だった。これをつねに味わえるのなら、何を差し出してもいい。けれども頬を湿ったキスがかすめたかと思うと、ハンナはすぐさまうしろにさがり、硬貨をもらった興奮に飛び跳ねはじめた。

今度はメアリーが体を寄せ、あたたかくて湿った頬をアルフの頬に押しつける。

幼い少女たちがうれしそうに笑いあっていると、その背後でドアが開いた。ネルが子どもたちを中に入れ、ハンナがふたり分のさよならを叫ぶ。

ドアが閉まると、アルフはふたたび寒い戸外にひとり残された。

ため息をついてのろのろと立ち、手袋をした手で顔をぬぐう。ハンナに会うたび、すぐに別れを告げずにすむ生活をときどき想像する。こんなふうにあわただしく数分だけ過ごすのではなく、ゆっくり一緒にいられたら。

けれど、それは不可能だ。今は。セントジャイルズでは。

こんな生活をしているアルフには。

彼女はぶるっと震えると背筋を伸ばし、きびきびした足取りで来た道を引き返した。

メイデン通りでは、そろそろセントジャイルズの人々が活動を始めていた。荷物運びや行商人たちはロンドンのここよりもきれいな界隈《かいわい》に向けて出発しているし、物乞いやさまざまな手管で人から金を巻きあげる者たちは、それぞれの場所へ移動しはじめている。ゆったりとした水の流れのようなそのさまは、今も昔も変わらないテムズ川のようだ。同じロンドンでも、金はこのあたりではなく別の場所にある。セントジャイルズは貧しい人々の場所で、彼らはここで生活し、交わって子をなし、死んでいくが、生活の糧を得るのはここではない。

アルフはくず拾い屋のジムに向かってうなずき、道路掃除の少年たちを率いるトミー・ジンジャー・ペイトに顎をしゃくって挨拶し、老婆のマッド・マグがほうきとはたきの入ったバケツを落としたので拾うのを手伝った。マッド・マグはぶつぶつと何か言ったが、それが悪態なのか感謝の言葉なのかはわからなかった。マグの口にはほとんど歯が残っていないうえ、奇妙な田舎の訛りで話すので、このあたりの者は誰も彼女の言葉を理解できないのだ。

アルフはとにかく笑みを返すと、歯の隙間から口笛を吹きながら、また歩きはじめた。ホグスヘッド通りに入り、とたんに出くわした強い臭気を放つ凍りかけた水たまりを飛び越え、〈一角山羊《やぎ》亭〉の前で足を止める。頭上で揺れている木の看板に描かれた意地の悪そうな山羊は、頭に一本も角がない代わりに、脚のあいだに大きくて醜いいちもつが突き出している。

アルフは酒場のドアを開けた。

中は静かだった。客のほとんどはすでに目覚めて新しい一日を過ごしに出ていったか、昨日の酔いが残っていてまだ眠りこけているか、どちらかだ。

主人のアーチャーは、アルフが入ってきても顔をあげなかった。黙って安物のビールをジョッキに注ぎ、フライパンの上でじゅうじゅう音を立てているソーセージを串で刺す。彼はそれを薄く切ったパンの上にのせると、アルフが腰をおろしたのと同時に、ビールと一緒に彼女の前のテーブルに置いた。

「どうも」アルフは五ペニーを主人に押しやって、ビールを大きくあおった。井戸水で作られた〈一角山羊亭〉のビールはあたたかくて酸味があり、セントジャイルズではこれ以上すばらしい起き抜けの一杯はない。

アーチャーが脂じみた頭を傾けて何かうなり、飛び出した目をぎょろりと動かして部屋の隅を示した。「あいつがおまえさんに伝言があるそうだ」

アルフはうまいソーセージとかたくなったパンをひと口かじり取り、もぐもぐと嚙みながら隅に目をやった。少年が座っている。大きく脚を開き、あたりをにらむようにしているが、本当は少しおびえているようだ。一三歳か、せいぜい一四歳というところだろう。初めて見る顔だし、ロンドンに出てきたばかりなのかもしれない。セントジャイルズに来るのが初めてなのは間違いない。

アルフは口を動かしながら立ちあがると、片手にジョッキ、もう一方の手にソーセージをのせたパンを持って歩いていった。

彼女が近づいてくるのを見て、少年が目を丸くする。

アルフはにやりとしてみせると、足を引っかけて椅子を引き出し、少年の向かいに腰をおろした。ジョッキを傾けながら、少年と目を合わせる。

「アルフだ」

少年は大きな青い目で、黙って彼女を見つめた。茶色い巻き毛はうしろで縛っているもののじゅうぶんな長さがなく、おくれ毛がこめかみや首筋や耳のまわりでくるくると渦巻いている。アルフはひと目見ただけで、少年が自分の巻き毛を嫌っているとわかった。だが、彼はそんなことを気にする必要はない。今はまだ耳も鼻も顎も大きすぎて不格好だし、手や肘やおそらく足も不釣りあいに大きいけれど、それは成長のバランスが取れていない不安定な年頃というだけだ。あと二年もしたら背が伸びきって、すべてがバランスよく整う。そのときこそ、彼はいろいろと心配しなくてはならないのだ。

とびきりハンサムになるのだから。

セントジャイルズという暗い森では、ハンサムな男は怪物になるか逆に食いものにされるか、どちらかしかない。

でも今はまだ、彼はアルフをまじまじと見つめている、ひょろりとしたただの少年だ。

彼女は黙って見つめ返した。パンとソーセージに大きくかぶりつき、ゆっくりと嚙む。口を開けたまま。

少年が顔をしかめた。

アルフは食べ物をのみ込んで、ため息をついた。「名前はあるのか？」

彼の顔に、ピンク色の点がふたつ浮き出る。「ベル」

彼女はうなずいた。「おれ宛に伝言があるんだって？」

少年は国王の秘密でも打ち明けるように、テーブルの上に乗り出して顔を寄せた。

「ぼくのご主人様が、きみに仕事を頼みたいそうだ」

「ご主人様って誰だよ」

「カイル公爵さ」彼が誇らしげに答える。

「へえ？」

アルフはもうひと口かじり取って、考えをめぐらせた。表情には何も出ていない自信がある。公爵。彼女はカイルが公爵とは知らなかった。だがそれよりも重要なのは、彼がアルフに会いたがっている理由だ。昨夜あんなふうに出会った直後に、彼女に会いたいという理由。亡霊の仮面で隠していた正体に気づいたのだろうか？

皮膚の下がざわざわしたが、無視して質問を続けた。「どんな仕事だって？」

ベルがまた顔をしかめる。「何も言ってなかった。閣下のところに行けば話してくださる」

「へえ、閣下ね」アルフはにやりとした。

ベルは、公爵という称号に恐れ入っているようだ。

アルフはウェークフィールド公爵にもモンゴメリー公爵にも会ったことがある。前者は謹厳な兵士のようにがちがちで融通のきかない、誇りの塊みたいな男だ。彼の体に流れている血は、一二月の雨と同じくらい冷たい。そして後者は頭のどうかした危険な男。まるで金貨でも差し出すように、簡単に人に短剣を突き立てる。だがどちらの男も、人間であることに変わりはない。みんなと同じように、食べて排泄《はいせつ》して赤い血を流す。

公爵も汲《く》み取り人も、彼女の知っているかぎり、男は誰でも立ったまま用を足す。違いは放出した液体がどこに着地するかだけだ。

けれど、ベルの主人であるカイル公爵が彼女の正体に気づいたのだとしたら――セントジャイルズの亡霊が女だというだけでなくアルフであると見抜いたのなら――公爵は彼女を殺させるかもしれない。ならば、この少年を追い返して今すぐ〈一角山羊亭〉を去り、セントジャイルズの森に身を潜めるべきだ。そして危険が去ったと確信できるまで出ていかない。

しかしそれは、危険があるとしたらの話だ。

そこをどう判断するかで、取るべき行動は違ってくる。そして危険かどうか、アルフは決めかねていた。カイル公爵は情報屋として彼女を求めているだけなのかもしれない。ゆうべあんなふうに襲撃されたのだから、そういう必要もあるだろう。

しかもいろんな可能性を考えてもなお、彼女はどういうことなのか知りたくてたまらなかった。

アルフはビールを三口で飲み干すと、ジョッキを勢いよくテーブルに置き、朝食の残りを手に取った。「じゃあ、行くか」

パンを持った手をアーチャーに向けて振り、焦っているベルを従えて店を出る。

外はまだ太陽がのぼっておらず、アルフは残りのパンとソーセージを口に押し込むと、コートをきつく巻きつけた。「どっちだい？」

ベルは三角帽をかぶり、黙って西に歩きだした。

アルフは肩をすくめ、両脇に拳をはさんで少年を追った。

ベルの着ている茶色いコートは上質で着古していないし、靴はきれいに磨かれている。

「公爵のところで働きはじめて長いのか？」アルフはきいた。

少年がひょいと頭をさげ、ちらりと彼女を見る。身長は彼女と同じくらいだが、コウノトリのように腕や脚がひょろひょろだ。「二週間だよ」

「ふうん」道の真ん中を走っている排水用の溝に、凍りかけたネズミの死骸が転がっている。ふたりはそれを飛び越えて先に進んだ。「どうしてまた公爵のところで？」

少年が顔をしかめる。「ずいぶんたくさん質問するんだな」

アルフはにやりとした。「それが仕事だからね」

「父さんがあの方にお仕えしていたんだ。陸軍で」ベルが小さい声で答えた。

「過去形か」

肉屋の徒弟たちが言い争っている横を通り過ぎながら、ベルは視線を落として肩を丸めた。

「去年の秋に熱病で死んだんだよ。二年前にインドで片脚を失ってから、ずっと調子が悪かったんだけど。母さんはぼくがまだ一〇歳のときに死んだし、引き取ってくれる家族もいなかった。父さんは自分が面倒を見られなくなったら閣下がなんとかしてくれるって言ってたから、それを思い出して手紙を書いたんだ。そうしたら、ロンドンに来て自分の下で働かないかと言ってくださったのさ」

「なるほどね」部下の面倒はちゃんと見るってわけだ、カイル公爵様は。「で、どっから来たんだ？」

「サセックス」

「あの方にお仕えするのは好きかい？」

ベルはぽかんとして彼女を見た。「そうかな、たぶん」

アルフは笑った。「好きじゃなかったら、ちゃんとわかるさ」

小走りでしばらく進むと、道が広く清潔になってきた。家もきちんとしたきれいな建物が多くなり、人々の身なりもいい。

ようやくベルが背の高い白い建物のひとつを、顎をしゃくって示した。頑丈な石造りで、窓はすべてきれいに磨かれている。どこもかしこも清潔で、玄関前のぴかぴかの階段など、皿代わりにして食事ができるくらいだった。

ただし、もちろんアルフたちがこの階段を使うことはない。

ふたりは使用人用の入り口に続いている階段をおりて、ドアを叩いた。

従僕が顔をのぞかせる。鮮やかな青と紫のお仕着せを着た長身の男で、なかなか見栄えがいい。もしアルフがものごとをちゃんと心得ていなかったら、彼を公爵と勘違いしただろう。でも彼女は、ものごとをちゃんと心得ている。

アルフは腰に手を当てて従僕を見あげ、にやりとした。「公爵様に会いに来たんだ。あの方に呼ばれてね」

従僕が困惑して、広い額にしわを寄せた。おそらく彼は知性を買われたのではなく、背が高く様子がいいために雇われたのだろう。

「誰が来たんだ、ギボンズ？」

大男の執事が従僕のうしろに姿を現した。白いかつらに、にきびで真っ赤な顔、板を渡したように高くまっすぐな鼻をした男が、ぎょろりとこちらを見おろしている。彼はもじゃもじゃの黒い眉を片方つりあげた。

それを見て、ベルがわずかに身を縮める。

「やあ」アルフは執事に挨拶した。「公爵様に呼ばれて来たって、今ギボンズに言ってたとこさ」

執事はワインだと思って酢を含んでしまったかのように口をすぼめたが、うなずいた。

「こっちに来なさい」

くるりと向きを変えて歩きだす。

アルフはベルにウインクをして、執事のあとに続いた。三人の足音が屋敷の中に響く。厨房に入ったときは緑に塗られた壁に木肌のままの床というふつうの造りだったが、ドアを抜けて主人一家の生活空間に入ると様相は一変した。壁は太陽がさんさんと輝いているときの夏空の色となり、壁の上部には白や金の細かい彫刻による装飾が施されている。同じようなものをモンゴメリー公爵の屋敷でも見ていたが、アルフは今回もわけがわからず当惑した。どうして壁の飾りなどに金《きん》を使うのだろう？　彼女には恐ろしい無駄遣いとしか思えなかった。一度金のかけらを取れるかどうか試しに引っ張ってみて、金は紙のようにごく薄いものだと判明した。つまり貴族たちは金をぺらぺらに薄く伸ばし、壁に張りつけているのだ。いかれている。

ここも床は木でできているが、同じなのはそれだけだった。木は木でも、さまざまな色のものが複雑な模様に組みあわされ、きれいに磨きあげられている。アルフはしばらくここにとどまり床の模様をじっくり眺めたいという子どもっぽい衝動に駆られたものの、横柄な執事がそのあいだ待っていてくれるはずがないとわかっていた。彫刻の施された美しいテーブルの横も通り過ぎたが、それだってなんの意味もなく廊下の壁に寄せてあるだけなのだ。廊下には馬や木々や犬を描いた絵がかかっており、羊の脚をした男の彫刻まで置いてある。男の頭には小さな角が二本生えていて、彼女は振り向いてよく見てみたかったが、執事はすでにドアの前で足を止めていた。

アルフは背中を伸ばした。

ドアの向こうにはカイルがいるに違いない。彼はアルフを呼んでいるそうだが、昨日キスをしたのは彼女だとわかっているのだろうか？　暗い夜に仮面をつけていても、もしかしたら正体を見抜かれてしまったのかもしれない。

胸に巻いているさらしの下で、心臓が早鐘を打つ。

執事がドアを開けた。「失礼します、旦那様。ベルが……客を連れてまいりました」

アルフは執事の横を通り抜けるとき、わざとにっこり笑ってみせた。

広い部屋の三面には天井までの棚がしつらえられていて、本がぎっしり並んでいた。入り口から近い横の壁には赤々と火の燃えている暖炉があり、その前に椅子が置かれている。だが一脚しかないところを見ると、カイルはひとりでいるのが好きなのかもしれない。

その赤い革張りの椅子に座っていた彼が、立ちあがって振り向いた。

彼は公爵にも、ちゃんとした貴族にも見えなかった。背が高く肩幅の広いその姿は、観衆が歓声をあげながら見つめる中、裸の上半身とむき出しの拳で戦うアイルランド人の拳闘家のようだ。今は白い麻のシャツにクラヴァットを結び、青い上着と灰色のベストを身につけているが、きれいにアイロンを当てた清潔ですてきな服の下の彼がどんなふうか、アルフは想像せずにはいられなかった。

汗に濡れたあらわな胸は、どんなふうに見えるかを。

昨夜、かつらをかぶっていないカイルの頭は、短く刈った黒髪が半分血で濡れていた。今朝は髪粉を振りかけた白い巻き毛のかつらをかぶっているものの、その下の額に切り傷がのぞいている。クモの脚を思わせる黒い糸がかつらの下に消えている様子や、その近辺にこびりついている乾いた血を見ると、彼はどこにでもいるけんかっ早い男のようだ。

でも、公爵なのだ。

今のアルフはそうと知っている。ベルから聞き、壁の装飾に使ってある金や馬の絵を見て、ばかみたいに偉そうな執事を目の当たりにしたから。けれども黒い目を囲むまつげは濃くてカールしているし、ひげを剃っていなくて顎や頬が黒ずんでいるし、ふっくらとした唇を皮肉っぽくゆがめたところは追いはぎみたいで、彼はまるでセントジャイルズの女たちが酒場で歌うロマンティックなバラードに登場するろくでなしの男みたいだ。

生まれたときから罪深く、女の心を張り裂けさせる男。

アルフは彼の黒い目を見つめ、首をかしげて待った。

「アルフ」しゃがれた声が低く響き、少年用の下着に包まれた彼女の女性の部分がうずいた。

「昨日、わたしはセントジャイルズで悪党どもに襲われた。やつらの素性と、やつらを雇った襲撃の黒幕を調べてもらいたい」

アルフの心臓は飛んでいる鳥が突然射抜かれたようにびくっと震えたあと、重い塊となってすとんと落ちた。

カイルは昨日会ったのが彼女だと、わかっていないのだ。

疑ってもいない。

それは喜んでいいはずの事実だった。

失望する理由などない。

彼女は大きく吸った息を勢いよく吐いて腰に拳を当て、唇が震えないように力をこめた。

「どれくらい払ってくれるんだい？　悪いけど、ただじゃ働けないね」

アルフの耳にベルのあえぐ声が聞こえた。少年は彼女のすぐうしろに立っている。

生意気な言葉に、カイルは反応しなかった。微笑みもなく顔をしかめもしない彼を見て、アルフは一瞬言いすぎたかと思った。

けれどもすぐに、カイルは無表情のまま冷静に返した。「夕食をおごってやっただろう。覚えていないのか？」

アルフは肩をすくめた。「だけど、最後まで食べなかったからな」

彼もまねをして肩をすくめる。「それはわたしのせいじゃない」

楽しくなって、彼女はにんまりした。機転のきく人間は大好きだ。「夕食のほとんどはあんたの膝の上に落ちたんだったよね、たしか」

「ああ、そうだ」カイルは焼いて一週間を経たパンのように乾いた声で答えた。「あのときはちゃんと金を払うと言ったのに、なぜあれほど激しく反応したのかわからないな」

「密告はしないんだよ、旦那」愛想よく言う。「あんたはおれがモンゴメリー公爵に雇われてると知っていて、彼を探れと言っただろう。いったん報酬を受け取っておきながら、さらに金を手に入れるために雇い主を裏切るなんて、おれの流儀じゃない」

カイルは彼女を興味深そうに見た。「雇い主に忠実というわけだ」

「おれを公正に扱い、きちんと報酬を払ってくれるかぎりは、忠誠を尽くす。全力で」アルフは笑みを作った。「あんたにはそれでじゅうぶんかい？」

面白がっているように、カイルが黒い眉をあげた。「ああ、そうだな、坊主」

彼は小さな財布をポケットから出し、アルフに放った。

彼女が受け取った財布を開けると、銀貨が詰まっていた。カイルを見て、眉をあげる。

公爵は動じずに視線を受け止めた。「頼んだ情報を持ってきたら、また同じだけやる」

「わかった」アルフは財布をベストの内側に入れた。「あんたを襲ったという悪党どもについて、聞かせてくれ」

「コヴェントガーデンのあたりで現れ、セントジャイルズまで追ってきた」カイルは暖炉のほうを向き、火を見つめた。美しい口をゆがめているのが見え、昨夜はあの唇に唇を押し当てたのだとアルフは意識した。そして彼の息を吸い、心臓の鼓動を感じた。「少なくとも一〇人はいた。もっと多かったかもしれない。やつらのリーダーはわたしの肘から先くらいはある長いナイフを持っていて、首に赤い布を巻いていた」

彼は亡霊については何も言わない。たいしたことではないと思っているのか、黙っているのには何か理由があるのか、アルフにはわからなかった。

彼女は口笛を吹いた。「誰を敵にまわしたんだよ、旦那？　あんたひとりに、ずいぶんな数の追っ手をけしかけたもんだ」

「何者なのか、まったくわからない。それを見つけてもらうためにおまえを雇ったんだ」

「なるほどね」アルフは相手の様子をうかがった。「ほかに調査の助けになるような情報はないかな？」

彼が表情を変えずに問い返す。「たとえば？」

黒い目を見つめたまま、彼女は無造作に肩をすくめた。「そいつらの外見的な特徴とか、そのときまわりにいた人間とか」

「襲ってきたやつらのことは、じっくり見るような余裕はなかった。だが目撃者なら、襲撃されたときに連れていた明かり持ちの少年がいる。コヴェントガーデンの近くで雇ったんだ。金髪で、年は一四くらい。身長は一七〇センチ弱というところだ。緑色のコートを着ていた」

「その情報は役に立ちそうだ。じゃあ、ほかに何もなければ――」アルフがそう言いかけたとき、背後のドアが開いた。

「旦那様、レディ・ジョーダンがいらっしゃいました」大きな鼻の執事が歌うように告げる。入ってきた女性はアルフと同じくらいの背格好だが、似ているのはそれだけだった。年齢は彼女よりも上で、カイルと同年代。髪はこの屋敷の壁にも使われていた金色で、輝くばかりに美しく、きれいなシニヨンにまとめられている。

セントジャイルズでは、こんな色の髪はけっして見ない。

その女性は白地にごく小さな青と黄の花束の模様のシルクのドレスに、前がふたつに分かれたオーバースカートを重ねていた。縁にフリルと刺繍《ししゅう》が施されているオーバースカートは、

V字の胸当ての下を隠すようにウエストの中央で合わせられ、その部分には青い蝶結び三つが飾られている。

美しいドレスだった。女らしくて美しい女性のための。

アルフは歯を食いしばった。嫉妬は箱にとらえられたネズミのように人間の内側を食い荒らすと、ネッドがいつも言っていた。それがどういうものか、彼女は初めて知った。

女性がアルフを見て、いぶかしげに青灰色の目を見開く。「ヒュー、この子は誰なの？」

アルフは彼女とカイルを見比べた。この女性なら当然、彼の名前を知っているだろう。

ふたりは同じ種類の人間だ。

どちらも貴族で、美しく清潔。金で飾られた屋敷に住み、白いシルクをまとうことができる。

アルフは何年も前にネッドから教えられたように頭を高くあげた。やつらにはけっして泣いているところを見せるんじゃない、と彼は言った。絶対に弱いところを見せてはだめだと。

だから彼女はカイルと美しいドレスを着たレディに向かってにやりと笑い、ゆうゆうと歩いて部屋を出た。

汚らしいごみだめのようなセントジャイルズで、自分に与えられた仕事をするために。

3

白の王国をおさめているのは、王や戦士たちの血を引く力の強い魔女でした。魔女はもっとも勇敢な将軍を夫とし、ふたりのあいだには金色の目と髪を持つ五人の子どもたちが生まれました。一方、黒の王国をおさめていたのは冷酷な魔術師で、子どもはひとり。名前と同じく黒い髪と目をした息子だけでした……。

『黒の王子と金色のハヤブサ』

小汚い少年はレディ・ジョーダンことアイリス・ダニエルズに厚かましくもウインクをして、堂々と出ていった。彼女は眉根を寄せ、そのうしろ姿を見つめた。少年の歩き方にはどこか……奇妙なところがある。彼女は首を横に振ると、ヒューに視線を戻した。

彼はアイリスに向かって両手を差し伸べ、口元に礼儀正しい笑みを浮かべている。

「おはよう、マイ・レディ」

堅苦しい挨拶に眉をあげながら、アイリスは彼の両手を取った。「おはよう、ヒュー」

ヒューが彼女の手の上に身をかがめる。彼が顔をあげると、左目の上に醜い傷がついていることにアイリスは気づいた。

思わず目を見開く。「その傷――どうしたの？」

ヒューがいらだったように口を結んだので、彼女はいつものように傷つき、かすかに心がうずいた。友人に何があったか知りたいと思うのは、そんなにいけないことだろうか？

「なんでもない。大丈夫だ」アイリスが二七歳の大人の女性ではなく、六歳の少女だとでもいうような返事だ。「さあ、来てくれ。子どもたちに会いたいだろう？　もう朝食がすんだか、階上《うえ》へ見に行こう」

彼女は唇をぐっと結んでうなずいたが、そのあと笑みを見せるのは忘れなかった。なぜなら、ヒューは友人だからだ。少なくとも、彼女はそう思っている。ただ、ときどきよくわからなくなるときがあって困っていた。ヒュー・フィッツロイはいろいろな面で秘密の多い男性で、考えていることや感情をなかなか表に出さない。彼とのあいだにはそのうち結婚するという暗黙の了解があるものの、アイリスはときおり今のようなときに、彼との結婚は間違いではないかと考える。

亡くなった夫のジェームズも感情や考えを見せない男性で、妻である彼女と一定の距離を置いていた。

そんな彼との結婚は、幸せだったとは言えない。

でも、ジェームズとヒューは別々の人間だ。ふたりを比べるのは、どちらに対しても公正ではない。自分にそう言い聞かせながら、アイリスはヒューについて大階段をのぼった。前の夫もヒューも陸軍の将校だったが、ジェームズは二〇歳以上も年上で、アイリスは三人目の妻だった。陰気で物静かな夫は女性といるより男同士で過ごすほうが好きなのではないかと、彼女はいつも疑っていた。

それに比べるとヒューは、女性とのつきあいも楽しめるようだ。一緒にいると笑顔で楽しい話もするし、キャサリンに求愛していたときは情熱的で魅力的だった。だがそれでも彼には、どこか完全には自分をさらけ出さないところがある。キャサリンを熱烈に追いかけているときでさえ、周囲をじっと観察しているような冷めた部分があった。

おそらくそれは彼の生まれと関係があるのだろう。純粋な貴族とは、やはり違うのかもしれない。

「ああ、まただ」三階に着くと、アイリスはヒューの声に物思いから引き戻された。

廊下の奥の子ども部屋から響いてくる大きな音と叫び声に、彼が顔をしかめている。

ヒューが腕につかまっているアイリスを無視して大股で歩きだし、彼女もスカートを持ちあげてあとを追った。

彼女が追いついたところでヒューがドアを開け、厳しい声で息子を呼んだ。

「ピーター」

子ども部屋では床に仰向けで転がった幼い少年が真っ赤な顔で拳を握り、じたばたとかかとを床に打ちつけながら、大声で叫んでいた。どうしようもなくなった世話係のメイドが少年の上にかがみ込み、手あたり次第に腕や脚を叩いている。

アイリスはあえいだ。「今すぐやめなさい！」けれどもその声は騒ぎにかき消され、彼女自身の耳にも届かなかった。

クリストファーは壁に寄りかかって座り、両手で耳をふさいで顔をゆがめ、ひたすら怒鳴っている。「黙れ！　黙れ！」

どうしていいかわからず部屋の隅に縮こまっている若いほうのメイドの顔には、髪がほつれて落ちていた。

ヒューは年かさの世話係のメイドの腕をつかむと、廊下に追い出した。「おまえは首だ」抗議をするメイドの面前で、ぴしゃりとドアを閉める。

次に彼はクリストファーのところに行って立ちあがらせ、少年があらがうのを無視してアイリスの前を通過し、隣の寝室へと向かった。「こっちに来てくれ」彼女を呼ぶ。

「だけどピーターは――」

「ピーターはわたしがなんとかする。いったんこんなふうに叫びだすと、しばらくおさまらないんだ。きみにはキットと一緒にいてもらいたい」

そこで彼女はついてこいと命じられたテリアのように柔順に、ヒューのあとを小走りに追った。彼は部下たちに命令するとき、こういう声を出すのだろう。じつに効果的な声だった。ヒューは哀れなクリストファーをふたつ並んだベッドの片方におろし、頼むというようにアイリスを一瞬見た。それから子ども部屋に引き返して、あいだのドアを閉めた。

少年のかたわらに腰をおろしたアイリスは、自分が震えているのに気づいて大きく息を吸った。キャサリンが亡くなったあと、ピーターがひどいかんしゃくを起こすようになったのは知っている。でも、実際に目の当たりにすると……。大切に思っている子があんな状態になっているのを見ると、胸が痛んだ。

彼女はクリストファーを見おろした。

彼は怒鳴るのをやめて膝を抱え、静かにすすり泣いている。

アイリスは細い体を抱き寄せた。

少年は一瞬身をこわばらせたが、そのあと急に体じゅうの力を抜くと、彼女の膝の上にぐったりと倒れ込んだ。

アイリスはクリストファーの黒髪に頰を寄せて目をつぶり、無言で抱きしめた。どうすればいいのかわからなかった。でも、それは彼女だけではない。みなが途方に暮れている。

キャサリンの死に、誰も心の準備ができていなかった。

アイリスにとってキャサリンは、同い年の一〇歳のときからの親友だった。子どもの頃、家が近くて仲よくなった。キャサリンは陽気でいつも男性の賛美者に囲まれていた一方、アイリスはパーティーより本を読むのが好きだったが、成長し結婚してからも、彼女との友情はとぎれなかった。

どちらも幸せとは言えない結婚生活を送っていたあいだも。

アイリスはキャサリンを愛していた。ときに辛辣とも言えるほどの機知、ふたりで過ごしているときに頭をうしろに投げ出してのびのびと笑っていたさま、アイリスがリコリスの菓子に目がないのを知っていて、すぐにそれを利用しようとしたこと。そんなすべてを愛していた。

彼女は喉にこみあげた塊を押し戻した。

今はもう、アイリスがリコリスに目がないことを知っている者はいない。キャサリンには欠点もあった。それはアイリスにもわかっている。あんなふうに星のように明るく輝いていて、影の部分がないわけがない。そんなことは不可能だ。それでもキャサリンは息子たちを愛していた。

その事実には一点の曇りもない。

だからアイリスは、キャサリンが愛していたクリストファーとピーターを気にかけずにはいられない。キャサリンを愛していたから。子どもたちがアイリスを必要とするかぎり。子ども部屋から聞こえていた悲鳴がぴたりとやんだ。訪れた沈黙が、奇妙にも耳の中で鳴り響いているような気がする。

ほっとして、彼女は息をついた。

クリストファーが身じろぎをする。「あいつ、大嫌いだ」

アイリスの心臓がぎゅっと縮んだ。「そんなこと言わないのよ。あの子はどうしようもないの。お母さんが恋しくてしょうがないんだと思うわ。あなただって、そうでしょう?」

「違う」クリストファーはあくびをした。彼女から離れてベッドに横たわり、眠そうに目を閉じる。「ピーターじゃない。あいつだよ」

そう言うと、彼はサクランボのように赤い唇から息を吐き、すっと眠りに落ちた。

アイリスは少年を見つめた。彼のもらしたひとことに驚愕《きょうがく》して。本当だとしたら、恐ろしい。どうしてじつの父親を憎めるのだろう？　そんな仕打ちを受けるようなまねを、ヒューがしたはずがない。それとも違うのだろうか？

ひとつだけ考えられるとしたら、ヒューが子どもたちと何年も離れて生活していたことだ。彼は大陸に渡り、三年間を軍隊で過ごしていた。

子どもたちには、どうしてなのか理解できないだろう。

少年を慰めようと手を伸ばしかけて、アイリスは思いとどまった。起こしてしまうのが怖かったし、なんと言えばいいのかもわからなかった。

こんなふうに自分の力のなさを痛感させられるのは初めてではない。子どもたちが失った生き生きとした母親に比べ、彼女はあまりにも平凡で退屈な代役だ。

結局、アイリスは持ちあげた手をベッドの横に落とした。するとその途中で、手がベッドカバーの下にあるかたいものに触れた。

クリストファーを起こさないようにベッドカバーの端をそっと持ちあげ、その下をのぞく。するとマットレスとベッドのあいだに、赤い革装の本があるのが見えた。引っ張り出してみると、彼女の手よりさほど大きくない薄い本だ。裏返してみたが、なんの印もない。

けれども開いてみると、見慣れた字が並んでいた。

〝カイル公爵夫人キャサリンの日記
一七四一年五月〟

ヒューはピーターを両腕で抱え、もがいている脚をつかんだ。振りまわしている手がまだ痛むあばらに当たって思わず顔をしかめたが、頬に当たった手は無視する。彼は息子を持ちあげ、隅に置いてある椅子まで行って座った。ピーターはまだ全力で叫んでいるものの、ヒューは自分を抑え、いらだちも怒りも表に出さなかった。彼は大人で、ピーターは子どもなのだ。

一緒になって、感情のままにふるまうわけにはいかない。

幼い息子の声は次第に静かになっていった。

そのあいだ、ヒューは汗ばんだピーターの頭の上に顎をのせ、小さな体をしっかりと抱えていた。怒りをみんなに伝えようという息子の意志の強さに、感嘆さえ覚えていた。

しゃくりあげた息が喉でつかえ、ピーターの声が止まる。疲れ果てたのだ。

ヒューはポケットからハンカチを取り出すと、ピーターの顔をやさしく拭いてやった。

「いやだ!」ピーターはもがこうとしたが、力が残っておらず弱々しい。「いやだ! あっちに行って」

「いや、行かないよ」静かに返した。ピーターの鼻にハンカチを当てる。「かめるか?」

息子が音を立てて鼻をかむ。

ヒューは鼻水をきれいに拭き取ると、ハンカチを丸めてポケットに戻した。

ピーターが暴れるのをやめて、ぐったりと体を預ける。

息子のおなかに腕をまわして支え、額を手でこすって、汗で湿った髪をどけてやった。頭痛が始まる兆候として、右目のうしろがずきんと痛む。

ヒューは目を閉じた。息子たちが母親の死から立ち直る日は来るのだろうか？　父親が突然姿を消したことを、彼らが許してくれる日は？

キャサリンには八年前に出会った。ヒューは二四歳で、彼女は生き生きとした魅力にあふれる一九歳。バーロウ伯爵の娘だった彼女は白鳥のように美しく、その年の社交界の人気をさらっていて、彼は初めて見た瞬間に激しい恋に落ちた。鋭い機知を持ち、まぶしいばかりの生気を放つキャサリンに夢中になってしまったのだ。ヒューをからかい、あっという間に欲望に火をつける彼女になすすべもなく惹かれた。そしてキャサリンもまたヒューに夢中だった。とりわけ彼の称号や軍服に。だが、ふたりは最悪の組みあわせだった。最初はわからなかったが。

生まれて初めて経験する激しい喜びと興奮以外、すべてが頭から消し飛んでいた。でも、ありえないほどの解放感と期待感に、すぐにおかしいと気づけたはずなのだ。感情や下半身に支配されるのではなく、頭を使って考えていれば。

愛なんてものが幸せにつながるはずがないと、ふだんの彼はじゅうぶん承知しているのだから。

それなのに過去に学んだ教訓やわずかな友人からの助言を顧みず、何カ月も経たないうちにキャサリンと結婚してしまった。最初の年は争いと愛が混在していた。まるで鋼鉄でできた牢獄に閉じ込められているような生活で、ふたりの激しい情熱に壁が燃えあがっているのに、どちらも相手を解放せず、そこから出られない。

やがて彼女はキットを身ごもった。ほとんどすぐに。

息子の誕生は、どちらにとっても喜びだった。そして激しい口論が少しおさまったが、結局すぐに元どおり。金髪で色白のピーターが生まれたとき、キャサリンには一年以上も前から愛人がいたのかとヒューはひそかに思わずにはいられなかった。

ピーターが二歳になる頃には、彼女は不貞を働いていることを夫に隠そうともしなくなり、ヒューはヒューで怒る気も失せていた。

キャサリンを殴って思い知らせるという手もあった。酒で紛らわせたり、自殺をしたり、あるいは彼女を田舎に幽閉したりというやり方もあっただろう。彼女の愛人に決闘を申し込んで、殺してやってもよかった。違法な行為でもかまやしない。そのうち自分が命を落とすまで、延々と戦い続ける。それとも彼女を無視して愛人を作るべきだったのか？　寝取られ亭主としてまわりの男たちにあざ笑われても、気づかないふりをして。

一番簡単なのは、正気を失ってしまうことだったかもしれない。

けれどもヒューはそのどれも選ばず、ただ黙ってキャサリンのもとを去った。当時彼は、すでに国王の命による任務を極秘に遂行するようになっていた。けっして表沙汰にはできない任務を。そういう活動は大陸で大いに必要とされており、いろんな意味で国を出るのは好都合だったのだ。それ以来、ヒューは陸軍のあちこちの部隊に配属されながら、ふつうの軍務よりも繊細な事柄に関わってきた。キャサリンに対しては、大陸に渡るとすぐに代理人を通して連絡を取った。彼女と息子たちの面倒はずっと見るが、そうする条件はふたつ。情事を大っぴらにしないことと、彼が国にいないあいだに子どもを作らないこと。あとは息子たちの生活ぶりを定期的に手紙で知らせてほしい、彼からの手紙を子どもたちに読んでやってほしいとも頼んだ。

結局、キャサリンは妻よりも母親としての資質のほうが優れていると判明した。あるいは弁護士など第三者を通したほうが、ふたりとも理性的にふるまえたというだけだったのかもしれない。彼女はヒューの要求どおりキットとピーターについて書き綴《つづ》った長い手紙をきちんとよこし、彼は大陸じゅうの戦場や舞踏室をまわりながら三年間を過ごした。

ヒューは心の平安を手に入れた。しかしそれと引き換えに、息子たちを諦めなければならなかった。

彼の息子たちを。

ヒューはピーターにまわした腕に力をこめ、かがみ込んで額にキスをした。三年間の留守を経てカイル・ハウスに戻ると、息子たちにとって彼は他人となっていた。キットはキャサリンの持っていた細密画を見て顔は覚えていたが、ピーターには彼がわからなかった。幼い下の息子は混乱しておびえ、キットはあからさまな憎しみをこめてヒューをにらんだ。

わが子にそんな反応をされるとは。

二度と同じことは繰り返さない。欲望と愚かさからなる過剰な情熱のために、彼はあまりにも多くを失った。今度は落ち着いたやさしい女性と結婚する。今、キットを慰めてくれている女性と、友情と人間らしい心の交流を求めて。アイリスは彼の子どもたちの母親となり、屋敷の女主人として家庭を作ってくれるだろう。

腕の中で、ピーターが身じろぎをした。「父様？」

ヒューは目を開けた。「なんだ？」

「今度はいつ出ていっちゃうの？」

この質問をピーターは前にも口にしている。ヒューは今度も同じ答えを返した。

「もう出ていかないよ」

ピーターはヒューのベストを握った。顔を伏せ、ボタンをもてあそぶ。

「出ていくってキットが言ってた」

どう言えば幼い息子が自分の言葉を信じてくれるか、ヒューは考え込んだ。ピーターは母親を失い、残されたのはよく知らない父親だけなのだ。

結局、こう返すしかなかった。じゅうぶんではないとわかっていても。「出ていかない。約束する」

「前より動きが鈍くなってるよ、じいさん」その晩、アルフは鳥のようにすばやくうしろへろう。

ゴドリック・セントジョンはにこりともしなかった。ふだんから、ほとんど笑わないのだ——レディである妻か、かわいい娘である赤ん坊を見るとき以外は。彼が氷を思わせる灰色の目を細め、剣を突き出す。彼をよく知らなければ、本気で刺し貫こうとしていると思うだろう。

だが、アルフは彼をよく知っている。

彼女は練習用の剣を優雅にはねあげて相手の攻撃をかわし、虚を突いてふところにもぐり込むと、無防備になった脇の下に向かって剣先を突き立てようとした。

しかし、そうはことが運ばなかった。先にセントジョンの剣先が、彼女の喉を保護している防具に当てられていたのだ。

アルフは鼻にしわを寄せ、降参した印に練習用の剣を落とした。彼らが剣の練習をしているのは、セント・ハウスの最上階にある木の床がむき出しになっている部屋だ。飾りと言えるようなものは壁にかけてある剣と防具だけで、アルフの知るかぎり、ここは剣の練習用にしか使われていない。

「どこで失敗したのか考えてみろ」セントジョンに息が乱れている気配はまったくなく、彼がアルフよりかなり年上であることを考えると、それはちょっとした侮辱だった。

「敵の動きを読めていなかったし、敵の知性を見くびっていた」アルフは早口にひと息で言いきった。彼女の犯す間違いは、いつも同じなのだ。「だけど、セントジャイルズの路地であんたに出くわしさえしなければ平気さ。ほかの人間相手じゃ、こんな失敗は犯さない」

セントジョンはため息をついて剣をおろした。「これは遊びではない。剣の使い方を教えることに同意したのは、自分の身を守れるようになってほしかったからだ。それなのにばげたうぬぼれを捨てないで、この先も自分から戦いを求めて外をうろつき続けるのなら、今にきっとけがをしたり殺されたりするはめになるぞ」

セントジョンがいつもどおり、いらだたしいほど冷静な声で厳しくいましめるのを聞いて、アルフは顔をしかめた。二年前なら中指を立てて口汚く罵り、部屋から出ていっただろう。

けれども目の前にいるのは、アルフの前にセントジャイルズの亡霊だった男だ。少女誘拐団からハンナを救出するのを手伝ってくれ、そのあと何カ月もいくら冷たくされても諦めず、アルフを探し出しては話しかけてきた。だからとうとう彼女は爆発して、引退したセントジョンの代わりにセントジャイルズの亡霊になれるよう、剣の使い方を教えろと要求したのだった。

きっと彼は拒否して、アルフにはかまわなくなると思っていた。

でも、違った。

セントジョンはアルフを自分の家に招き入れ、剣の使い方を教えてくれたのだ。どうやって剣を繰り出し、どうやって敵の攻撃を防ぐかを。構えるときの腰の角度や、足の運び方を。そして彼女の準備が整うと亡霊の衣装を作ってくれる老婦人を紹介し、剣を選ぶのも手伝ってくれた。アルフが女だと承知していたのに。名前も金も家族も持たない、セントジャイルズという吹きだまりに暮らす女だと知っていたのに。

そして彼は、お返しを何も求めなかった。金も、体も。

セントジョンみたいな人間に会うのは初めてだった。

彼のことはほんの少し愛していると、認めてもいいくらいだ。

愛といっても男と女のあいだにある愛ではなく、空やハンナや家々の屋根を見て感じるような愛だけれど。

ゴドリック・セントジョンは特別で、いい意味で変わっている。

だから彼がいつもの目つきでアルフを見てふたたび剣を構えると、彼女は落とした自分の剣を拾った。しおらしい態度で。

少なくともそうしようとした。

だが階下が何やらにぎやかになり、セントジョンは表情こそ変えなかったものの、どこかうれしそうになって、今日の練習はこれで終わりだとアルフは悟った。

彼の妻が帰ってきたのだ。

「すまないな」謝りながらも、セントジョンはすでにうわの空だ。

アルフはため息をついた。一度も会ったことのない女性に反感を覚えないよう自分を抑えながら、壁際に行って剣を吊るし、詰め物をした練習用のベストのひもを解く。

「夕食をとっていかないか？」

彼女は顔をあげた。これまでは一度も誘われたことがない。妻が家にいるときには。

っている」

「彼女になんて言うんだよ」思わずそう言ってしまった。子どもみたいにふくれっ面になっているのが自分でもわかる。彼の妻が帰宅しなかったら、まだ練習していたはずなのだ。セントジョンが眉をあげた。「もちろん、ちゃんと紹介するさ。メグスはきみが何者か知っている」

アルフは身をかたくした。「教えたんだ」

「妻には秘密を作らない主義でね」彼が冷静に説明する。「アルフ、そんな顔をするな。メグスはきみのことを誰にももらしはしない。約束したんだ。きみの変装がどれだけ重要なものか、彼女はわかっている」

アルフは首を横に振りながら、あとずさりした。セントジョンがなんと言おうと、妻とどんな約束を交わそうと関係ない。重要なのは、彼が話したという事実だ。

彼女の秘密を妻に教えたという事実。

つまり、アルフは彼にとって特別な存在ではないのだ。

こんなことで傷つくべきではないのに胸が痛かった。ものすごく。

彼女はセントジョンに背を向けると、窓辺に行った。

「アルフ」

返事をする気になれず、窓から脚を外に出すと、すぐ下にある突起につま先をかけて屋敷の壁面をのぼり、一度も振り返らないまま屋根にあがった。

外はすでに暗く、月は雲に隠れている。それでも彼女は屋根の上を走った。隣の建物に飛び移って、そこから地面におりる。セント・ハウスは川辺にあり、そこから北の方角にあるセントジャイルズに向かってアルフは歩きだした。両手をポケットに突っ込み、顔を伏せて進む。セントジョンについて考えるのは、もうやめなければ。彼があたたかい家の中で妻と赤ん坊と一緒にいるところを想像するのは。

彼女は自分で自分の面倒を見られるのだから、セントジョンなんかどうでもいい。それより、今からするべきことを考えるのだ。まず〈一角山羊亭〉に行って夕食をとり、そこで聞き込みをしよう。昨日の夜、〈赤い首団〉にカイルを襲わせたのは誰か、アーチャーや常連客に話を聞いて手がかりを探すのだ。〈赤い首団〉に気づかれないよう、遠まわしにうまくやらなくてはならない。掏摸やいかがわしい質屋たち、カイルと一緒だった明かり持ちの少年とはすでに話をしたが、銀貨の入った財布をもうひとつもらえるほどの情報は得られなかった。

それに彼女の情報源の中には、夜にしか外へ出てこない者もいる。

セントジャイルズに近づくにつれて、通りが暗くなった。店の主人たちが、外を照らすランタンを出していないのだ。アルフはふと、つけられていることに気づいた。通りは空っぽというわけではなく、セントジャイルズへ寝に帰る人々の姿がちらほら見える。それで最初はよくわからなかった。

だが、つぶれた三角帽をかぶったひょろりとした男が、コヴェントガーデンからずっと通りの反対側を追ってきている。

しかもそいつは赤いクラヴァットを巻いていた。

アルフは汚いものを踏んでしまったふりをして、身をかがめながら靴底を敷石にこすりつけた。そうやってすばやくうしろをうかがうと、数歩離れたところにも男がふたりいた。もちろん、彼らがこちらをつけているとはかぎらない。

でもそんなのは、太陽が明日、東からのぼらないというのと同じくらいの確率だ。

アルフは体を起こして、何事もなかったかのように歩きだした。さっきまでと同じように寒さに肩を丸め、顔を伏せたまま店を何軒か通り過ぎる。

そして次の路地でいきなり折れ、歩く速度をあげた。

追ってくる足音が響き、首のうしろに熱い息がかかるくらい追ってきた。ほんの少し追っ手と距離を取れれば、壁面をのぼって屋根にのり、一瞬で引き離せる。

だが、地面の上では……。

昨夜カイルも同じようにやつらに追われたのだと考えながら、アルフは右に折れ、別の小道に飛び込んだ。やつらは殺す子羊を追いつめるように、カイルをはさみ撃ちにした。

カイルのように、逃げ場のないところで囲まれてはならない。

次のさらに細い路地にはわざと入らなかった。代わりに、ロンドンでもこぎれいな界隈のある西へと引き返す。

誰かが罵るのが聞こえ、コートに指がかかるのを感じた。

バランスが崩れ、思わずよろめく。

アルフはコートのポケットに手を入れると、短剣をつかんだ。くるりと振り返り、視線をあげないまま襲撃者に向かって突き出す。顔のすぐ下をめがけて。

手応えはなかった。けれども襲撃者は悪態をつき、彼女のコートを放して喉を守った。

アルフはすぐに前を向き、短剣を握ったまま走った。どんどん息があがっていく。広い通りに出てほっとしたせいで、左から来た男に気づくのが遅れた。

彼女は突っ込んできた男にはね飛ばされ、地面に倒れた。短剣が手から離れ、暗い道に音を立てて転がる。最初の衝撃は背中に来た。次に腿。

体を丸めなければならなかった。頭や目、喉やおなかを隠す。やわらかい部分を。やられたら致命的な被害を受ける部分を。

それはセントジャイルズで暮らす人間が最初に学ぶことだった。母親のおっぱいを飲んでいる頃から、子守歌代わりに叩き込まれる。

だが、今ここで丸くなったら、一回や二回蹴られるだけではすまない。やつらはアルフのあばらが折れ、頭蓋骨がへこみ、意識がなくなるまで蹴り続けるだろう。やわらかい部分があらわになるまで。

そして彼女を殺す。

だからアルフは動き続けた。手や足を使い、必死で這い進んだ。ほとんど望みはないとわかっていても、なんとか立ちあがるために。脇腹を繰り返し蹴りあげられるのを無視して、這いずりながらベストのポケットに手を入れる。そして次の蹴りが来たときに相手の脚をつかむと、取り出した二本目の短剣を突き立てた。

男がわめいて、仲間に向かって倒れ込んだ。それが彼女の求めていた時間を与えてくれた。ほんのわずかな時間を。

アルフは飛び起きて走りだした。軽快にとは言えず、足を引きずりながらではあるけれど。腕と脇腹が燃えるように痛み、顔の右側はどうなっているのか、痛みすら感じない。

それでも彼女は跳びあがってバルコニーの下の横棒をつかみ、体を揺すって脚を振りあげた。ぎりぎりのところで追っ手の腕が空を切る。バルコニーによじのぼると、窓から窓へと伝って屋根まであがった。

そこまで行けば、もうアルフの世界だった。翼を広げ、ロンドンの上空を飛びまわれる。

暗い森と、そこに住む怪物を置き去りにして。

4

黒の魔術師は金をばらまき、人の弱みを握っては脅し、とうとう白の魔女の守りの穴を見つけました。そうすると彼は、一瞬もためらいませんでした。どうしてためらう必要があるでしょう。白の魔女だって、彼の弱みを見つけたら、見逃してなどくれないに決まっています。彼のことも、彼の家族のことも。

そこで魔術師は白い城にずかずかと入っていって、魔法の火をかけました。中に白の魔女とその家族がいるにもかかわらず……。

『黒の王子と金色のハヤブサ』

その晩、ヒューは夕食をとっていた。白ワインをひと口飲み、皿の横にグラスをおろす。暖炉の熱を背中に受けながら食堂に座っているのは、彼ひとりだ。濃い色の木で作られた長いテーブルの上には、ひとり分の食器しか用意されていない。そこは恐ろしく広い食堂だった。結婚したての頃、キャサリンがにぎやかにパーティーを開くことを思い描いて、そうしたのだ。

もしかしたら彼が大陸やインドで過ごしているあいだに、彼女はそういうパーティーを開いていたのかもしれない。

図書室に夕食を運ばせればよかったと考えながら、ヒューは牛肉のステーキを口に運んだ。今も彼は食器が並べられている横に、たくさんの書類や地図を広げている。その中には、オスマン帝国に大使として派遣されイスタンブールに住んでいるモンゴメリー公爵からの手紙もあった。モンゴメリーはいつものように表現が大げさで解読するのが難しい文章で、〈混沌の王〉の最後のリーダーは年老いたダイモア公爵だったが、彼の死後にあとを継いだ者は自分の知るかぎりいないと知らせてきたのだ。

ヒューは鼻で笑い、手紙を横に放った。

あの秘密組織を率いているのが誰か調べるようモンゴメリーに依頼したのは何カ月も前だ。そのときになぜこの情報を教えなかったのか理解に苦しむが、いかにもあの男らしい。モンゴメリー公爵はふつうの人間にはうかがい知れない動機で動く、モラルというものを持たない悪人だ。彼の行動のほとんどは単純に面白いからという理由だけで決定され、そうではないわずかな例外も、公爵の頭の中でどういう過程を経て決定されたのか理解できる者はいない。

ため息をついて、ヒューは肉が残っている皿を押しやった。右目の奥に激しい頭痛が起こる気配があり、本格的に痛みが増してくると吐き気がすることもあるため、食べすぎないよう自重したのだ。

ワインを飲み干してグラスを置き、立ちあがる。

ダイモアはたしか去年の秋、謎めいた状況で死んだ。しかし本当にそのあと何カ月も、〈混沌の王〉のリーダーの座は空白のままなのだろうか？　あの秘密組織については今のところたいした情報は得られていないものの、そんな状態を放置するほどいいかげんな組織とは思えない。今頃はきっと誰かがダイモアの地位を継いでいるか、あるいは継ごうとしているだろう。その人物は誰だと思うかと問われれば、ヒューはアーロン・クルーを選ぶ。モンゴメリーのリストにあった四人の中で一番年長でも裕福でもなければ、身分が高いわけでもないが、三〇そこそこの若輩者にしてはずいぶんと政治的な影響力を蓄えている。ヒューの調べたところでは、無名の田舎者の一族の出だというのに。もし彼が――。

突然、食堂のドアが勢いよく開いて壁にぶつかり、ベルが駆け込んできた。「閣下、アルフがけがをしました！」

「どこにいる？」

ベルはきびすを返し、ヒューもあとを追った。

少年は厨房に向かって駆けていく。

厨房には大勢の人間が集まっていた。

料理人、メイド、執事、家政婦長、従僕たちは片側にかたまっている。長いテーブルにのっているいくつもの皿は食べかけなので、使用人たちは食事の途中だったのだろう。

ヒューの部下たちは裏口の近くにいた。

ライリーは腕組みをして、一見退屈そうに裏口の戸枠に寄りかかっている。隣にいるタルボットは緊張した様子で、険しい表情だ。その近くでジェンキンズがアルフの横にしゃがんでいるものの、触れてはいない。ヒューはそこに向かいながら、理由を見て取った。アルフは厨房の石の床の上に体を抱えて座っているが、いつもかぶっている帽子はなく、野犬のように歯をむき出して、ぎらぎらと目を光らせている。

そして右手には血まみれの短剣を握っていた。

ヒューはジェンキンズのうしろまで行くと腕を横に伸ばし、ベルがそれ以上前に出ないように止めた。

アルフがさっと視線を動かしてヒューを見ると、その目に激しい感情が渦巻いているのがわかった。

少年と目を合わせたまま、ヒューはまわりに指示した。「使用人たちは、みんな出ていってくれ」

足音と衣《きぬ》ずれの音が聞こえ、みなが出ていったのがわかった。

厨房には、彼と部下たちとアルフだけが残った。

少年の呼吸が乱れ、手に持った短剣が震える。

「何があった？」ヒューは問いかけた。

「この状態で厨房に駆け込んできたんです」ライリーが答えた。「誰にも触らせようとしません」

「ジェンキンズ？」ヒューは静かに尋ねた。

「あばらです」元兵士が同じように低い声で返す。彼の横には医療器具をおさめた黒革のかばんが置いてあった。「頭にも傷がありますし、脚は刺されているんじゃないかと思います。コートについている血は別の人間のものでしょう。誰のかはわかりませんが」

「大丈夫だ」アルフがしゃがれた声で言った。彼の右脚を包むブリーチズに、血の染みがじわじわと広がっている。

ヒューは穏やかにさとした。「いや、ちっとも大丈夫じゃない。ここへは助けを求めて来たんだろう。わたしに助けさせてくれ」

「しばらく休ませてくれればいいんだ。そうすれば元気になる」

「ばかを言うな」ぴしゃりと言う。「ここにいるジェンキンズは、けがの治療がすばらしくうまいんだ。昨日の晩、わたしの傷も縫ってくれた」

アルフはすでに首を横に振っていた。「誰にも触らせやしない。誰にも」

ヒューは哀れみを感じながらも、ぐっと顎に力を入れた。目の前の少年を見ていると、傷ついた野生のテリアを思い出す。助けようと差し伸べられた手に向かってうなり、嚙みつこうとする小さな犬を。だがその気持ちは理解できても、やるべきことはやらねばならない。

「気持ちはわかるが、おまえはジェンキンズの治療を受けるんだ。これは命令だと思え」

「お断りだね」

「タルボット」ヒューは何かを指示するように呼びかけた。

「わかりました」元擲弾兵がうなずく。

アルフが身をかたくして、タルボットにさっと目を向けた。

その隙にヒューは二歩進み出てアルフの手から短剣を叩き落とし、動けないようにその体を腕ごと抱え込んだ。

少年が背中をそらす。「やめろ！　汚いぞ！」

ヒューはうめいたが、アルフは予想より軽かった。少年を肩に担ぎあげ、ばたつかせている脚を腕で押さえる。

「ついてこい」部下たちに命じ、厨房を出て使用人用の廊下に出た。

ベルが燭台《しょくだい》を持って廊下を照らす。

ヒューは角を曲がって狭い階段をのぼり、使用人用の区画に向かった。肩の上の少年はぐったりしている。気を失ったのかもしれない。

「空いている部屋はあるか？」ジェンキンズにきいた。

「ここです」ジェンキンズが右側の四番目のドアを開ける。

三角にとがった屋根の真下にあるその部屋は、天井が入り口の上から窓に向かって傾斜していた。窓の両側に狭いひとり用のベッドがひとつずつ置かれ、壁にはフックが一列に並んでいる。そのほかには腰かけとドアの横に戸棚があり、その上には洗面器が置かれていた。

天井に頭をぶつけないように身をかがめ、ヒューは少年をそっと片方のベッドにおろした。

アルフが険しい目で見あげる。「あんたはおれの仕えるご主人様ってわけじゃない」

目の前の少年はけがをしているうえ、体の大きい年上の男たちに囲まれているというのに、こんなにも勇敢だ。

痣《あざ》だらけの繊細な顔にかかっている髪を、ヒューはやさしく払ってやった。

「たしかにおまえの主人ではないが、わたしのためにその脚をジェンキンズに見せてやってくれないか？」

アルフは明白な同意はしなかったものの、その体から目に見えて力が抜けた。

ジェンキンズが腰かけを引き寄せて座り、黒いかばんを開けた。大きなはさみを取り出し、少年の血だらけのブリーチズの上にかがみ込む。そして手早く片方の腰から下の部分を切り取って靴を脱がせ、血のついた靴下も切り開いて脚からはずした。

少年は汚れたブリーチズの下にすり切れた下着をつけており、それにも血の染みがついていた。

ジェンキンズははさみを置いてかばんの中から布を取り出し、膝のすぐ上にある傷からゆっくりと流れ出している血を拭き取った。

ヒューは傷をじっと見た。深いので、縫ったほうがいいように思える。彼はタルボットに言った。「ブランデーを持ってきてくれ」

タルボットがうなずき、部屋から出ていく。

アルフがヒューに反抗的な目を向けた。「いらないよ、旦那」

ヒューは少年の足首に手を置いた。「痛みに耐えやすくなるんだ」

ジェンキンズが針に糸を通している。

「誰にやられた？」ヒューはきいた。

タルボットが戻ってきて、ヒューにボトルを渡す。ヒューはコルクを抜くと、アルフの口に当てて傾けた。

少年はほんの少しだけ口に入れて飲み込み、うなずいた。「どうも。待ち伏せされたんだ。がたいのいいやつら三人に。コヴェントガーデンとセントジャイルズのあいだで」

ジェンキンズがベルに向かってうなずくと、ベルは燭台を持って近づき、ナイフに刺された傷を明るく照らした。ベルが震え、ろうそくの光が揺れる。

「じっとしててくれ」ジェンキンズは小声で言い、左手で傷の端をつまむと、右手に持った針を躊躇なく肌に刺した。

アルフは動じなかったものの、ジェンキンズがふたたび針を刺すと、唇をきつく引き結んだ。

ヒューは少年と目を合わせた。「おまえが襲われたのは、昨日のわたしへの襲撃と関係があると思うか？」

「決まってるさ。今日はあちこちで聞き込みをしたから」アルフが痛みに目を見開いた。「それにやつらは赤いクラヴァットをしていた。昨日の夜、あんたを殺そうとしたやつらだよ。〈赤い首団〉って名乗ってる。赤いクラヴァットと——やつらが犠牲者を殺す方法にちなんで」喉をかき切る仕草をしてみせる。

ベルの手がふたたび揺れてろうそくの光が動き、ジェンキンズがうなった。ヒューは体の横で拳をかためた。この少年は彼のせいで襲われたのだ。たったひとりでセントジャイルズのような場所をかぎまわらせたから。

ジェンキンズがふた針目の糸を結びあわせると、少年はうめいた。

もう一度、ヒューはブランデーのボトルを差し出した。

アルフが鼻を鳴らす。「いらないよ。そんなもの、もう必要ない」

「飲んだからって勇敢じゃないなんて、誰も思わないぞ」ヒューは声をやわらげた。

「あんたたちにどう思われるか、なんで気にしなくちゃならないんだよ」少年が挑むように唇をゆがめる。

ヒューは眉をあげた。この少年は彼や部下たちの前で意識を失うのを恐れているのだろうか？ ここまで人を警戒するなんて、これまでどんなふうに生きてきたのだろう？ ジェンキンズが丁寧にもうひと針縫うのを見つめながら、ヒューは考え込んだ。

「あんたの言ってた明かり持ちの少年と話したよ」アルフのささやき声が、彼の注意を引き戻した。「掏摸たちとも」

ヒューはアルフを見つめた。少年の大きな茶色の目は痛みで曇っているが、ピンク色の唇には微笑みが躍っている。「それで、何かわかったのか？」

「たいして」アルフはそう認め、ジェンキンズが縫い目を引っ張るとゆっくり息を吐いた。

「一週間くらい前に、悪党どもを雇いたいと言って探してた紳士がいたらしい。たしかじゃないけど。そいつからは腐った卵のにおいがしたと言ってたやつもいる」

「腐った卵か」ヒューは無表情に繰り返した。

アルフがウインクをした。「〝たいして〟って言っただろ」

「ほかに特徴はなかったのか？」

少年は目を閉じた。「ごくふつうの男だったんだと思う。背が高くも低くもなく、肌の色は黒くも白くもなく、年寄りでも若者でもない。特徴といえば、横柄なしゃべり方と腐った卵のにおいくらいさ。このとんでもなく広いお屋敷を出て、まわりのにおいをかいでみるって手もあるな。そうしたらやつを見つけられるかもしれないよ、旦那」

タルボットが袖に顔を伏せて、ごほっと咳をする。ベルは目を真ん丸に見開き、ライリーは抑えようともせずにくすくす笑った。

アルフが目を開け、まっすぐにヒューを見た。苦痛を感じているのが明らかに見て取れるにもかかわらず、少年の目には笑いがあふれている。

なんという人を食った少年だろう。ヒューはおかしくてたまらないのをこらえ、顔をしかめてみせた。

ジェンキンズが最後の結び目を作って糸を切り、かばんから包帯を出して少年の脚に巻きはじめた。

アルフが唇を嚙みしめる。

ヒューは彼の足首をそっと叩いた。アルフは生意気なくらい大胆な口をきくが、体は小さく華奢だ。こんな少年が三人もの大きな男に襲われ、ロンドンの街を必死に逃げてきたのだと思うと、怒りのあまりはらわたがねじれる。

ジェンキンズが包帯の端を結んだのを確認し、部下たちに出ていくよう顎で合図する。ベルが燭台を置いて自分用にろうそくに火を移すと、四人は出ていった。

ヒューはアルフの目が閉じかけているのに気づいた。「今日はここで寝るんだ。朝になったら、また話そう」

「無理やりここにいさせるなんてできないよ、旦那」すでに眠りに落ちかけている少年は、ろれつがまわっていない。「言っただろ、あんたはおれの主人じゃないって。覚えてないのか？」

ヒューはか細い足首を一瞬ぎゅっと握って放した。「主人以外が、おまえを守ってはいけないわけじゃない。ここにいろ。これは命令だ」

アルフが濃いまつげに囲まれた茶色い目を大きく見開き、ヒューは必ず来るとわかっている抗議の言葉を待ち受けた。

だが、何も来ない。

その代わりアルフはただ微笑み……眠りに落ちた。

ヒューはしばらく少年を見ていた。自立心に富んだアルフは自分なりのやり方で行動し、好きなように駆けまわるのに慣れている。しかしヒューから請け負った仕事をしているあいだにアルフがもしまた同じような事態に巻き込まれたら、ヒューは自分を許せない。アルフは今、彼の保護下にあるのだ。

だから少年の身を守るために、翼を切らなくてはならない。

ヒューは疲労のせいで重い体を動かして部屋を出たが、ドアをそっと閉めたときに気がついた。しつこい頭痛が跡形もなく消えていた。


翌朝目覚めたアルフの頭に最初に浮かんだのは、自分の隠れ家にいるのではないということだった。

ここは安全ではない。

しかも、近くで何やらささやき声がする。

彼女はそのまま動かずに、ゆったりと深い呼吸を続けた。口からも力を抜き、少し開けておく。

「新しい従僕かな」

「じゃあ、なんでけがをしてるんだろう」

「たぶん、父様はこいつが好きじゃないんだよ」

「ピーティー！　父上が従僕にけがをさせるわけないじゃないか」二番目の声は叫んだものの、すぐに少し自信を失った様子でつけ加える。「たぶん」

ふたりは次第に小声で話すのを忘れ、声が大きくなってきている。子どもたちだ。

アルフは目を開けた。

彼女は横向きに丸くなって寝ていたが、体じゅうが痛かった。そのとき、彼女の上に顔がふたつ現れた。ひとつには青い目、もうひとつには黒い目がついている。ふたりとも彼女が目を覚ましたのを見て、うしろに飛びすさった。

小さな男の子たちだ。年上の子が黒い目で、たぶん七つか八つ。くるくる巻いた髪も黒い。青い目の子は頭ひとつ分小さく、金髪で色白の肌にピンクの頰という天使のような姿だ。ハンナと同じくらい——五つか六つというところだろう。どちらも小さな紳士といういでたちで、茶色のベストとブリーチズに上着を着込み、首元には小さなクラヴァットまで結んでいる。

アルフはあくびをして慎重に体を起こすと、壁に寄りかかって座った。あばらが痛み、思わず顔をしかめる。脚は上掛けで覆っておくよう注意した。今は胸のさらしを巻いた上に、下着とシャツしか身につけていない。ふたたび顔をあげると、男の子たちはまるで幻のアフリカトラでも現れたかのように彼女を見つめていた。

アルフはふたりに微笑んだ。「きみたちの父さんって、誰だい？」

「カイル公爵」小さいほうの子が甲高い声で答え、アルフはその言葉に全身が揺さぶられたような衝撃を受けた。

カイルが結婚しているなんて、考えてもいなかった。

「黙れよ、ピーティー」兄が叱る。

「だってそうだもん！」弟の大きな青い目に、見る見るうちに涙がたまる。

じめた。
「お母さんは？」涙を止めたくて、アルフはあわててきいた。
「死んだよ」兄が答え、弟はサバをひと山売ろうと声を張りあげる魚屋のように泣き叫びは
じめた。
アルフは胸を締めつけられた。悲しんでいる男の子を抱きしめたいけれど、彼女は母親で
はない。この子の母親は死んでしまい、その事実を変えられるものはこの世に存在しないの
だ。
そこで彼女は手を伸ばし、片方だけ履いていた靴を脱いで小さなナイフを取り出した。
泣き叫んでいた男の子が、ぴたりと口を閉じる。
薄い鞘からナイフを抜くと、剃刀《かみそり》のように鋭い刃が窓から差し込む朝の光をきらりと反射
した。「昨日の夜、三人の男に襲われて殺されそうになったんだ。どうやって撃退したか、
聞きたいかい？」
青い目の男の子がごくりとつばをのみ込んでうなずき、気難しい顔をした兄のほうも興味
を引かれている様子を見せた。
「じゃあ、座れよ」ベッドの上を叩いてみせる。「名前は？」
青い目の子は、すでにアルフの横によじのぼっていた。「ぼく、ピーター。ピーター卿だ
よ」
彼女はふんと笑った。ピーター卿はたった今、上着の袖で鼻を拭いたところだ。
「で、そっちは？」

少年は父親そっくりの考え深げな目で、彼女を見つめた。「クリストファー」

「キットだよ」ピーター卿が偉そうに言い直す。「みんな、キットって呼ぶんだ。レディ・ジョーダンは違うけど。でも、ほんとの名前はスタッフィンっていうの」

よくわからず、アルフは目をしばたたいた。「スタッフィン？」

「そうじゃない」年上の男の子は辛抱強く言って、ようやくベッドにあがってきた。「名前はクリストファー・フィッツロイで、スタッフィン伯爵なんだ。ぼくは跡継ぎだから、父上が死んだら公爵になる」

隣に座った男の子は彼女を見あげて当然のように自分の称号を名乗り、いつか公爵になるのだと告げた。

「きみの名前は？」反対の隣に座ったピーターが高い声で尋ねる。

アルフはピンクの頬の天使みたいな顔を見おろして、思わず笑ってしまった。

「アルフ。ただのアルフさ。ほかに名前はない。ひとつしかないんだ」

小さな男の子がにっと笑うと、前歯が二本抜けているのがわかった。「じゃあ、お話をしてよ」

「セントジャイルズがどこにあるか知ってるかい？」アルフはきいた。

ふたりとも、首を横に振る。

「知らなくてよかったよ」まじめな顔で、ふたりをじっと見た。「ロンドンで一番みすぼらしくて汚い、最悪の場所なんだ。夜には泥棒や物乞いや人殺しがうようよいる。おれはそこに住んでいるのさ」

キットが目を見開き、ピーターは彼女の腕にすり寄った。

「昨日の晩、おれはそこをひとりで歩いてた。家に帰ろうとしてたんだ。頭は夕食のことでいっぱいだった。ソーセージとチーズかなんかにしようって考えていて――」

「ぼく、ソーセージ好き」ピーターが口をはさむ。

「静かにしろよ」キットが弟を止めた。

「だけど、誰かがつけてくるのに気づいた」アルフは言葉を切った。「どたどたと重い足音が、すぐうしろでしたんだ。それで大きいやつだってわかった。おれは振り返った。何が見えたと思う？」

「何が見えたの？」ピーターがささやく。

彼はアルフの腕を両手でつかんでいた。母親を亡くした悲しみは、とりあえず頭から消し飛んだようだ。アルフは胸に甘い痛みを感じた。こんなふうに幼い子どもたちに身を寄せられるのはいいものだ。冒険を語り、子どもたちに畏怖の目で見つめられるのは。

「でっかい野郎が三人」彼女は子どもふたりと、ゆっくりと順番に目を合わせた。効果を高めるために声をひそめ、しゃがれた声を出す。「すごく大きな猿みたいだった。腕なんか、地面に引きずりそうなくらい長くてさ」

ピーターが体を震わせ、青い目を丸くする。

「それで、どうしたの？」今度はキットがささやいた。

「とっとと逃げ出したよ。全力で走った。だけどやつらはすぐに追ってきて、とうとうひとりにつかまれて、引き倒された。急いで転がって丸まったよ。膝をおなかに引き寄せて、頭を抱えたんだ。だけど短剣があったから――」

「それ？」アルフが靴の中から取り出したナイフを、ピーターが指さす。

「いや、違う」彼女はウインクをした。「おれはいつも、短剣やナイフを何本か持っている。いざというときのために。だから引き倒されたときに落としたやつの代わりに、もう一本別のやつを出して、悪党の脚にがっつり突き立ててやった」

「でっかい野郎の脚に？」興奮したキットが、四つん這いになって身を乗り出す。

怖いもの知らずで大胆に見えるよう、アルフは目を細めてみせた。「ああ」

「血がいっぱい出た？」ピーターがあえぎながらきく。

そのとき、低く響く声が入り口から割って入った。

「いったい何をやっているのかな？」カイルのゆったりと落ち着いた声だ。

兄弟がそろって振り返り、うしろめたそうに父親を見る。

アルフは静かにため息をつくと、すばやくナイフを靴の中に戻してカイルに微笑んだ。

「おはよう、旦那」

「おはよう、アルフ」彼はうなずいた。「今朝は気分がよくなったようだな」

「ひと晩ぐっすり眠れば、こんなものだよ」片目をつぶってみせる。

「ふむ」カイルは黒い目を子どもたちに向け、顔をしかめた。「メイドが泣いていたぞ。もう三〇分も、おまえたちを必死で探している。朝食をとって、朝の散歩に出かけるはずだったろう。何か言い訳はあるのか？」

キットがベッドから滑りおりて、まるで兵士のように直立不動で立った。「すみません、父上」

ピーターの下唇が震え、ふたたび涙が盛りあがる。彼はベッドから飛びおりると、兄のうしろに隠れた。

カイルが唇を引き結び、長男をじっと見た。「弟を連れて、すぐにメイドのところに行きなさい。ちゃんと謝るんだぞ」

幼い少年の黒い目が父親の黒い目を一瞬激しくにらみ、アルフはキットが内側に秘めている怒りに思わず息を詰めた。

「わかりました」だがキットはただそう返すと、弟の手を取って部屋から出ていった。

カイルが息子たちのうしろ姿を見送る。

アルフは咳払いをした。「ええと、手当てをしてもらったことと、ひと晩泊めてもらったことには礼を言うよ。だけど、もう行かなくちゃ」

公爵が振り向いて、顔をしかめた。「朝食をとってからだ」

「悪いからいいよ、旦那」

その返事に、彼がいらだった表情を浮かべる。「もうできている」

アルフは眉をあげた。「そこまで言うなら、おもてなしにあずからせてもらうよ」

結局、昨日の夜は夕食をとりそこねたのだし、胃はその事実をさっきから主張していた。

カイルが口の端を片方あげた。「よかった。では、これを」少年用のブリーチズと上着、それに靴下を差し出す。「ベルが親切にも、朝食用に着替えを提供してくれた」

「どうも」アルフは服を受け取って、つばをのみ込んだ。今着ている下着はそれほど肌をさらすものではないけれど、あるべきふくらみがないと気づかれてしまうかもしれない。

彼女は毛布で脚を覆ったまま、靴下をゆっくりとはいた。

カイルが視線をそらし、部屋の隅にある彼女のぼろぼろになった服を見る。

その隙にアルフはぱっと立ちあがり、彼に背を向けて急いでブリーチズと上着を身につけた。

振り返ると、カイルがタカのような目で見ている。「脚はどうだ？」

鈍い痛みが脈打っているのを無視して微笑んだ。「どうってことないさ」

彼は不満げにうなると、大股で近づいてきた。アルフが顔を伏せる前に大きな手で顎を持ちあげ、表情を探る。

その仕草にはとくに個人的な感情はこめられていないのに、彼女は思わず息を詰めた。

「痣ができかけているな」しばらくしてカイルは言い、手を離した。「だが、目のまわりが真っ黒になることはなさそうだ」

彼女は肩をすくめた。「もっとひどい目に遭ったことがあるけど、生き延びたよ」

カイルは今にも反論を始めそうに黒い目を光らせたが、そのまま出口へと向かった。

アルフは息を吐き、彼の背中に向かって舌を出したいのをこらえてあとを追った。

階段を次々におりて、ものものしい食堂に入る。

「あそこだ」カイルが立派な長テーブルを指さした。蜜蠟《みつろう》でつやつやに磨かれたテーブルには、彼女が見たこともないすばらしい朝食が用意されている。

卵やハム、ソーセージや薫製ニシンがのった皿、パンの入ったバスケット、バターやジャムの小さな容器、大きなティーポット。

アルフはまばたきをしてカイルを見ると、彼はセントジャイルズの哀れな少年に朝食をとらせるなど日常茶飯事だとでもいうように、平然と見つめ返した。

貴族なんてものは、よく言ってせいぜい理解しがたい奇妙な人種なのだ。そして彼女は今、腹ぺこだった。

アルフは椅子に座って、ポットから紅茶を注いだ。それから並んでいるものを片っ端から自分の皿に盛っていく。

彼女の向かいの椅子を引き出しながら、カイルが話しはじめた。「思ったんだが――」

突然、勢いよくドアが開いた。アルフは自分の皿まで運ぶ途中だった卵をのせたスプーンの動きを止め、顔をあげた。こんなにすばらしい朝食を目の前にして結局食べられなかったら、きっと泣いてしまう。

入ってきたのは、しゃれた格好の男だった。歩きながらしゃべっている。「ヒュー、次の手当を今すぐもらえないと困るんだ」

男は長身だが、カイルのようにたくましくはなく、並ぶとまるで少年だ。顔は細く繊細で、華奢な指先はレースに埋もれている。だがハンサムではあり、染みひとつない青白い肌の整った顔に、生まれつきすべてを持っている人間特有の無意識な尊大さを漂わせていた。

「おはよう、デイヴィッド。わたしは忙しいんだ」カイルが応え、頭を傾けてアルフを示した。「あとでなら話をしてもいい」

アルフはハムをかじってもぐもぐ噛みながら、デイヴィッドが彼女のほうに視線を向けるのをじっと見ていた。

デイヴィッドと呼ばれた男の青い目が彼女をかすめ、そのあと部屋じゅうをめぐってカイルに戻る。「忙しいって、こいつのことか？　まさかそこらへんで拾ってきた汚い物乞いの子を、義理の兄弟より優先するつもりじゃないだろうな」

アルフはハムをのみ込むと、パンにバターを塗り、その上にジャムをたっぷり塗り重ねた。ジャム入れにスプーンが当たる小さな音以外、部屋は静まり返っている。彼女はしばらく経って目をあげた。

するとカイルが目をぎらつかせ、険しい表情を浮かべていた。

おとといの夜、追いはぎに剣を振るう直前に、彼はこんな顔をしていた。

アルフはジャムを塗ったパンにかぶりつきながら、カイルと目を合わせてウインクをした。

〝こいつ〟や〝汚い物乞いの子〟などよりひどい呼び方をされたことが、今まで山ほどある。人にどう呼ばれようと、彼女は気にならなかった。

でも、カイルが気にしてくれている様子なのはうれしい。アルフのウインクに彼は口元を引きしめたが、肩から少し力が抜けた。

「なぜ来たんだ？」カイルがデイヴィッドにきく。

カイルより年下の男は、どさりと椅子に座った。「今、言っただろう——金がいるんだ。次の四半期が来るまででいい。そのときになったら返すよ。約束する。商人たちが、昼も夜も家に来てドアを叩くんだよ。あのしつこさときたら、まるでノミのたかった犬だ。コーヒーハウスまでついてきたやつもいたんだぞ。信じられるか？」

カイルはため息をついた。「この前貸した金を、まだ返してもらっていない」

デイヴィッドがテーブルを叩いた。「金がないからだ」

「そのとおり」

「先立つものもなしに、生きていけというのか？」

「収入に応じた生活をするんだ」カイルが厳しい声を出す。

年下の男は尊大な顔で、背筋を伸ばした。「自分が死んだあと、きみがぼくにこれほどけちなまねをしているなんて知ったら、キャサリンはぞっとするだろう。ぼくと姉はとても仲がよかったからね。恥を知れ、カイル、恥を」

カイルはため息をついた。「妻はわたしが彼女に与えていた金の中から、定期的に一定額をきみに渡していたんだ。つまり彼女の裁量でしたことで、わたしがそれを受け継ぐ義理はない。お父上がきみに渡している手当だけで、じゅうぶんやっていけるだろう——」

「どうしてそんな偉そうな言い方をする？」デイヴィッドが意地の悪い表情を浮かべる。「キャサリンがきみに対して犯した罪を、ぼくに償わせようとでもいうのか？　ピーターは――」

カイルはすっくと立つと、亡き妻の弟に取りつく島もない表情を向けた。「わたしの家から出ていけ」

デイヴィットもあわてて立ちあがったので、椅子の脚が床にこすれていやな音が響いた。それでも彼は溝を走るネズミのようにすばやくうしろへさがりながら、まだしゃべり続けていた。舌を止められなくなっているのだろう。「母親から農民の血を受け継ぎ、いやしく育ったきみには、本物の貴族がどんなふうに暮らしていくものなのか理解できないんだ。われわれが生まれながらに何を期待され、家族に対してどんな義務を負っているかを――」

「今すぐ出ていかないのなら、この手できみのシャツを脱がせ、鞭《むち》を振るってやる。わたしはそういうことは、よく理解しているからな」カイルが辛辣な口調で静かに言い放つ。

デイヴィッドは頭を高くあげ、出口に向かった。急ぎ足でなければ、その退場はもっと印象的だったに違いない。

アルフはドアが叩きつけられるまで見守ったあと、紅茶のおかわりを注いだ。紅茶は濃くておいしかった。こういうものを飲める機会は多くない。セントジャイルズで手に入る茶葉は、裕福な屋敷で少なくとも一度は使用されたものだ。使用済み茶葉は裏口で商人に売り渡され、それが彼女のような者たちにまわってくる。アルフは小さな白いピッチャーを傾けてまろやかなミルクをたっぷりと足し、そこに砂糖をふたつ入れた。

できあがった熱くて甘い紅茶をひと口飲んで、カイルと目を合わせる。

彼が咳払いをした。「悪かった」

「家族は選べないから、しょうがないよ」ティーカップを注意深く置く。「今のは奥さんの弟？」

彼は顔をしかめ、閉まったドアのほうに軽蔑のまなざしを向けた。「チルドレス子爵デイヴィッド・タウンズだ。バーロウ伯爵の跡継ぎだが、父親は抜け目のない老獪《ろうかい》な男で、息子が浪費家だとよく承知している。そして厳しく手綱を締めているから、今のようなことが起こるというわけだ」

カイルが内輪の事情を打ち明けたことに驚きながら、アルフはうなずいた。そして驚いたついでに、さらに押してみた。「彼が言ってたのは、どういう意味だい？　あんたの母さんが農民だっていうのは」

彼は顔をしかめて腰をおろした。「そんなことより、襲撃の話をしたい」

カイルが質問に答えてくれなかった失望を隠して、アルフはティーカップに目を落とした。公爵の母親が農民だなんて、どうしてありうるのだろう？

もしかしたら、あの子爵がカイルを侮辱しようとして使った言葉のあやなのかもしれない。

彼女は椅子にもたれた。「知っていることは全部、昨日の夜に話したよ、旦那」

「おまえがわたしにききたいことはないのか？」

「そうだな」アルフはにやりとした。「じゃあ教えてくれよ。あんたは誰が〈赤い首団〉を雇ったと思ってるんだい？　あんたを殺したがっているのは誰だ？」

カイルが眉間のあいだに二本しわを刻む。「そいつはおまえには関係ない」

「あんたが話しあいをしたいと言ったんだ。おれじゃない」アルフはパンをもう一枚取って、バターを塗りはじめた。「それにナイフで刺された脚のこの傷が、おれにも関係があると言っている」

彼が毒づいていてもかまわずに、アルフはジャムをたっぷりすくってパンの上に伸ばした。昔からジャムは大好きだし、これはイチゴだけじゃなく、ほかの果物も加えられているすばらしい品だ。

カイルがため息をついた。「ひどく込み入った話で、おまえに理解できるかどうかわからない」

アルフは楽しい気分で彼を見つめながら、ジャムパンにかぶりついた。もし彼女が貴族の家に生まれていたら、毎日熱くて濃い紅茶とジャムを塗ったパンの朝食にする。

「試してみなよ」

「考えられるのはふたつ。まず、政治的な陰謀に巻き込まれた可能性がある。この場合、おまえはロシアかプロイセンのアクセントでしゃべる人間を探さなくてはならない。そして、もうひとつの可能性だが――」彼がこめかみをもむ。

「なんだい？」

「ある秘密組織があるんだ」カイルはようやく口にした。気が進まないようだ。

「わたしは彼らを壊滅させる任務を託されている。〈混沌の王〉というのがその名前だ」

アルフはジャムパンをのみ込み、手についたくずを払った。彼の言葉にさまざまな疑問が浮かんだが、声にしたのはひとつだけだった。「誰に託されているんだ？」

カイルは彼女を一瞬見つめたあと、立ちあがった。「一緒に来い。会わせてやろう」

5

白の魔女とその夫は炎を消そうとしましたが、魔法の火を消すことはできませんでした。水も砂も風も効果がなく、火はひたすら燃え続けています。そして魔女が見ている前で、まず夫が焼け死にました。次に上の四人の子どもたちが、母に助けを求めながら炎の中で息絶えました。残ったのは、一番下の六歳の娘だけ。娘は白の魔女の腕にしがみつきました……。

『黒の王子と金色のハヤブサ』

問題は、アルフをひとりで外に出したら弾丸のように飛んでいってしまうことだとヒューは考えた。頑固な少年はセントジャイルズに戻り、夜までには死んでしまうだろう。昨夜のやりとりから考えて、アルフは人から命令されるのに慣れていないし、自分を助けようとする他人の行動を容易には信用しない。

そこでヒューは、シュラグへの報告にアルフも連れていこうと決めた。かたわらに置いておけば、彼が目を光らせて身の安全を守れる。

それにこの少年には、権威に逆らうのを楽しんでいる様子が見える。ヒューはアルフが公爵に対する敬称を使おうとしないのに、ちゃんと気づいていた。ふだん彼はそういう形式にあまりこだわらないし、部下たちも敬称を使わないことが多い。彼らは軍における上官としてのヒューに慣れているのだ。それに上官として接したからといって、敬意を欠いていると は言えない。

むしろ逆だ。

しかしアルフが人を食った口調で言う〝旦那〟には、敬意などまったくこめられていないとヒューは確信していた。とはいえ、憂慮すべきはそれに対する自分の反応だった。アルフの態度がちっとも気にならないのだ。

それどころか、面白いと思っている。

「これが奥さん?」

彼は少年の声に振り向いた。

ふたりは玄関広間にいた。灰色と緑のまだらの大理石の床に緑色の布張りの壁という、贅《ぜい》を凝らした空間だ。アルフがさっきまで見あげていた巨大でけばけばしいシャンデリアは、結婚した最初の年にキャサリンが選んだ。少年は今、大階段のほうに移動し、そのキャサリンの肖像画を見つめている。

ヒューはアルフにもっと控えめにふるまい、絵の前から離れろと言ってやりたい衝動に駆られたが、あまりにも高飛車だと思って我慢した。それに少年はただ好奇心から尋ねているだけだ。

彼は息を吸うと、アルフの横に行ってキャサリンの絵を見あげた。彼女は古代の建造物の廃墟のようなところにたたずみ、崩れた柱に片腕をのせている。シュミーズのような襞《ひだ》を取った白いドレスに無造作に白テンのケープを羽織った姿で、彼女の自慢だった豊かな赤褐色の髪は結いあげずにおろし、片方の肩から前に垂らしていた。顔は正面ではなく少し横に向けていて、長くて白い首の線をきれいに見せている。

生きていたときと同じように絵の中のキャサリンも美しいが、それでもヒューに言わせれば、画家は彼女のすべてをとらえきれてはいなかった。このポーズには躍動感のかけらもない。画家の力量はわかるものの、キャサリンの本質である生き生きとした活力を写し取っていないのだ。彼女は部屋に入っていくだけで、黙っていても周囲の注目を集めてしまうような女性だった。男性、女性を問わず。

けれども今、彼女の姿を見ても、ヒューは何も感じなかった。「ああ、亡き妻のキャサリンだ」

「彼女はいつ……？」

「去年の九月」彼女が亡くなって、そろそろ五カ月になる。

アルフがちらりとこちらを見たのがわかった。「残念だったね、旦那」

どんな返事をしても尊大に聞こえてしまいそうで、ヒューは黙っていた。本当は、肖像画は息子たちのために飾り続けているだけなのだ。

少年が頭をかしげる。「ピーター卿は彼女に似てるんだね。おんなじ目をしてる。きれいな青い目だ」

ヒューはおかしくなってアルフを見た。「おまえは青い目が好きなのか？」

アルフが靴の先で床をこすった。「嫌いなやつはいないよ」

「わたしにはわからないな」彼はアルフについてほとんど何も知らないと気づいて、少年をしげしげと見た。「青い目の恋人がいるのか？」

「おれにかい、旦那？」アルフが目を丸くして見あげた表情を見て、ヒューは痛いところを突いたのだと考えた。生意気な情報屋の少年がこれほど狼狽《ろうばい》しているのを見るのは初めてだった。

ヒューは眉をあげた。「それとも、好きな娘が青い目なのか？」

アルフはまばたきを何度かして、いつもの何事にも動じない落ち着きを少し取り戻した。「言っとくけど、おれが誰かを好きになるときは目の色は関係ない。少なくとも、それだけを見て好きにはならないよ」

「なるほど」ヒューは唇がぴくりと動くのを感じた。少年をからかうべきではないと思いながらも、やめられない。「じゃあ、こだわるのは胸や尻か？」

でも、アルフは一瞬目をむいたが、すぐにヒューをにらみつけた。「尻だね。まず尻に目が行く。そういうことを言ってるんじゃない」

「じゃあ、どういうことなんだ？」

「違うものが重要なんだよ」アルフは両手をあげ、大きく広げた。「もっと大きなものさ。彼女が何を見て笑うか。赤ん坊や小さな子どもを見て、やさしく微笑むか。いらいらするような家族でも、ちゃんと面倒を見ているか。夜、星を見あげるのが好きかどうか」少年は腰に両手を当て、またヒューをにらんだ。「恋人を作るときは、目の色なんかよりそういうことのほうがずっと大事だ」

夜に星を見あげるのが好きかどうか？　ヒューは少し悲しい気分でアルフを見つめた。

「おまえはロマンティックなんだな」

少年のやわらかそうな頬が赤くなる。彼はつんと顎をあげた。「贅沢だって言うんだろう？　セントジャイルズに住むおれが、ロマンティックな夢を見るのは。そういうのは金持ちだけに許されるっていうのか？」

「いや、かまわないさ」ヒューは言った。「だが、そのロマンティックな魂が傷つかないように気をつけるんだな。おまえがどこの出身か、どれだけ金を持っているかは関係ない。運命の女神はそんなものには頓着せず、人の夢を粉々に打ち砕く」

アルフが口を開け、また閉じた。黙ったまま、ヒューとキャサリンの絵をきょろきょろと見比べる。それから同情するような表情を浮かべた。「あんたがどうしてそんなふうに感じるのかわかるよ、旦那。でも——」

「いや、おまえは何もわかっちゃいない」ヒューは鋭くさえぎった。こんなばかげた会話は、もうたくさんだった。「さあ、来い。すでに馬車の用意ができているだろう」

なぜかいらだちを感じながら、ヒューは玄関に向かった。

それでもアルフはちゃんとついてきて、ヒューが玄関のドアを開けると、さっと身を寄せて言った。

「ひとつ間違ってるよ、旦那」

「なんだ？」うなるようにきく。

「おれは青い目がそんなに好きってわけじゃないんだ」アルフが楽しそうに言った。「黒い目のほうがいい」


ふだん通りを歩いているときと、こうして馬車に乗って窓の外を眺めているのとでは、ロンドンの街はまったく違って見えた。五分間、アルフはじっと考えていた。彼女は今、上質な赤い革張りの座席に浅く腰かけ、ガラス越しに外を見ている。こうやって通りを見るのは変な感じだった。外には掃除屋の少年たちがいて、一、二ペニーもらえれば通りを渡る通行人の足元をいつでもきれいにしようとほうきを構えている。彼らは金を払おうとしないけちな人間には、泥をはねかけるのだ。腕を組んで歩いているふたり連れのレディもいる。ひとりは暗赤色のドレス、もうひとりは青い縞《しま》のスカートにジャケットを着ていて、馬に乗った若い将校が通りかかると、顔を寄せあって何やらしゃべりはじめた。

馬車に乗っていると視点がいつもより高く、外の喧騒もガラスを通しているのでくぐもっている。騒々しくごみごみした通りとは、まるで別の世界にいるようだ。外にいれば、あのすてきなドレスを着たレディたちだって、乳しぼりのメイドや日雇いの掃除婦とすれ違いざまに肘をぶつけたりもするのだから。

アルフは座席の背に寄りかかった。道理で金持ちは、自分たち以外の人間を同じ人間と思わないわけだ。

彼女は向かいあって座っているカイルに目を向けた。

彼は窓の外を見つめながら、物思いに沈んでいる。カイルは今でも、死んだ美しい妻を忘れられないのだろうか？　彼に質問して心の奥に分け入り、愛する人の死に傷ついているのか、それとも白テンの毛皮をまとったあの美しく堂々とした女性には関心がないのか知りたい。けれど、あの玄関広間での奇妙に親密な瞬間は、すでに過ぎ去ってしまった。女の子の好みについて彼女をからかった男性は、ここにはいない。

でも、そのほうがいい。カイルは公爵で、彼女の雇い主。それ以外の何物でもない。

だがアルフはけがをして、彼のもとに逃げ込んだ。セントジャイルズにある隠れ家でも、セントジョンの屋敷でもなく、カイルのもとに。

たしかにセントジャイルズへの道はふさがれていたし、無理して戻れば〈赤い首団〉に待ち伏せをされている恐れはあった。でもカイルのところに行ったのは、それだけが理由ではない。

けがの痛みに耐え、つかまる恐怖におびえていたとき、なぜか彼なら信用できると感じたのだ。彼のことはほとんど知らないにもかかわらず。

もしかしたら、キスをしたせいで、そんなふうに感じたのかもしれない。

そう考えて、アルフは自嘲の笑みを浮かべた。彼女がこんなことを考えていると知ったら ネッドがどう言うか、聞こえるようだった。〝誰も信用するな。とりわけ上流階級の人間は〟ネッドと一緒に暮らしていた頃、寒さから身を守るために身を寄せあって寝ていたベッドで、毎晩のように彼に言われた。〝やつらはうまい話をする。でもそれは、おまえに何かさせたいからだ。やつらはおまえの脚のあいだに興味を持っているのかもしれない。自分以外の誰も信じるな〟

自分以外に信じていいのはネッドだけだと言っていたのに、彼は何年も前にいなくなってしまった。今のアルフは誰を信じ、誰から逃げなければならないのかを、自ら判断するしかない。

そしてカイルを信用すると決めた。

アルフの前で彼がため息をつき、背筋を伸ばした。「もうすぐ着く」

外に目を向けると、馬車は大きなれんが造りの建物の前で止まろうとしていた。建物の正面には二本の塔があり、そのあいだに時計が見える。

セント・ジェームズ宮殿。

国王陛下が住んでいる場所だ。

アルフは思わず目を疑ってカイルを見たが、すでに馬車をおりる準備をしている彼は気づかない。まさか彼はアルフをあそこへ連れていくつもりなのだろうか？

なかなか動こうとしない彼女を、カイルはいらだたしげに見ている。

アルフは大きく息を吸って立ちあがると、慎重に踏み出した。まだ脚が痛いのだ。

カイルが先に外におり立ち、手を貸したそうなそぶりを見せる。

アルフは彼をにらんだ。

カイルが口の端をあげて微笑み、ふたりは国王の住まう宮殿へと入っていった。アルフはきょろきょろするまいと思ったが、とても無理だった。凛々《りり》しい制服を着た衛兵や美しい衣装に身を包んだ人々がいたるところにいて、とくにばかばかしいほど大きく広がった女性のスカートには目を引かれてしまう。衛兵はカイルの顔を覚えているようで止められず、そのまま中に入ると、お仕着せを着た従僕が駆け寄ってきてお辞儀をした。従僕がふたりの先に立ち、人の少ない廊下へと導いていく。

あちこちに視線を向けながら、アルフは足を進めた。国王陛下もこの廊下を歩いているのだろうか？　そうに決まっている。王も王妃もここで暮らしているのだから。宮殿は壮大だったが、想像していたほどすばらしくはない。たとえば彼女が前に訪れたことのある貴族の屋敷と比べて部屋が狭いし、内装も少し古びている。だが、それでも宮殿は宮殿だ。王や王妃、王子や王女たちがここの空気を吸い、食事をし、眠っている。まるで本物の人間みたいに。

やがて廊下が狭くなり、あろうことか使用人用の区画のような場所に出た。

従僕が立ち止まって突き当たりのドアを開け、中の者に告げる。「カイル公爵閣下がいらっしゃいました」

ごちゃごちゃした狭苦しい部屋に入った。

大きな机のうしろで立ちあがった恰幅《かっぷく》のいい小男を見て、アルフは眉をあげた。五〇歳過ぎと思われる二重顎の男はまわりにしわの寄った悲しそうな目をしており、前面に細かい巻き毛がびっしりとついた灰色のかつらをかぶっていた。彼がジョージ二世だとしたら、肖像画とはまるで違う。

「カイル!」男は叫び、ヤグルマソウのような青い目を飛び出そうなくらい見開いた。「おとといの晩に殺されかけたと聞いたが、いったいどういうことなんだ?」

「いつもどおり、あなたの使う密偵たちは情報が早いな、シュラグ」公爵が淡々と返す。

では、この男は国王ではないのだ。アルフは失望を抑えた。

「まあな。きみの健康に関する情報を、噂話に頼るわけにはいかない」小男が顔をしかめると、しわに埋もれたようになった。「昼食のとき、あの方にお知らせせざるをえなかった。だがきみも、あの方の消化機能がどんなに繊細か知っているだろう」

カイルは皮肉っぽい仕草で眉を片方あげ、机の前に置いてある椅子に座った。

「正直に言って、反応があったこと自体に驚かずにはいられないが」

シュラグがカイルをたしなめるように見る。「きみはあの方の息子だぞ」

ここまで聞いて、アルフは〝あの方〟というのが国王を指しているのだと初めて気づいた。

驚愕して机の前のもうひとつの椅子に座り、ふたりの男を交互に見る。ききたいことは山ほどあるけれど、彼女はこれほど興味深い会話を中断させるような間抜けではない。

「何人もいるうちのひとりだし、おまけに庶子だ」カイルが動じずに、ゆったりと応えた。

「庶子といっても、認知されている。大きな違いだぞ」シュラグも負けずに返す。

カイルがこの議論には飽き飽きしているというように手を振って退けたので、アルフは大いにがっかりした。「ここへ来たのは、襲撃された件について話しあうためだ」

「ほう。続けてくれ」

カイルはうなずいた。「ただの追いはぎに襲われたわけではない。事前に仕組まれた襲撃で、追っ手は一〇人以上いた」

シュラグは椅子の背にもたれ、しばらく黙っていた。それから初めてアルフに目を向けた。

「この者は誰だ?」

「情報屋だ。アルフといって、セントジャイルズから来た。アルフ、彼はコペルニクス・シュラグ、国王の個人秘書だ」ほかにもいろいろなことをやっているが」

アルフは年配の男に会釈した。シュラグは彼女をまじまじと見つめている。

「よろしく」

「信用できるのか?」アルフに目を据えたまま、シュラグがカイルにきいた。

「そうでなければ連れてこない」カイルが穏やかに答える。

シュラグはうなずき、ようやく公爵に目を戻した。「黒幕は〈混沌の王〉たちだと考えているんだな?」

カイルはうなずいた。「ああ、そうだ」膝の上に肘をついて、前かがみになる。「ハプスブルク大使の屋敷で行われた晩餐会からの帰り道だった。晩餐会では途中で、ロシアの密偵がプロイセン側に密書を届けさせようとしている場面を目撃したが――」

シュラグが驚きの声をあげる。

カイルが手を振って抑えた。「それについては、あとで報告書を送る。とにかくその翌日、わたしはアルフを雇って誰が襲撃をくわだてたのか調べさせた。アルフはそれらしい男がいたのはつかんだが、判明した特徴ではたいした手がかりになりそうもない」

シュラグがアルフを見る。

「やつは腐った卵のにおいがしていたらしい」彼女は眉をあげてシュラグに告げたあと、カイルに鋭い視線を向けた。「でも、そいつがあんたの探している男だという確証はない。前にもそう言ったはずだ」

「それだけか？」シュラグが信じられないというように問いかける。

「今のところは」公爵はシュラグの言葉もアルフの警告も気にしていないようだ。「だが、もうひとつわかったことがある。やつに外国の訛りはなかった」

「ふん！」シュラグがずんぐりした手をあきれたようにあげた。「そんなことは〈混沌の王〉がやったという証拠にならん」

「そうだ。しかし昨日の夜、アルフもあとをつけられて襲われた」カイルが冷静に続ける。

アルフは顔をしかめ、咳払いをした。男たちがふたりとも彼女を見る。

「そのことなんだけど、〈赤い首団〉は――ええと、〈赤い首団〉っていうのはここにいる公爵を襲った悪党どもだ」彼女はシュラグのために説明を加えた。「じつは、やつらとは前から折りあいがよくなくてね」

「前から？」カイルが表情を変えずに問い返す。

彼女はうなずいた。「やつらはおとなしく従わないおれを、目の上のたんこぶみたいに思ってる。そしてはっきり言ってこっちも、やつらのことは好きとは言えない」

「初めて聞いたな、それは」

「言う機会がなかったからさ」アルフは言い返した。「ゆうべ刺されただろ。そして今朝は朝食が終わったとたんに、こうやって国王の秘書とやらに会いに来たし。まあ、なかなかよさそうな紳士だけどね、この人は」彼女はシュラグに天使のような笑みを向けた。

微笑まれた小男は咳払いをし、にやけてしまいそうなのを抑えている。

「つまりやつらがおれを叩きのめしたのは、あんたの襲撃について探っていたからじゃないのかもしれない」

カイルがうなるように言った。「そうだとしても、やはり黒幕は〈混沌の王〉だと思う」

「わたしはそこまで確信を持てない」陰鬱な面持ちで、シュラグが首を横に振った。

「その〈混沌の王〉ってのは、なんなのさ？」アルフは質問した。

カイルが答える。「貴族たちの集まりだ。やつらは仮面をつけて、ひそかに会合を開く。体のどこかにイルカの刺青《いれずみ》を入れていて、仲間にそれを見せられたら、なんでも頼みを聞かなくてはならないんだ」

「頼みって？」

「やつらは力のある男たちだ。社交界に潜んでいるだけでなく、政治の中枢、教会、軍にもメンバーがいる。だから議会で自分の提出した法案を支持してもらうとか、娘と結婚してくれるように頼むとか、軍の将校になるための任命書を手に入れてもらうとかいった頼みだろうな」アルフを見るカイルの目は真剣だった。「メンバーは互いの顔を知らない。そして脱会しようとしたり、メンバー以外の人間に情報をもらしたりすれば、殺される」

「ふう」アルフは息を吐き、椅子の背に寄りかかった。「情報をもらしたやつを殺すってところを除けば、その〈混沌の王〉って秘密組織と社交界はたいして違わない気がするな」

「どういう意味だ？」

彼女は肩をすくめた。「あんたたちはつるんで行動するだろう？　互いのあいだで取引して、おれたちみたいな人間をどんなふうに扱うか、あんたたちのあいだで決める。その〈混沌の王〉とかいうやつらは、あんたたちの作っている大きな秘密組織の中に小さな秘密組織を作っているだけさ」

シュラグが顔をしかめた。「おまえは若いのに、ずいぶんと皮肉なものの見方をするな」

カイルは年配の男に目を向けないまま、手をあげて制し、アルフをじっと見た。「ある意味、おまえの言うことは正しいんだろう。政府の人間は賛成しないだろうが」

シュラグが鼻を鳴らす。

「だが、この秘密組織には別の要素もあるんだ。うしろ暗く、邪悪な要素が」

アルフは目を細めた。不安が背筋を駆けのぼる。「詳しく教えてくれよ、旦那」

「〈混沌の王〉のメンバーたちが会合でやっている行為だ。やつらは〝狂宴〟と呼んでいる」カイルは険しい表情になり、組みあわせた両手を腿のあいだにはさみ、視線を落とした。「要は、人目のない田舎で開かれる酔っ払いの無礼講だ。その晩のために、何人もの犠牲者が集められる。女、少女、少年。生き延びられない者もいる」アルフに向けられた彼の黒い目が、一瞬無防備に内心の感情をさらけ出した。怒り、悲しみ、そして決意。彼女は息が止まった。「どういうことかわかるか？」

アルフはのろのろと言った。「おれはずっとセントジャイルズで生きてきたんだよ、旦那。酔っ払った男が女や少女や少年にどんなまねができるか、よく知ってる」

だからこそ、彼女は仮面と道化師の衣装を身につけ、夜の森へと狩りに出るのだ。

怪物たちを倒すために。

カイルが顎をこわばらせた。「では、なぜ〈混沌の王〉を壊滅させなくてはならないのか、わかるな？」

彼と目を合わせたまま、アルフはしびれたように動けなかった。そういう獣も同然のやつらをどうして止めなくてはならないのか、彼女にはわかっている。だが、カイルにもそれがわかっているのが衝撃だった。彼が守らなければならないと考えるほど弱い人々を気にかけているという事実に圧倒された。貴族たちは貧しい者、弱い者、清潔でない者が傷つけられたり搾取されたりしていても、目をそらすか、まったく気にかけないかのどちらかだとアルフはこれまでの経験から学んでいた。

裸足でカブトムシを踏んでしまうほうが、彼らはよっぽど動揺する。けれどもカイルは、そんな人々を心から気にかけているようだ。

「アルフ？」

彼女はまばたきをした。カイルは答えを待っている。

アルフはうなずいた。「ああ、どうして〈混沌の王〉たちを壊滅させなくてはならないのか、わかったと思う」

シュラグがため息をついた。「しかし、おまえや公爵への襲撃と〈混沌の王〉とのあいだに関係があるという証拠は、まだ見つかっていない。カイル、今手元にある情報から新しいことはつかめていないのか？」

よくわからず、アルフは顔をしかめた。「手元にある情報？」

カイルがいらだった表情になる。「モンゴメリー公爵が去年の秋にイスタンブールへ向けて発《た》つ前に、秘密組織のメンバーとして四人の男の名前を挙げていったんだ。だが、名前だけだ。ほかの情報はいっさいない」彼はシュラグのほうを向いた。「四人については、今のところ何も判明していない。監視をつけてはいるが、彼らはどこから見てもロンドン社交界の尊敬すべき一員だ。ただ、ひとつだけ気になる。彼らは妙に幸運に恵まれていて、全員この一〇年から二〇年で財産を増やしているんだ。違法な行為は発見できなかったが」

「どうして、やつらをただ逮捕しないんだよ？」アルフはきいた。

「なぜなら」その声は、カイルの忍耐力が尽きかけていることを示していた。「彼らは全員貴族だからだ。しかも力のある者ばかり。ひとりはエクスレイ伯爵だ。モンゴメリーが名前を挙げたというだけで彼のような有力な貴族たちをとらえれば、大きな醜聞になる。しかもすぐに釈放され、こちらがそれ以上何も調べられないでいるうちに、姿をくらましてしまうだろう」

「だけど、やつらが好き勝手に歩きまわっているなんて……」アルフは唇を噛んだ。今この瞬間にもやつらが子どもたちを傷つけているかもしれないと思うと、むかついて仕方がなかった。

「四人だけじゃないんだ」カイルが声をやわらげた。「秘密組織だと言っただろう？　メンバーは何十人、もしかしたら何百人もいる。それにモンゴメリーは、ご親切にも最近わたしに手紙をよこした。正確に言うと、受け取ったのは昨日だがね」

カイルは上着のポケットから手紙を取り出して、机の向こうにいるシュラグに渡した。

年配の男はすぐに開けて中身を読み、うなり声をもらした。「余計なことが書かれすぎていて、よくわからない。要点を教えてくれ」

カイルはうなずいた。「〈混沌の王〉の前のリーダーは去年の秋に殺され、モンゴメリーの知っているかぎりでは、まだ跡を継いでいる者はいないそうだ」

嫌悪感を隠そうともせず、シュラグは手紙を机に放った。「その情報にはたいして意味はない。モンゴメリーの情報収集能力がすばらしいのは認める――このわたしよりも多くの密偵を使っているのだからな。だがすでに、彼が国を出て一カ月以上経っているんだぞ」

「ああ。しかし彼はもうひとつ、わたしがずっとそうではないかと考えていた事実を裏づけてくれた。組織を率いる人間は、メンバーの名前のリストを持っている」カイルは指先で手紙を叩いた。「つまり、今も誰かがこのリストを持っているはずなんだ。新しいリーダーか、もしくは新しいリーダーが決まるまで安全に保管している人間か。リストさえ手に入れられれば、全員の名前が判明する」彼は椅子の背に寄りかかった。「そうしたら、やつらを一網打尽にできるんだ」

シュラグが目を細めて、ゆっくりと息を吸った。「きみの推理を信じるとして、いったいどうやってそのリストを見つけるつもりだ？」

「今すぐに何をするかということか？」カイルが両手を広げた。「わからない。エクスレイ伯爵とチェイス男爵の屋敷には、すでに部下たちを潜入させた。部下たちはやつらの行為を証明するようなものがないか思いつくかぎりの場所を探したが、何も出てこなかった。アーロン・クルー卿とダウリング子爵の屋敷は、人をもぐり込ませるのは難しい」彼は首を横に振った。「だが、もしわたしが外国の密偵ではなく〈混沌の王〉に襲われたと考えるのなら、まず取るべき行動は〈赤い首団〉のやつらを探しに行くことだろうな。いったい誰がやつらを雇ったのかを知りたい」

アルフは咳払いをした。「えっと……それなら……」深呼吸をして心を決める。これは彼女の抱いている〈赤い首団〉への恐れより、重要なことなのだ。「やつらが出入りしている安酒場がセントジャイルズにあるんだ。今夜そこに案内するよ」

カイルは顔をしかめた。「なぜ昨日の夜に言わなかった？」

アルフは抜け目のない笑みを浮かべた。「おれだって情報源は秘密にしておきたいんだよ、旦那。そのおかげで食えてるんだから」

「わたしは報酬を払っている」

「だから教えただろう？」彼女は顎をあげ、ごくりとつばをのみ込んだ。「あんたがそんな場所に自ら出向くのはいやだっていうんなら、おれひとりで探りを入れに行く」

けれどもカイルが首を横に振ったので、アルフは思わずほっとした。しかしそれも、彼が先を続けるまでだった。「おまえはだめだ。セントジャイルズへまた足を踏み入れる前に、まずその脚を治せ。今夜はわたしと部下たちで行くから、おまえは屋敷に残っていろ」

彼女はぽかんと口を開けた。「寝てろっていうのか？　おれをなんだと思ってるんだよ、旦那？　やわな腰抜けか？」

「おまえはまだ子どもだ」立ちあがったカイルは大きくてたくましく、自信に満ちあふれている。結局、彼は公爵なのだ。「しかも、わたしの仕事をしているときにけがをした。二度とそんな目には遭わせない。おまえは今、わたしの保護下にある。この件が片づくまでは、言うとおりにするんだ」

アイリスはメイドのパークスに寝支度のために髪をとかしてもらいながら、化粧台の上の鏡をのぞいた。パークスはもう二年近く、彼女に仕えている。有能で行き届いた世話をしてくれる彼女は、余計なおしゃべりをしない。それにブラシを使うときに一度も髪をきつく引っ張ったことがないのだから、アイリスは感謝すべきなのだろう。たしかにフランス人のメイドと比べてセンスはよくないけれど、彼女たちほど賃金は高くない。

それが重要なのだ。ジェームズはそれなりのものを遺《のこ》してくれたが、金に糸目をつけずに贅沢できるほどではなかった。快適な生活は送れるものの、独立して居を構えるのは無理で、今は兄のヘンリーとその妻のハリエットの屋敷に住まわせてもらっている。幸いふたりのことは大好きとはいえ、それでも人の家に住んでいると、ささやかながらいろいろと不便なことがある。たとえ血のつながった兄の家でも。たとえば最近アイリスは愛玩用の小型犬を飼いたいと思っているが、そんなわけにはいかない。ハリエットは犬も猫も嫌いなのだ。それからときどきアイリスは、寝室の壁を心の落ち着く水色に塗れたらどんなにいいだろうと考える。今はハリエットのお気に入りの色である濃い緑なのだ。

でもヒューと結婚したらまったく状況が変わるだろうと、アイリスは期待していた。犬だって、一匹どころか二匹でも飼えるかもしれない。屋敷の内装を模様替えすることもできるだろう。出費するときに、いちいち心配する必要もなくなる。そもそも贅沢をしたい質《たち》ではないとはいえ。

でもこれは、ヒューと結婚したらの話だ。

パークスがブラシを髪から離し、きれいにしてから化粧台の上に戻す。「ほかに何かご用はございますか、奥様?」

「いいえ、もういいわ。おやすみ、パークス」アイリスは小声で言った。

メイドがお辞儀をして、静かに部屋から出ていく。

アイリスは戸棚の上に置いてある火の灯ったろうそくを取りあげ、ベッドに向かった。目の前にあるのはすばらしいベッドだった。寝心地のいいやわらかなマットレスに、エメラルドグリーンの天蓋。ハリエットの家に住まわせてもらっている身で恩知らずな愚痴を持ったことに、アイリスは罪悪感を覚えた。

ろうそくを小さなサイドテーブルに置き、ベッドの上にのる。けれども横たわりはしなかった。寝る前に、少し本を読むのが好きなのだ。

彼女は手を伸ばして、サイドテーブルの上にある赤い革装の薄い本を取った。キャサリンの日記。ここ何日か毎晩これを読んでいるが、少しずつしか進まない。読むのが苦しく、ほとんどいつも最後には泣いてしまうからだ。

それでも、親友の日記を読むのはすばらしい経験だった。

読んでいると、キャサリンの声が聞こえてくるのだ。新しくあつらえたドレスについて語っているところで、一一時になる前に軽食がすべてなくなってしまった夜会をこっぴどくけなしているところで、奇妙な仕草でかぎ煙草を吸っている男性を面白おかしく描写しているところで。

友人の姿が生き生きとよみがえる。

これがキャサリンではなく別の人間のものだったら、愛人たちについても赤裸々に書かれている日記を読むのはためらっただろう。でもキャサリンは、人に注目されるのが好きだった。まわりの男たちや女たちが息を凝らして彼女の言葉を待ち受けている様子を、心から楽しんでいた。

アイリスが今こうして日記を読んでいると知ったら、キャサリンはきっとうれしそうに笑うに違いない。

だから今夜もアイリスは、昨日の続きから読みはじめた。キャサリンに新しい愛人ができたところから。

そして五分後、ある記述を読んだアイリスの体から血の気が引いた。

彼女の手から力が抜け、日記がぱたりと落ちた。

6

白の魔女は顔を上に向け、小さくて点みたいな青い空を見つめました。自分がもうすぐ夫と上の四人の子どもに続いて燃えてしまうのはわかっていましたが、末っ子の娘までそうなると思うと、耐えられませんでした。そこで魔女は、娘の耳元で呪文をささやきました。そして両手を広げると、娘は消え、金色のハヤブサが空へと飛び立っていったのです。やがて、とうとう火が白の魔女をのみ込みました。その唇から出たばかりの呪いの言葉とともに……。

『黒の王子と金色のハヤブサ』

その晩ヒューは部下を連れて、セントジャイルズの狭い道を歩いていた。彼は脅したりすかしたり、あらゆる手段を駆使してアルフを説得し、〈赤い首団〉のメンバーがよく来るという酒場の場所をようやく聞き出していた。あの少年は、ヒューが軍隊時代に出会ったどんな荷物運びのラバよりも頑固だ。アルフがちゃんと休息を取れるよう、ヒューはタルボットのをほぼ一日じゅう、部屋の前に張りつかせておかなくてはならなかった。今はタルボットの代わりに従僕をふたりつけている。あの少年のずる賢さと魅力に抵抗するには、ひとりだけでは心もとない。

要するに、ヒューはアルフを認めているのだ。あの少年は頭の回転がよく、ヒューと同じくらい思考力に優れている。つまり可能性があるということで、もう少し規律というものを学ばせられれば、直属の部下として仲間に加えてもいいとすら考えていた。

だが、それはあとで考えるべきことだ。

今はまず、彼とアルフを襲った男たちを見つけなければならない。

アルフに教えられた酒場は、狭い中庭のはずれにある建物の地下にあった。

ヒューはジェンキンズ、タルボット、ライリーそれぞれと目を合わせた。

「準備はいいか?」

「もちろんですよ」ライリーが白い歯を見せて大きく笑う。胸にまわしたホルスターに拳銃を二丁おさめて腰に剣をつけた姿は、まるで海賊だ。

ジェンキンズとタルボットが黙ってうなずく。

ヒューは地下への階段を慎重におりて酒場のドアを開けると、身をかがめて中に入った。

店は洞窟のように暗く、天井が低い。石の階段を何段かおりたあとに広がる空間を、暖炉の火とちらちら光るいくつかのランタンとパイプの先の赤い点だけが照らしている。ヒューはゆっくりと進み、暗さに目を慣らした。男たちが木箱と板で作った間に合わせのテーブルや樽のまわりに、何人かずつ背を丸めて座っている。壁際にずるずると座り込んでいる者もほとんどの男はジンの入った錫のカップを持っており、店には煙と尿とアルコールのにおいが充満していた。

彼らが入っていっても誰も視線をあげなかったが、伏せた目の端から一挙手一投足を見張っているとヒューは確信していた。

アルフはここにひとりで来るつもりだったのだと思うと驚愕せずにはいられない。あんな華奢な少年が大胆不敵な態度と二、三本のナイフ以外に武器を持たず、こんな危険な場所に足を踏み入れようとしたとは。おそらくアルフはひっそりと目立たないように入り込んで、慎重にいくつか質問をしてみるつもりだったのだろう。

しかしヒューは、まったく違う計画を立てていた。彼は明らかにここではよそ者であり、目立たないようにするなど不可能だからだ。

それにやつらは昨日、アルフを襲った。ヒューが襲われた件について、アルフがかぎまわっていると気づいている証拠だ。だから無駄な芝居は必要ない。

連中にやり返してやるのみだ。

ライリーとタルボットとジェンキンズがうしろをかためてくれていることを意識しながら、ヒューは時間をかけて天井の低い煙の充満した部屋を歩いていった。彼が通り過ぎると、男たちがさらに背を丸める。けれども暖炉のそばに、不自然なほど身動きひとつしない六人組の男が座っていた。そのうちのふたりは赤いクラヴァットをしている。

ヒューはそこに行って足を止めた。「昨晩、アルフという少年を殺そうとした男たちを探している」

ヒューの右側に座っている左のまぶたが垂れさがった男は、赤いクラヴァットをしているふたりのうちのひとりだった。男はゆっくり前に乗り出すと、音を立てて痰《たん》を絞り出し、ぺっと吐いた。痰の塊がヒューのブーツに着地する。

ヒューは男の後頭部をつかみ、テーブルの上に叩きつけた。

うしろで叫び声があがって、ライリーの拳銃の一発目の弾が発射されたのが聞こえた。

ヒューは左側の男の拳をよけ、逆に拳を叩き込んだ。顎への一発で、男が椅子ごと吹っ飛ぶ。

「危ない！」タルボットが叫び、ヒューの背中を狙ったナイフを棍棒で払った。

ナイフを持った男が元擲弾兵に突進する。

だがタルボットが無造作に男の側頭部を殴ると、そいつは床の上に伸びてしまった。

ヒューは剣を抜き、タルボットの背中に椅子を叩きつけようとしていた男に切りつけた。

タルボットが男に向かってにやりとし、椅子をつかむ。そして力ずくでもぎ取ると、そいつの頭に叩きおろして壊した。すぐに向きを変え、突っ込んできた別の男の脚を蹴る。

ヒューは振り返った。

ジェンキンズが剃刀のように鋭いナイフを両手に一本ずつ持ち、背中を伸ばして立っている。その前には彼よりはるかに大きな男がいるが、頬に引かれた赤い線から血がにじんでいて、手にしたナイフでこれ以上ジェンキンズと戦うべきか自信がなくなっているらしい。なかなか勘が鋭い。ジェンキンズは熟練したナイフの使い手なのだ。患者に対しても、敵に対しても。

ライリーは頭のねじがゆるんででもいるみたいに、にやにやしながらよろめくように進んでいた。片手に拳銃、もう一方の手に長いナイフを持って同時にふたりと戦い、そのあいだじゅう相手の品性を口汚くけなしている。

そのとき、ヒューの視界の端に入り口付近の動きが映った。もうひとりの赤いクラヴァットの男が、こそこそ出ていこうとしている。

ヒューはテーブルを押しのけ、戦っていた男ふたりに肘を叩き込むと、階段を駆けあがってドアへと走った。外に出たが、空の半月の光が照らしているだけの小さな中庭は暗く、あたりを見まわしても〈赤い首団〉の男は見当たらない。中庭から出る狭い小道は二本あり、ドアも何箇所かある。しまった！　まんまと逃げられてしまったか――。

そのとき、頭上から低い口笛の音が聞こえた。

ヒューは顔をあげた。

セントジャイルズの亡霊が屋根の上にしゃがんでいるのが見えて、彼の鼓動は乱れた。彼女がまっすぐに腕を伸ばして、一番近い路地の入り口を指さす。

ヒューはこみあげる興奮ににやりとすると、亡霊の示した路地に飛び込んだ。視線の先の暗闇に、影みたいなものが動くのが見える。〈赤い首団〉の男に違いない。

彼はふたたび頭上に目を向けた。

セントジャイルズの亡霊は、しなやかな動きで優雅に建物から建物へと飛び移っている。それを見てヒューの胸にわくわくするような喜びがわきあがり、小さく爆発して体じゅうに広がっていった。それは歓喜とも言える感情だった。悪臭漂う夜中のセントジャイルズの路地で懸命に脚を動かし、凍えるような冷たい空気を吸い込みながら悪党を全力で追いかけている最中だというのに。

こんなふうに感じるのは何年ぶりだろう？　最後に感じたのは――。

彼は路地を抜け、中庭に入った。獲物がどちらへ行ったのか思案を始める前に、ふたたび口笛が聞こえる。見あげると亡霊は屋根の上を疾走して、中庭の反対側にある路地に向かっていた。明らかに、彼女はまだ〈赤い首団〉の男の姿をとらえているのだ。

ヒューもそちらへ向かって石畳を蹴る。背後で誰かが怒鳴るのが聞こえたが、彼はすでに狭い道に駆け込んでいた。すぐに道が直角に折れていて、悲しげな声をあげて鳴いている猫を無視してそこを曲がると、別の中庭に出た。

そこにはセントジャイルズの亡霊がいた。

地面におり、すばやい動きで二本の剣を自在に操りながら、短いケープを黒い渦のように広げて獲物を追いつめている。けれども、その動きにどこかぎくしゃくしている部分があることにヒューは気づいた。何かが変だ。おかしい。だがじっと見ているうちに、彼女が男のナイフを叩き落として長剣を喉に突きつけたので、そんな考えは消し飛んでしまった。

亡霊が微笑んだ。

それを見て、ヒューは彼女を男だと思う人間がいることに驚いた。つばの広い帽子をかぶって仮面で半分顔を覆い、男の服とブーツを身につけていても、その姿はあまりにも優雅だ。小作りで形のいい顎をつんとあげた彼女は、右手をまっすぐに伸ばして鋭い剣先を〈赤い首団〉の男の喉仏に当て、短い剣を握った左手はバランスを取るために横に伸ばしている。小柄でほっそりしているものの、機敏で大胆。彼女と向きあう男はいつでも動ける体勢を整え、油断しないようにしなければならない。

彼女はちらりとヒューを見ると、今まで何をしていたのかと尋ねるように首をかしげた。もちろん彼女は、彼が来たことに気づいていたのだ。

ヒューは急いで彼女の横に行き、悪党を見つめた。

〈赤い首団〉の男が月明かりの下で白目をぎょろりと動かし、セントジャイルズの亡霊からヒューへと視線を移す。

「わたしを殺すためにおまえを雇ったのは誰だ？」

「わ……わからねえ――」

亡霊が剣先を皮膚にほんの少しめり込ませたので、男は口ごもりながらしゃべっていた言葉を切って、小さく悲鳴をあげた。彼の首を血が伝う。

「名乗らなかったんだ！　嘘じゃない！　ばかじゃなけりゃ、名乗ったりしねえよ」

「どんなやつだった？」

〈赤い首団〉の男が、視線を亡霊に移す。

彼女はさらに顎をあげ、剣先をじりっと進めた。男の首から、新たに血があふれ出す。

男は引きつった声を出した。「そいつはあんたよりちょっと背が低かった」男がヒューのほうに顎をしゃくる。「黒い上着にブリーチズ、どんぐりみてえな茶色のベスト。ベストはすてきな刺繍入りだったぜ。黒いコート。白いかつら。まるで公爵様みてえなしゃべり方だったな」

「爵位を持った男だったのか？」ヒューはきいた。

男は肩をすくめた。「さあね」

「ほかにには？　やつの目の色を見たか？　年はいくつくらいだ？」

「目の色はわからねえな」男が考え込むように顔をしかめる。「年は三〇くらい。いや、四〇かもしれねえ」

ヒューは毒づきたいのをこらえた。「やつには前にも会ったことがあるのか？」

「いや」

「くそっ、なんでもいい。ほかにないのか？」

「そういえば、腐った卵のにおいがした」〈赤い首団〉の男が即座に答える。

ヒューの横で亡霊が低く笑った。

「あと、手首のうしろに妙な絵があった」男は続けた。「魚かクジラか、それとも――」

「イルカ」思ったとおりだったという勝利感が、ヒューの胸にわきあがる。

〈赤い首団〉の男が困った表情になった。「イルカがどんなもんか、よく知らねえんだ」

「いいさ。そいつを放してやれ」ヒューは亡霊に目を向けた。

亡霊が剣先をはずすと、男はあっという間に走り去った。

ヒューは亡霊が二本の剣を鞘にしまうのを見守った。指を彼女の顎にかけ、やわらかい肌を意識しながら上を向かせる。暗くて醜い仮面の奥にある目の色はわからないが、月の光を反射してきらりと輝くのは見えた。

「きみは誰なんだ?」ヒューはささやいた。奇妙な興奮がまだ、血に乗って体じゅうを駆けめぐっている。

彼女は答えなかった。

そこでヒューは、今夜セントジャイルズの屋根の上に彼女が見えた瞬間から、したくてたまらなかったことをした。身をかがめて唇を重ねたのだ。彼女の唇はふんわりとやわらかく、ワインとはちみつの味がする。彼は顔を傾けると、ほっそりした体を引き寄せて相手の下唇に舌を滑らせ、口を開かせた。一度、二度と舌を差し入れる。いかにも経験がない彼女をせかさず、ゆっくりと誘惑するように。それなのに彼女は突然舌を絡めてきて、対等にキスを始めた。ヒューの喉の奥から思わずうめき声がもれる。

なんて甘いのだろう。なんてしっくりくるのだろう。

彼女がヒューの胸に手のひらを当て、ぐっと押した。彼はしぶしぶ顔を離すと、うしろにさがって相手を見つめた。彼女は呼吸が荒く、うっすらと開いた唇はキスで濡れ、月明かりを受けて光っている。

彼女は口を閉じてつばをのみ込み、ヒューに向かって伸びあがった。そしてすばやく熱いキスをすると、行ってしまった。夜の闇の中へ。

右脚をかすかにかばいながら。

ヒューは眉をひそめて考え込み、そのうしろ姿を見送ったが、これほど荒々しく激しい喜びを最後に感じたのがいつだったかをふいに思い出した。

それは、キャサリンと恋に落ちたと信じていたときだった。

その晩アルフは狭いベッドの上で慎重に寝返りを打ち、顔をしかめた。セントジャイルズで戦っていたときに、傷を縫ってある糸を切ってしまったわけではない。けれどもカイル・ハウスに帰り着いたときには、傷に巻いてある包帯に血がにじんでいた。そして脚は恐ろしく痛んだ。カイルに休んでいろと命じられたのに、窓から抜け出てセントジャイルズへ行くなどというばかなまねをした報いだろうか？　でもカイルがどう考えていようと、彼はアルフの主人ではない。そして〈赤い首団〉は、カイルだけでなく彼女の敵でもあるのだ。いや、むしろアルフのほうが、やつらとの因縁は深いかもしれない。何年も前から目をつけられているのだから。カイルがやつらの縄張りに足を踏み入れるとき、どうしてもあそこにいたかったのはそのためだ。

それにもし今夜行っていなかったら、彼とまたキスすることはできなかった。

アルフは目を閉じて、カイルの引きしまった唇が押しつけられ、舌を差し入れられたときの感触を思い出した。強引に入ってきた舌は熱く、彼が夕食のときに飲んだくらくらするような酒の味がした。悪党どもを相手にしたり走ったりしたので、汗のにおいがしたけれど、いやな感じではなかった。カイルはいつも清潔にしているし、大きくてあたたかくて――。

うとうとしながら思いをめぐらせていると、突然甲高い叫び声が聞こえた。

アルフはベッドから飛びおり、とっさに廊下へ出た。

ふたたび叫び声。

使用人用の区画にあるドアが次々に開き、寝間着姿のメイドや従僕がろうそくを片手に顔をのぞかせる。

しかし叫び声は、この階からではなかった。

アルフは廊下を走って階段を駆けおり、子ども部屋のある下の階に行った。裸足の足の裏がぺたぺたと木の床に当たる音が、暗い廊下に響く。やがて開いているドアが見え、そこから光がもれ出していた。子どもが泣いている声と、大人がしゃべっているくぐもった声が聞こえる。

彼女はためらった。

ベッドに戻るべきだろうか？　でも、わざわざここまで来たのだ。ネッドはいつも、好奇心が彼女の欠点だと言っていた。

アルフは足音をひそめて廊下を進み、部屋の中をのぞいた。

そこは子ども用の寝室だった。灰に埋まっている火が唯一の光で、キットがベッドの上でカタツムリのように丸まり、両腕で頭を抱えていた。かつらはかぶらず寝間着のシャツだけを身につけたカイルが、裸足で暖炉の前を行ったり来たりしている。

彼女よりも前に着いているということは、全速力で走ってきたのだろう。

カイルはピーターを抱きかかえていた。部屋の端から端までゆっくりと往復を繰り返す父親の腕の中で、小さな男の子は泣き続けている。カイルの寝間着のシャツの前開きの端を握っているので、そこが開いて黒い胸毛がのぞいていた。

それを見て、アルフは思わず息を止めた。

ピーターが真っ赤になった顔を父親の広い胸にこすりつけながら泣いているため、カイルのシャツは鼻水と涙でぐしょぐしょだ。けれども彼は気にする様子もなく、ひたすら部屋の端から端へと歩き続けている。アルフはカイルが小声で歌っているのに気づいた。ささやくように何かの歌を歌っている。大人の男がそんなことをしているのを見るのは初めてだ。女たちが赤ん坊や子どもをあやしているのはしょっちゅう見る。セントジャイルズでは、女はいつも小さな子どもといる。胸に抱いていたり、背中にくりつけていたり、横に抱えていたりして。女は働くとき、歩くとき、眠るとき、いつも子どもと一緒だ。でも、男はそうではない。

女の仕事と見なされていることをするカイルを見て、男らしさを感じるなんておかしい。

だが、彼はどこまでも男らしかった。

ピンク色の脚をぶらさげてカイルに抱かれている男の子は、見るからに小さくて弱々しい。

悲しみにとらわれ、おびえているのだ。そんな息子を、父親は大きく力強い腕で広い胸にやさしく抱えている。

アルフは息ができなかった。胸が締めつけられ、苦しくてたまらない。

強烈なあこがれに圧倒される。

自分はあの小さな男の子になりたいのかもしれない。しっかりと安全に抱きかかえられている子どもに。それとも、カイルの広い胸を包むシャツからのぞいている、あの黒くて短い巻き毛に触れたいのだろうか？

もしかしたら、ただ彼のそばにいたいのかもしれない。

音を立ててしまったらしく、カイルが顔をあげてアルフを見た。ごちそうが並ぶテーブルを戸口からうらやましそうに見ている、物乞いの少年のような彼女を。

もし彼女が女性の格好をしていたら、青と黄の小さな花束が一面に刺繍されている白いドレスを着ていたなら、ためらわずに部屋へ入っていったかもしれない。カイルに近づいて肩に手を置き、指先から伝わってくる力強い感触を楽しんだだろう。

でも、今夜ここにいる彼女は女ではない。

少年だ。

だからアルフにできることはひとつしかなかった。彼に背を向け、自分の部屋に戻るしか。

翌朝ヒューが目覚めると、頭がずきずき痛み、下腹部はこわばっていた。部屋の反対側にある窓から差し込む明るい日の光を目をすがめて見つめ、小声で悪態をつく。いつもは早起きをするのが好きなのだが、夜中にピーターがまた悪夢にうなされたために、今朝は起きられなかった。

彼は伸びをして顔をしかめると、熱い湯を運ばせて入浴するかどうか思案した。湯につかって頭痛をやわらげるか、あるいは……。

ヒューは目を閉じて、右手で胸をゆっくりと撫でた。乳首をこすり、かたくなるのを感じて大きく息を吸う。それとともに、下腹部がさらにかたさを増したのがわかった。手を広げて腹部を撫でおろし、下へと続いている毛をたどって、脚のあいだでそそり立っているものを包む。彼は昨夜の亡霊の姿を思い浮かべた。堂々と優雅な姿で立っていた彼女を。ぴったりしたズボンとブーツを履いていて、脚の形がはっきりと見えていた。口は甘く濡れており、舌を差し入れたら息が荒くなった。男の衣装の下で、彼女は蜜をあふれさせていたのだろうか？　家へ戻ったあと、ヒューを思って自分自身に触れたのかもしれない。体がそり返って震えるまで、ひそやかな場所に指を這わせたのだろう。

彼は腹部に当たっている先端を指でまさぐり、全体を手で握りしめて上下に動かしはじめた。

これまで二度会っただけの、現実の人間とは思えない奇妙な女を思い浮かべながら。

道化師の衣装の下の体を締めつけるものは何もなかった。彼女の胸の先端は、チュニックにこすれてかたくなっていただろうか？　あのチュニックを大きく左右に開いたら、月明かりに輝く真っ白な胸が現れただろう。胸の先端を彩る小さなかたいつぼみは、彼に愛撫されるのを今か今かと待っていたのかもしれない。

胸をつかんでひねったら、彼女は眉をあげて微笑んだだろうか？

ヒューは低くうめいた。彼女を思うとこわばりがぴくんと跳ね、うずきが高まっていく。

胸をはだけさせたら顔をおろし、先端を口に含んで激しく吸いあげるのだ。そして彼と同じくらい激しい欲望に、彼女を悶《もだ》えさせる。そうなったらあのぴったりしたズボンに手を差し入れ、女の部分を探り当てよう。どこまでもやわらかいそこは、きっと濡れそぼっている。ぷっくりとふくれて、彼を待ち受けているだろう。彼女は待ちきれずにうめくに違いない。そうしたら邪魔なズボンをはぎ取って、熱く潤った場所へと突き入り――。

手の中に一気に精を放出すると、頭の痛みが爆発した。

ヒューは大きくあえいで目を開け、しばらく呆然《ぼうぜん》と天井を見つめていた。心臓がどくどくと打つのを聞きながら荒い呼吸を繰り返していると、やがて激しい頭痛が引いていき、かすかにうずく程度におさまった。

横たわったまま深く息を吸い、呼吸を整える。

セントジャイルズの亡霊はいったい誰なのだろう？　そして誰が女に、男みたいに戦うすべを教えたのだ？　それに剣だって安くはない。彼女が買ったか、誰かが買い与えたのだ。あまりにも彼女の体に合っている、あの衣装も。もしかしたら、恋人か夫がいるのかもしれない。

そこまで考えるとなぜかいやな気分になり、ヒューは体を転がしてベッドからおりた。戸棚まで行って布を取り、体についたものを拭き取る。もし夫がいるとしたら、その男は間抜けだ。彼女があんなふうにセントジャイルズの通りをうろつくのを放っておくなんて。彼女をほかの男たちと戦わせておくなんて。

ほかの男とキスさせるなんて。

戸棚の上の水は冷たかったが、兵士だったヒューは贅沢とは言えない環境で体を清めることには慣れていた。手早く作業を終え、ジェンキンズが湯気の立つ水差しを持って入ってきたときには、すでに服を着はじめていた。

「おはようございます」

医者のまねごとをしたり、襲撃に加わったりしていないとき、ジェンキンズは従者としてヒューに仕えている。

「おはよう。タルボットとライリーは大丈夫か？」

「タルボットは少しばかり頭が痛むようです。昨日、頭のてっぺんに椅子を叩きつけられましたから」ジェンキンズが重々しい表情で告げる。「ライリーにはけがはありません」

「おまえはどうだ？」ヒューは年配の男の目をじっと見た。

「大丈夫ですよ。きいてくださってありがとうございます」ジェンキンズがかすかに顔をほころばせる。

「それならよかった。だがタルボットのことは、今晩また診てやってくれ。つまらない強がりで、やつを失いたくないからな」

「もちろんです」

ジェンキンズが剃刀で顔をあたってくれているあいだ、ヒューは昨夜の遠征で判明したわずかばかりの事実に思いをめぐらせた。彼を襲った男たちを雇ったのは〈混沌の王〉のメンバーだったという以外、ほとんど何もわかっていない。それにしても、なぜその男は腐った卵のにおいがするのだろう？

「終わりました」顔から最後の石けんの泡を吹き取りながら、ジェンキンズが言った。

「ありがとう」ヒューはうなずいて上着を着ると、従者の雑用に取りかかったジェンキンズを置いて部屋を出た。

階段をあがって、子ども部屋に向かう。

昨日の夜は、悪夢におびえたピーターがふたたび寝つくまで一時間以上かかった。泣きすぎて目が腫れあがり、汗に濡れた額に金髪が張りついていた幼い息子の様子がよみがえる。キットは自分のベッドで壁のほうを向いて丸くなっていたが、眠っているのか、父親と弟をわざと無視しているのかはわからなかった。

子ども部屋のある階まで来ると、ヒューは足を止めて廊下の壁に寄りかかった。ときどき、ピーターの悪夢はますますひどくなっているような気がする。キットの怒りも大きくなる一方で、キャサリンが亡くなってからの混乱がいつか落ち着く日が来るとは、とても思えなかった。将校として部下たちを率い、策略をめぐらせて秘密の任務をこなしている自分が、息子たちのためにはたいしたことをしてやれないのが情けない。まったく、だめな公爵だ。キャサリンに腹が立って仕方がなかった。家を出て、故国をあとにせざるをえなくさせた彼女に。突然命を落として、息子たちの生活をめちゃくちゃにした彼女に。

ヒューは体を起こすと、子ども部屋に向かった。

近づくにつれて、子どもたちの声が聞こえてきた。それに別の声もする。彼は足をゆるめた。

「……だけどぼく、算数は好きじゃないんだ」キットが言っている。「どうしてやらなくちゃならないのか、わからないよ」

ヒューは顔をしかめた。子どもたちには家庭教師をつけているが、キャサリンが亡くなってから、キットはおとなしく勉強をしなくなった。そしてピーターもそれにならっている。そもそも五歳のピーターは、勉強しなくてはならない量など、たかが知れているというのに。

「家庭教師がやれって言うからだろ」アルフの声だ。いったいあの少年は子ども部屋で何をしているのだ？　だいたい、面倒を見ているはずのメイドはどこにいる？

「きみも勉強しなくちゃならないの？」

「もちろん、しなくていいさ」

「じゃあ、ぼくだけがしなくちゃならない理由がわからないよ」キットの声は冷静で、迷いがない。

ヒューは顔をしかめ、息子に説教をしようと部屋に足を踏み入れかけたが、その前にアルフが話しだした。

「きみは母さんに愛されていたからだよ、違うのかい」アルフの言い方は質問ではない。事実を確認しているだけだ。

　だが、キットは律儀に答えた。小さな声で悲しげに。「ううん」

「もちろん愛されていたさ。そしてきみの母さんは、愛してるきみに勉強してもらいたいと願っていたはずだ」アルフは言った。「そうでなければ、最初から家庭教師なんか雇わない。それに大きくなったらいっぱしの貴族になるつもりだろう？　きみもピーターも。それなのに、公爵が計算もできなくてどうする。執事に代わりにやってもらうのか？　そんなことをすれば、社交界の笑い物だ。恥ずかしさに顔から火が出るくらい真っ赤になって、こそこそ隠れなくちゃならなくなる」

　遠慮のないアルフの言葉に、ヒューは思わず息を止めた。母親が死んでから、子どもたちにこんなふうにはっきりものを言った者はいない。

「アルフはなんで勉強しなくていいの？」ピーターが甲高い声で質問する。

「母さんが愛してくれなかったからさ」アルフが答えた。

　子ども部屋が静まり返り、息子たちが息をする音だけが響いた。

　しばらくして、アルフは続けた。「ずっとずっと昔、母さんはセントジャイルズの通りの角に、おれを置き去りにしたんだ。もう食べさせる金がないって言われたのを覚えてる。追いかけてきちゃだめだ、追いかけてきたらこっぴどくひっぱたくって言われた。だからおれはその角に立って、母さんが行っちまうのを黙って見てた。そのとき五歳くらいかな。ピーターと同じ年だった」

ヒューは目を閉じた。なんということだ。ロンドンに孤児や捨て子が大勢いることは、もちろんわかっている。だが知っている人間がそのひとりだと聞かされるのは、いやな気分だった。それにピーターがロンドンの街をたったひとりで生きていくところを想像すると、とても耐えられない。しかもそれがセントジャイルズだったらと思うと……。五歳というのは、あまりにも幼い。いろんな意味で赤ん坊も同然だ。

つまりアルフは、ひとりぼっちになったとき赤ん坊だったのだ。それなのに、いったいどうやって生き延びたのだろう？

「だけど、どこで寝たの？」ピーターは心配そうだ。

「おれはついていたんだ」アルフが答える。「口笛のネッドっていう友だちがいたから。ネッドは前歯がなくて、話すと口笛を吹いてるみたいな音がしたから、そう呼ばれていたんだよ」

息子のどちらかが、くすくす笑った。

アルフは続けた。「ネッドが自分の仲間のところに連れていってくれた。そして食べ物をくれて、面倒を見てくれたんだ。寒くないように、誰かに危害を加えられないように気をつけてくれた。その代わり、おれはネッドの仲間たちの仕事を手伝った」

「どんな仕事？」ピーターが尋ねる。

「家に忍び込んで、そこのものを盗むんだ」

息子たちがそろって息をのむ様子に、ヒューは目をしばたたいた。

「泥棒は悪いことだよ」キットがまじめな声で言う。

「ああ、知ってるさ。恐ろしい罪だって。だけどその頃のおれはほんのちびで、盗みが恐ろしい罪だなんてわかっちゃいなかった。友だちを手伝って空っぽのおなかをいっぱいにできる、くらいにしか思っていなかったんだ。大きな男の子たちに持ちあげてもらって、おれが窓からもぐり込む。そして内側からドアや窓の掛け金をはずすんだ。それですべてうまくいって、仲間たちは家に入れるって寸法だった」

アルフの語る犯罪者としての過去に、ヒューの息子たちは感嘆するような声をあげている。息子たちがそういう人間に対する畏敬の念を抱くことに、本当は懸念を覚えるべきだった。しかし彼は、昨夜のアルフの顔を覚えていた。子ども部屋をのぞいていた彼の顔を。少年はピーターが悪夢におびえてあげた悲鳴を聞きつけ、大丈夫かどうか見に来たのだ。

本人は隠そうとしているが、アルフはあの生意気な態度の下に、やさしい心を持っている。そのとき、世話係のメイドのアニーが階段の上に現れた。紅茶のトレイを持っている。

「まあ、旦那様」アニーはびくびくしているようだ。この前もうひとりの世話係を首にした記憶が、生々しいのだろう。「あの……アルフって子が、お茶を取りに行くあいだ、坊ちゃまたちを見ていてくれると言ったものですから」

ヒューはため息をついた。執事に言って、首にしたメイドの代わりを雇わなくてはならない。ひとりで元気な男の子ふたりの面倒を見るのは、どう考えても無理だ。

彼はうなずいた。「別にかまわない」

目に見えてほっとした様子のアニーについて、ヒューは子ども部屋に入った。

アルフはベッドの上で、子どもたちと一緒に座っていた。ふたりの息子はアルフの両側にそれぞれ座っている。昨日の朝、アルフがふたりに血みどろの冒険譚《たん》を聞かせていたときと、そっくり同じだ。

三人はヒューが入っていくと顔をあげた。青い目を無邪気に見開いているピーターは、ゆうべの出来事からすっかり回復しているようだ。キットの黒い目はあっという間に不機嫌で警戒するような光を浮かべ、アルフは何か秘密を隠しているように挑戦的な顔だった。

ヒューはアルフを見つめながら口を開いた。「ここで何をやっている?」

「ピーターとキットに会いに来たんだ。下の階はどんなふうか、見てみようと思ってさ」少年は立ちあがり、ヒューをからかうように見た。「今朝は部屋の外で従僕が見張っていなかったから、もう出てもいいのかと思ったんだ。けど、あんたが気に入らないって言うんなら、もちろんすぐに戻るよ、旦那」

「当然、きみは屋敷の中を自由に歩きまわっていい――」

アルフが目を見開く。「そいつは寛大なお申し出だ、旦那。ほんと、太っ腹だよ」

「ただし、常識の範囲内でだ」ヒューは少年を厳しい目で見つめた。「それから当面おまえには、屋敷の中にとどまってもらいたい」話しあいのなりゆきを熱心に見守っている息子たちに、彼は目を向けた。「このことは、あとで話しあおう」

「ああ、そのほうがよさそうだ」アルフが小声で言う。

ヒューは息子たちに向き直った。「ピーター、今朝は気分がよくなったのか?」

下の息子はぴんと背中を伸ばした。「はい、父様」

「キット、おまえは?」

跡継ぎ息子はふくれっ面で、つま先を見おろしている。

アルフが横を向いて、彼の脇腹をつついた。「父さんには返事をするもんだよ、キット」

キットが目をあげ、まばたきをする。「ぼくなら元気です、父上」

「それはよかった」ヒューは唇をぐっと引き結んだ。「では、ふたりともお茶を飲んで、勉強を始めなさい」

彼はドアに向かったが、気づくとアルフがついてきている。

「かまわなければ、おれも一緒に行こうと思って」少年が大きく笑った。「まだ朝食をとってなくて、腹ぺこだから」

「ああ」ヒューは階段に向かった。「それならついてくればいい。食べながら、昨夜酒場まで遠征した成果を教えよう」たいしたことはわからなかったが」

少年はやれやれというように首を横に振った。「だからおれも連れていけって言ったのに。やつらは紳士とは話をしたがらないんだ」

階段をおりながら、ヒューはうなるように応えた。「わたしの感触では、やつらは誰と話すのも好きそうではなかったがな」

アルフが肩をすくめる。「そうかもしれない。だけどおれが提供した情報なんだから、おれだけ置いてくのは不公平じゃないか」

「昨日の晩、それはいやというほどおまえから聞かされたよ」少年の生意気な言い草がおかしくて、ヒューは言い返した。

食堂に着くと、彼は紅茶と朝食の用意を言いつけてから、昨夜の顚末《てんまつ》を話して聞かせた。だが、セントジャイルズの亡霊には触れなかった。〈混沌の王〉に関する調査を進めていくうえで、彼女の登場をどう理解していいのかわからなかったのだ。

従僕たちが紅茶と卵、焼いたキドニー、薫製ニシン、トーストという朝食をテーブルの上に並べ終えたところで、執事のコックスがアイリスを伴って入ってきた。

ヒューは眉をひそめて立ちあがった。「今朝はずいぶん早いな」

彼女の顔には血の気がなく、ヒューに同席者がいることに気づいてもいない。

「ヒュー」彼女の声は震えていた。「キャサリンの死は事故ではなかったかもしれないの」

「どういうことだ?」ゆっくりと問いかける。

アイリスが顔をあげ、彼と目を合わせた。灰色がかった青い目は涙でいっぱいだった。

「彼女は殺されたんだと思うわ」

7

金色のハヤブサは恐れと悲しみと混乱でいっぱいになって、青い空に飛びあがりました。そして丘や森や湖の上をどこまでも飛んでいき、とうとう疲れきって、翼が小さな体を支えきれなくなりました。ハヤブサは真っ逆さまに落ちていきましたが、その先は城のバルコニーでした。彼女の一族の敵が住んでいる黒い城の……。

『黒の王子と金色のハヤブサ』

アイリスは食堂に座っているのがヒューひとりではないと気づいて足を止め、目をしばたたいた。

だがヒューがすでに険しい表情で、彼女に近づいていた。「なんの話をしている?」

みすぼらしい少年を、アイリスはちらりと見た。実際は少年というより若者と言ってもいい年齢で、卵の皿越しに彼女を大胆に見つめている。「このことは、ふたりだけで話したほうがいいと思うわ」

「なんだって?」ヒューはアイリスが突然中国語でも話しはじめたかのようにいぶかしげな

顔になり、彼女の視線をたどって少年に行き着いた。「ああ、アルフか。部下のひとりだから、彼の前で話しても大丈夫だ。アルフ、彼女はアイリス・ダニエルズ。レディ・ジョーダンだ」

若者が彼女に向かってうなずく。

ヒューはアイリスに注意を戻したが、その声と視線の強さに彼女は居心地が悪くなった。

「さあ、キャサリンが殺されたというのはどういう意味なのか説明してくれ」

「わたし……」アイリスはつばをのみ込み、勧められるのを待たずに椅子を引き出して座った。ヒューは勧めるのを忘れることがあるのだ。平民のもとで育ったからだろうか？　それとも軍隊で何年も過ごしたから？　彼女は自分の思考が脇道にそれていることに気づいた。

「そうだと思うと言ったのよ」

「アイリス！」

彼女は目を閉じて息を吸い、気持ちを落ち着けた。脅しているような黒い目を見ないほうが気が楽だった。「このあいだ子どもたちに会いに来たとき、クリストファーのベッドの下にキャサリンの日記があるのを見つけたの。あの子が見つけて、隠していたんだと思うわ。そうでなければ、あんな場所にある理由がないもの。それでわたし、勝手に持ち去るべきではないとわかってはいたんだけど、彼女が恋しかったし、それに……」目を開け、謝罪をこめて彼を見る。「キャサリンは、あなたの妻として許されないことをしていたの。あなたを傷つけることを。それが日記に書かれているかもしれないと思って」

ヒューはぶっきらぼうにうなずき、じれったそうに手を振って彼女の思いやりを退けた。アイリスはため息をついた。彼女にはヒューが理解できなかった。妻に浮気された夫はこういう行動を取るだろうというアイリスの予想を、彼は完全に裏切ったのだ。妻を責めずにただ大陸へと去っていくなんて、冷たいと言っていい反応だと思う。ヒューとキャサリンが恋に落ちて結婚したことを思えば。しかも、燃えるような情熱的な恋だったのに。

彼女は頭を振って続けた。「実際、キャサリンは書き残していたわ――」ふたたびアルフをちらりと見る。「そういうことについて」

ヒューがうなずいた。「さっきも言ったが、この子の前で話してくれてかまわない」

彼には感情がないのだろうか？　男としての自尊心は？

アイリスは大きく息を吸い、ざっくばらんに話すことにした。ヒューが気にしていないのなら、彼女が気にする必要はない。「去年の夏につきあっていた愛人のことが書かれているの。最初は夢中で、愛しているとまで思っていたみたい。でも九月になって、彼の寝室でとんでもない本を見つけてしまったのよ。大人の男性が小さな子どもを相手にしている絵が描かれた本を」顔が熱くなるのを感じたが、無視して先を続けた。「わかるかしら。つまり、男性が子どもと親密な関係を持っているの」

アルフがびくっとするのが見え、フォークが手から落ちてテーブルにぶつかる音が響いた。

ヒューはまばたきすらしなかったものの、視線が険しくなった。「それでキャサリンはどうしたんだ？」

「それなのよ」アイリスはささやいた。「日記の最後のページで、キャサリンは愛人と対決するつもりだと断言しているの——社交界にもさらすつもりだと」

するとようやくヒューが、つらそうな表情で目を閉じた。「ああ、キャサリン」

アイリスは目に涙がこみあげた。昨夜そのページを読んだとき、その意味するところを悟って、彼女は泣いたのだ。

突き動かされるように身を乗り出し、ヒューの手に手を重ねる。「わかるでしょう？　彼と対決などするべきじゃなかったのよ。キャサリンは本当に勇敢で、信念を持っていたわ。だから愛人である男性が子どもを傷つけていると思ったら、復讐《ふくしゅう》の天使みたいにまっしぐらに行動したでしょう」

ヒューはうなずいた。

「奥さんはどんなふうに死んだんだい？」アルフがきいた。

アイリスははなをすすり、背筋を伸ばしてハンカチを探った。こんな親密な会話を少年の前で交わしているのが、居心地悪くてならない。でも、ヒューは彼を信用している……。

ヒューがアルフに答えた。「馬から落ちたんだ。ハイドパークで首の骨を折って倒れているのを馬番が見つけたんだが、馬はすぐ近くで草を食《は》んでいたらしい。人と会う約束があるからついてこなくていいと、馬番は彼女に言われていたそうだ。だが一時間経っても戻らないので、探しに行ったと言っていた」

「キャサリンは乗馬はあまり得意ではなかったわ」アイリスは静かに言った。「それなのに、乗っていたのは神経質な黒の去勢馬」親友を思い出して微笑んだが、内心はつらくてたまらなかった。「乗るととてもすてきに見えたから、どうしてもその馬にするって譲らなかったのよ」

「彼女の死の詳細をきみが手紙で知らせてくれたとき、わたしはまるで疑問を抱かなかった」ヒューはアイリスを見て、唇をぐっと結んだ。「だが、彼女があの日ひとりきりで彼に会いに行ったのなら――正義の怒りにあふれ、彼を責めたてるつもりだったとしたら……」

アイリスは体が震えた。「彼女があまりにも情熱的で激しい感情を持っているから、実際はどれほど華奢な女性なのか、みんな忘れてしまうの。彼女の首は白鳥みたいにほっそりしていたわ」両手で自分を抱きしめ、キャサリンの美しい首が故意に折られた光景を頭から追い払おうとした。ハイドパークの土の上に、がらくたのように横たわっている彼女の姿を。

「愛人の名前は書かれていたのか？」

その険しい口調に、アイリスは顔をあげた。ヒューの顔は冷たくこわばっている。動揺のかけらもなく落ち着き払っていて、冷淡だ。

彼女は首を横に振った。「イニシャルしか書いていなかったわ。A・Cと」

「彼に会ったことはないのか？　キャサリンと一緒にいるところを見ているはずだ。舞踏会や午後のお茶会などで。キャサリンはきみを信用していた」

アイリスは力なく肩をすくめた。「彼女はとても秘密主義になることがあったの。新しく誰かとつきあいはじめたときとか」こんな話題をヒューとしゃべっていることに当惑して、ふたたび頬が熱くなる。「秘密にすると、なおさらロマンティックに感じられたんでしょうね」

ヒューがいらだたしげなうなり声をもらした。「何か彼の特徴は書かれていなかったのか？しゃべり方とか、動き方とか、着ているものとか」

「そういえばひとつだけ」アイリスは突然思い出した。「刺青があったそうよ。手首に。なんとイルカですって。だけど、そんなことが役に立つか——」

彼女は言葉を切った。アルフが背筋を伸ばして、ヒューに視線を向けている。ふたりだけに通じる秘密のやりとりをしているようだ。

「〈混沌の王〉だ」少年が言った。「彼女の恋人はメンバーだったんだよ！」

「だからそいつはキャサリンを殺した」ヒューが沈痛な面持ちで少年を見つめる。「そしてこのあいだの夜にそいつがわたしを殺そうとしたのも、それが理由だったんだ」

「よくわからないわ」レディ・ジョーダンはそう言ったが、アルフは彼女のほうを見ようともしなかった。

カイルを見つめるのに忙しかったからだ。カールした濃く美しいまつげに隠された黒い目の奥で、彼は何を考えているのだろう？　今のアルフの気分は、屋根から屋根へと飛び移っているときとほんの少し似ていた。彼に自分の本当の姿——女である自分——を見てほしいと、一瞬焦がれるように願う。

けれど、そんなことを考えるのはばかばかしいし、危険でもある。そこでアルフは今できることをした。

前に乗り出してカイルの黒い目を見つめ、その注意を自分だけに引きつけたのだ。

セントジャイルズ出身の、ただのアルフに。「やつらがどうしてあんたを襲ったのか、今の時点ではわからないよ。あんたの調べている〈混沌の王〉のメンバーのひとりが、奥さんの愛人だったって可能性はある。そいつはあんたに部下を見張りにつけられて、やばいと思ったのかもしれない。なんで自分のことをこんな熱心に調べているんだろうって。奥さんの死にやつが関係しているとあんたが疑ってるって、そいつは考えたのかもしれない。たぶんね」

カイルの目が凶暴な光を放つ。「アーロン・クルー卿だ」

アルフは彼から視線をはずさなかった。「それは何者なんだい？」

「メンバーだとわかっている四人のうちのひとりだ」彼は陰鬱な満足感を浮かべて、美しい唇をゆがめた。

彼女はカイルに向かって微笑んでいた。一緒にこうして手がかりをつかんだことに興奮して。彼と対等に論じあい、謎を解きほぐしたことに。心が舞いあがる。

「あなたたち、なんの話をしているの？」レディ・ジョーダンが鋭い口調で尋ね、アルフは現実に引き戻された。

カイルの注意が自分以外に向いてしまい、アルフは歯ぎしりしたいのを必死でこらえた。

彼がレディ・ジョーダンに説明する様子を、アルフは驚きつつ見守った。カイルはイルカの刺青について説明しているが、組織のメンバーたちの子どもや女性に対する非道な行為については触れないですませようとしている。しかしレディ・ジョーダンは意外なほど頑固になれるのだと判明し、最後には彼からすべてを聞き出して、骨のように真っ白になった。

「なんて恐ろしいのかしら」彼女は静かに言った。「この国にそんな組織が存在してひそかに活動しているのに、誰も気づいていないなんて……」身震いし、目に決意を浮かべてカイルを見る。「そんな人たちは止めなくてはだめよ、ヒュー。あなたが」

「そのつもりだ」カイルがきっぱりと言う。「だから思い出してくれ。アーロン・クルー卿がキャサリンと一緒にいるところを見たことはないか？」

「あったとしても気づかなかったわ」レディ・ジョーダンは答えた。「残念ながら、彼の顔を知らないから」

カイルが立ちあがった。「クルーはロンドンに屋敷を構えている。まずはそこを調べてみよう。アイリス、きみは家に帰ってくれ。何かわかったら知らせるよ」

「どうするつもりなの？」レディ・ジョーダンが彼を見つめた。

「クルーを逮捕するんだ」カイルがじれったそうに返す。

レディ・ジョーダンは目を見開いた。「でも……ヒュー、証拠といえば日記の記述だけで、あとは推測でしかないのよ。とても有罪にできるとは思えないわ」

カイルはレディ・ジョーダンに向き直り、険しい表情で彼女を見おろした。

「アイリス、わたしは〈混沌の王〉のメンバーが息子たちの母親を殺したと考えている。だからやつを逮捕して屋敷を捜索し、吐き気のする小児性愛の証拠をなんとしても見つけ出す。それさえ手に入れれば、やつを脅して〈混沌の王〉の情報を吐かせられるんだ。そうしたら、この世に生まれてきたことをやつに後悔させてやる。さあ、どうかもう家に戻っていてくれ」

一瞬、アルフはレディ・ジョーダンがカイルの指示を無視するのではないかと思った。それくらい頑固な表情を浮かべていたのだ。今日彼女が着ているのは繊細な美しいピンクのシルクのドレスで、いかにも貴婦人然とした姿とその表情との落差に、アルフは吹き出しそうになった。

けれどもレディ・ジョーダンは、すぐに冷静さを取り戻してうなずいた。「わかったわ」

彼女が立ちあがってカイルに歩み寄り、ふたりの距離が縮まる。

レディ・ジョーダンは彼に顔を寄せると、頬にキスをした。「気をつけてね、お願いよ」

アルフはふたりを見つめた。なぜか彼女はこれまで、レディ・ジョーダンがカイルにとってどういう存在なのかまったく考えていなかった。こうしてふたりを見ると、大柄でがっしりとしたカイルはどこまでも男らしく、美しいピンクのドレスを着たレディ・ジョーダンはどこまでも繊細だ。

アルフは目を伏せずにはいられなかった。顔を隠すために。嫉妬で熱くなった顔を。このふたりはお似合いだ。

これほどぴったりな男女はいない。

自分は取るに足りない存在なのだという思いが急によみがえる。汚くて、くさくて、教育のかけらもないセントジャイルズの住人。女らしい服すら着ておらず、優雅なふるまいも、男性とうまく戯れる方法も知らない。

人生はなんて不公平なのだろう。

でも生きていくというのはそういうものなのだと、幼い頃からセントジャイルズでごみをさらいながら生きてきたアルフにはよくわかっていた。

あの頃もなんとか生き延びたし、今回もそうしてみせる。

カイルが食堂の出入り口へと向かう前に、アルフはすんでのところで顔をあげ、胸を張った姿を見せた。

「一緒に行くよ、旦那」彼女は呼びかけた。

彼が暗い表情で、いらいらしたように振り返る。「必要ない」

「おれ、まだ雇われてるんだろう？　調査の一環だよ」

それでもカイルが拒否しようとしているのを、彼女は見て取った。

わざとにっこりして言う。「まあ、もうそろそろセントジャイルズに戻ってもいいんだけど」

彼は低く罵り、アルフの顔に指を突きつけた。「邪魔はするんじゃないぞ。けがをするようなまねはいっさいするな」

そう言うとくるりと向きを変えてドアへと歩きだし、憤慨した彼女に抗議する暇を与えなかった。

だが少なくとも今度は、ついてくるなとは言わなかった。アルフは急いであとを追った。追いつくと、すでにカイルはお高くとまっている執事にあれこれ指示を出していた。アルフが横に来たのを見て、彼が言う。「部下たちを連れてクルーの屋敷へ行く。そこでやつに尋問するつもりだ」

「やつを治安判事の前に連れていくのか？」足音高く階段をおりながら、アルフはきいた。

カイルは顔をしかめた。「それはやつが何を話すかによる」

「だけど日記があるじゃないか」

「ああ、たしかに」彼は満足げだ。「だが日記に意味があるのは、クルーが子どもと大人の男の絵が描かれた本を持っていたと記されているからだ。やつはその事実が流出するのをなんとしても避けたいはずだから、脅してしゃべらせる材料にできる」

階段の下までおりたところで、アルフはカイルの腕に手をかけて止まらせた。

「だけど、もしやつが彼女を殺したんだとしたら？」

彼が荒々しい目で振り向いた。「危険な賭けなのはわかっている。アイリスは正しい。証拠として、日記はあまりにも弱い。最後の手段として取ってはおくが」

彼女は抗議を続けようと口を開いたが、タルボットとジェンキンズとライリーがどたどたと玄関広間に入ってきた。

「どうするんですか？」ライリーが首をかしげて問いかける。

「アーロン・クルー卿の屋敷へ行く。わたしとアルフへの襲撃の黒幕がやつだったという情報を手に入れた。やつは妻の死にも関わっているかもしれない」

タルボットが目を見開き、ほかのふたりが暗い視線を交わす。

「わかりました」ライリーが三人を代表するように、真剣な表情で言った。

カイルは短くうなずき、先頭に立ってすでに待たせていた馬車へ向かった。タルボットは御者の隣に座り、カイルは馬車の中に入る。アルフはふたりの部下たちのあとから乗り込んだ。公爵の隣に座って窓の外を見つめていると、馬車はすぐに動きだした。

目の端でちらりとカイルを見る。何を考えているのだろう？　自分の妻に愛人がいると、彼は知っていたのだろうか？　知っていたら、もちろん気になったに違いない。

でも、そもそも彼は妻を愛していたのだろうか？

今はレディ・ジョーダンを？

アルフは顔をしかめ、ふたたび視線を窓の外に向けた。牡蠣《かき》の入った大きなバスケットを頭にのせた女が、大声で売り口上を叫んでいる。通りの角には物乞いが座り、手を前に伸ばしているのが見えた。ぼろ布に覆われたその脚は、腫れあがって変形している。いばりくさった態度で、兵士たちが通り過ぎた。その中のひとりがモブキャップをかぶったかわいい使用人の少女に何か叫び、彼女がつんと顔をあげた。

馬車の中では誰もしゃべらなかった。みんな体をこわばらせて、じっとしている。

外の光景は騒々しい物音とともに、着実にうしろに飛び去っていった。

アルフは静かにため息をついた。カイルが誰を愛していようといまいと、彼女には関係ない。彼は夜空に輝く星で、彼女はつまらないスズメなのだ。いくら高く飛んでも、カイルには届かない。

そう自分に言い聞かせた。心が納得するように、何度も何度も。それなのに、どうしようもなくカイルに惹かれてしまう。彼はセントジャイルズの暗い森で、アルフと一緒に狩りをしたのだ。彼は追う興奮を知っている。勝利のあと、カイルはキスをした。二度も。レディ・ジョーダンではなくアルフに。外から見える部分については、彼とレディ・ジョーダンはお似合いかもしれない。着ているものも、しゃべり方も、身分も。けれどアルフとカイルは、外から見えない部分が似ている。自由を愛する荒々しい心が。

馬車ががくんと止まり、アルフはまばたきをして顔をあげた。目的の屋敷に到着していた。カイルの屋敷ほどすばらしくはないものの、じゅうぶん金のかかった屋敷だ。

「着いたぞ」彼がそう言ってアルフを見た。「やつは危険だ。わたしのそばから離れるな」

ヒューは馬車のステップをおりながら、この少年を連れてくるべきではなかったと後悔していた。アルフにうまく言いくるめられてしまったが、危険な状況に足を踏み入れるのを許すべきではなかった。キャサリンの死が事故ではなかったかもしれないと知った動揺と、とうとう手がかりを見つけたという興奮につけ入られてしまったのだ。

だが、連れてきてしまったのだから仕方ない。彼らはもう、クルーの屋敷の前にいる。ヒューはタルボットと目を合わせ、アルフに向かって顎をしゃくった。少年は懸命に隠そうとしているが、まだ傷が治っておらず、脚を引きずっている。

元擲弾兵がうなずき、ヒューはほっとした。タルボットは頭のいい男だ。彼ならアルフを守ってくれるだろう。

ヒューは白い石造りの屋敷の玄関まで階段を駆けあがり、ドアを叩いた。

ほとんど待たずにドアが開き、険しい表情の執事が顔をのぞかせる。「なんでしょう？」

「わたしはカイル公爵だ。今すぐおまえの主人と話したい」

「旦那様はまだ起きていらっしゃいません」執事がなだめるように言った。「もちろん、いらしたことはお伝えします。ですから――」

執事が言い終わるのを待たず、ヒューは黙って押しのけた。

玄関広間は狭く、廊下は暗い色の木製の階段へとまっすぐに続いている。執事が必死で抗議するのを無視して、彼は階段に向かった。クルーの寝室は明らかに上の階にある。

部下を従えて一段抜かしで駆けあがり、階上にあがったところで廊下に立っていたメイドを押し倒しそうになった。

メイドが驚いて悲鳴をあげる。

「主人の寝室はどこだ？」

「右側の二番目の部屋です」メイドが指さした。

数歩でそこまで行き、鍵のかかっていないドアを勢いよく開ける。

そこでヒューは愕然として動きを止めた。

カーテンは閉まったままで部屋は暗かったが、中央に吊りさがっている物体は見間違えようもない。

彼のうしろでメイドが叫び声をあげた。

「驚いたな」アルフが隣でささやいた。「あれはクルーかい？」

少年の声とほぼ同時に、メイドの震える声が響いた。「ああ、ご主人様、なんてことを」

「どうやら、今ので確定だな」ライリーがつぶやく。

ヒューは窓辺に行ってカーテンを開け、太陽の光を室内に入れた。シャンデリアからぶらさがっている死体を見ると、かつてはハンサムだったかもしれない顔は変色してふくれあがっていた。

廊下ではメイドが声をあげて泣いていて、騒ぎを聞きつけたほかの使用人たちが集まってきている気配がする。

ヒューはタルボットに合図した。「ドアを閉めてくれ」

大男の元擲弾兵が命令に従う。

ヒューはジェンキンズに目を向けた。「自殺か？」

片目の男は、ぶらさがった男のまわりを一周した。「たしかにそんなふうに見えますね」

「彼の使った踏み台はどこかな？」アルフが口をはさんだ。

ヒューは少年を見た。

アルフが床と死体を順に示した。死体の脚は床から何十センチも離れている。

「あそこにあがるのに踏み台が必要だったはずだよ。椅子か何かが。吊りさがるために蹴り飛ばすってのが当然の手順なのに、何も見当たらない」

少年の言うとおりだった。

貴族の屋敷にしてはこの寝室は比較的こぢんまりとしていて、かなり年季の入った天蓋付きベッドが一台と引き出しのついた戸棚、机、それに椅子が二脚しかない。そしてどちらの椅子も、壁際にきちんと置かれていた。

「ベッドの上に立ったのかもしれませんね」ライリーが意見を述べる。

「それでは縄に首を入れられない。遠すぎる」タルボットが却下した。

ヒューはベッドと死体を見比べて距離をはかり、うなずいた。「縄を切って死体をおろせ」

ライリーが顔をしかめる。

しかしタルボットは黙って壁際へ行き、椅子を二脚運んできた。それを死体の両側に置いて片方の椅子の上に立つと、ライリーももう一方の椅子にあがった。ライリーが死体を支えているあいだに、タルボットが首の縄を切る。時間はかからないが、力のいる作業だ。突然縄が切れて死体の体重がすべてかかり、ライリーがうめいた。とはいえ、タルボットもすぐに死体を支えてふたりで床におろした。

ジェンキンズがひざまずいて調べはじめる。

「くさい」アルフが鼻にしわを寄せた。

ジェンキンズが顔をあげ、少年を見た。「死んでまだそんなに経っちゃいないから、くさいはずはない。だがおまえの言うとおり、こいつは腐った卵のにおいがする。だからくさいんだ」

死体はシャツとブリーチズしか身につけておらず、ジェンキンズは片方の袖をまくりあげた。あらわになった腕に、何か黄色いものが塗られている。「硫黄入りの軟膏《なんこう》を使っていたんだ。見えるか？　ここと、ここにも」血の気がなくなっていても皮膚が赤くまだらになっているのがわかる箇所を、彼は指で示した。「何かの皮膚病にかかっていたようだ」

アルフが茶色い目を輝かせて顔をあげた。「じゃあ、悪党どもを雇ってセントジャイルズであんたを襲わせたのはこいつだったんだね、旦那」

「どうやらそのようだ」ヒューは表情をかたくした。

惜しいところだった。昨夜ここへ来ていれば、おそらくクルーはまだ生きていただろう。しかし昨日の晩は、まだこの男とキャサリンとの関係を知らなかった。四人の中から、クルーまで絞り込めなかったのだ。

ジェンキンズがもう一方の袖もまくると、手首にイルカの刺青があった。

ヒューは両手をきつく握りしめた。肩に力が入り、頭痛の気配が強くなる。今、目の前に転がっているものが息子たちから母親を奪い、そのせいでピーターは夜になると泣き叫び、キットは怒りに満ちた目を彼に向けるのだ。そして、かつて愛した女性を奪われたことによる悲しみとこみあげる復讐の念は別にしても、〈混沌の王〉への手がかりがここでとぎれてしまったのが悔しくてならない。

ヒューは壁に拳を叩きつけたかった。

突然、ドアが開いた。

振り向くと男が立っている。長身で、骸骨のように青白くやせた男だ。若くはない。ネズミを思わせる白髪まじりの茶色い髪をうしろで結び、くすんだ灰色の地味な服を着ている。一見したところ、銀行家か弁護士のようだ。

だが、彼はどちらでもない。

エクスレイ伯爵ダニエル・ケンドリックは議会の有力な一員であり、裕福な地主かつ抜け目のない実業家だった。彼については、調査しても怪しい事実は何も出てこなかった。僧侶のように退屈な生活を送っているとわかっただけだ。

エクスレイの薄い青色の目が、ヒューを見てわずかに見開かれた。「カイル公爵。使用人たちが言っているのは本当なのか？　アーロン・クルー卿が首を吊ったというのは？」

「たしかにそんなふうに見えた」ヒューは床の上の死体を示した。

伯爵は一歩前に出て、視界をさえぎっているライリーをよけた。横たわっている死体に顔をしかめる。「なんということだ。哀れなクルー。借金があるとは聞いていたが、そんなにせっぱつまっていたとは知らなかった」

「そんな事情があったのか」ヒューはゆったりとした口調で言った。「ところで、失礼だがなんの用で来られたのかな?」

エクスレイが顔をゆがめる。「きみになんの関係があるのかわからないが、今朝はクルーと仕事の話があって寄ったのだ。来てみたら屋敷じゅうが大騒ぎで、様子を見にあがってきたというわけだよ。きみこそ、こんなに大勢引き連れて何をしに来た?」死体を調べ終えて立ちあがったジェンキンズに、怪しむような視線を向ける。

ヒューはエクスレイが目を合わせるのを待って答えた。「クルーと話がしたかったのだ」

「なるほど」伯爵は首を横に振った。「では、こんな状態の彼を見つけたのは運が悪かったな」

「そうだろうか」

エクスレイが戸惑ったように額にしわを寄せる。「ほかに何か考えられるとでも?」彼はため息をついた。「とにかく、きみは連れてきた者たちと帰ってくれてかまわない。クルーの事務弁護士と当局には、わたしから連絡しておく。彼の跡継ぎが来るまでに必要な手配も引き受けよう」

ヒューは眉をあげた。「そんな面倒なことを買って出るなんて、心が広い」

「友人のためならなんでもないさ」

ヒューはしばらく相手を見つめていたが、エクスレイの表情はまったく変わらなかった。そこで彼は小さく頭をさげた。「では、お願いする」

伯爵は会釈を返した。「了解した」

くるりと向きを変え、ヒューは部屋を出た。すぐにアルフが隣に並んだ。「おい！　部屋の中を調べないのか？」

ヒューは首を横に振った。「意味がない。われわれが思っているとおりクルーが殺されたのなら、調査に役立つようなものはすでに持ち去られている」

「ちくしょう」アルフが小さく毒づいた。

ヒューもまったく同じ思いだった。

黒の魔術師の息子はまだ一二歳で、戦いについていくには幼すぎました。ですから父親が白の魔女の一族を滅ぼしているとき、黒の王子は城に残って勉強に励んでいました。そして石造りのバルコニーの上に何かが落ちてきたとき、たまたま窓辺に立っていて目にしたのです。バルコニーの上に転がっている、けがをしておびえた純金の羽を持つ子どものハヤブサを……。

『黒の王子と金色のハヤブサ』

8

その日の真夜中過ぎ、アルフはカイル・ハウスの裏の路地に、厩舎の屋根から軽やかに飛びおりた。暗闇で動きを止め、すばやく路地の様子をうかがったが、厩舎に駆け込んだ猫以外に動くものはない。だが、用心しすぎるということはないのだ。まだセントジャイルズの亡霊の衣装を着ていて、誰にも見られるわけにはいかないのだから。

日が落ちると、彼女は屋根の上に出て背中に夜風を感じながら、悪党をひとりふたり狩らずにはいられなくなった。そうやって自由に飛びまわる時間がないと、頭がどうかなってしまう。

カイルや彼の部下たちと一緒にクルーの死体を見つけたあと、一同は消沈してカイル・ハウスに戻った。帰りの馬車の中は最悪だった。誰もしゃべらないし、カイルは明らかに頭痛に苦しんでいた。これまで見てきた感じでは、彼はしょっちゅう頭痛に悩まされている。

とはいえ、アルフは彼らの仲間ではない。自分は彼らが――カイルが考えているような少年ですらないのだ。

だからセントジャイルズの亡霊として外に出て、もめごとを探さずにはいられなかった。そしてじゅうぶんに暴れて戻ってきた。それなのに、まだいらいらして落ち着かない。何時間も自由に駆けまわり、女相手に強盗を働こうとした悪党をしたたかにやっつけたというのに。

屋根の上の世界も、夜空の月も、アルフを静めてはくれなかった。自分が何を望んでいるのかちゃんとわかっているかどうかさえ、今の彼女には自信がない。セントジャイルズに戻ってふたたび少年として生きていきたいのか、それともカイルの広い肩と黒く輝く目をつねに意識しながら、彼の言いなりになってここで暮らしていきたいのか。

どうすればいいのかわからず、どちらの道へも進めない。

アルフは門を乗り越えて屋敷の庭に入ると、音を立てないように砂利道を歩いていった。

屋敷は闇に包まれている。

ただし一箇所だけ、一階の背の高いガラスドアから光がもれていた。

彼女は立ち止まって光を見つめた。浅く速く吐いた息が、冷たい夜気で白く変わる。もしかして、カイルがこんな時間まで起きているのだろうか？　頭が痛くて眠れないのかもしれない。アルフの脚の傷を縫ってくれた片目の物静かなジェンキンズが、クルーの屋敷から戻ったあと、カイルにワイングラスを渡していた。彼はそれをひと息で飲み干したけれど――きっと薬だったのだろう。

アルフは顔をしかめた。カイルが今頭痛に苦しんでいても、慢性的に頭痛を抱えていても、彼女には関係ない。

それなのに気になってしまう。

庭の小道の先には階段があり、そこをあがるとガラスドアに続く短い通路があった。ガラスドアの前に慎重に近づくと、図書室が見えた。彼女が最初にこの屋敷へ来たときに案内された部屋だ。中をのぞくと誰も見えず、なんとなくがっかりする。

けれどもそのときカイルの脚が見えて、アルフは息を止めた。脚は火の消えそうな暖炉の前に置かれた椅子から、まっすぐに伸びている。ただし、まったく動く様子がない。

彼女は眉をあげた。カイルは眠っているのだろうか？

仮面がガラスに触れる寸前まで、足音をひそめて近づく。

カイルは暖炉の前のウイングチェアに座っていて、すぐ横のテーブルの上のろうそくはすっかり小さくなっていた。膝の上に本を伏せ、頭をぐったりとうしろに投げ出している。目は閉じ、口はかすかに開いていた。

間違いない。眠っているのだ。

このまま静かに出ていくべきだと、アルフはわかっていた。自分の部屋のベッドに戻り、彼女も眠っておかなくてはならない。こんなところでぐずぐずするなんて、危険すぎる。正体がばれてしまうかもしれない。

けれども彼女はいつも、危険に引き寄せられてしまう。

ガラスドアの取っ手を試しに動かしてみると、鍵はかかっていなかった。思わず顔がほころび、取っ手をまわしてするりと中に入った。

つま先立ちで近寄って顔を寄せても、カイルは目を覚まさない。アルフは凄腕《すごうで》の泥棒になったような、大胆な気分になった。唇を噛んで、無防備な彼をじっくり眺める。

カイルはかつらも上着も身につけておらず、シャツの上にベストを着ているだけだった。顎は一日分のひげが伸びて、黒ずんでいる。

頬には濃く長いまつげが影を落としていた。額を見ると、傷を縫いあわせているクモの脚のような糸と、周囲に広がっている内出血が目立つ。内出血は色が変化して、今は黄色がかった緑色だ。

視線を彼の口に移動させる。ああ、この口だ。二度アルフとキスをした魅力的な唇が今はうっすらと開いていて、彼女は目が離せなくなった。

なぜか惹きつけられてしまう。

カイルは別の女性のものだ。でも今は夜で、夜はアルフの世界。溶けて小さくなったろうそくの光の下で起こることは、昼の世界とは別世界での出来事として許されるのではないだろうか？　これまでの人生で、彼女のものと言えるものはほんの少ししかなかった。しかもそのほとんどは、盗んだり拾ったりしたものだ。

だから今回も、そうしてもいいのでは？

アルフはさらに顔を寄せ、この世の何よりも美しくすてきな唇に口を押しつけ、彼の息を吸った。

しばらくカイルはそのまましっとしていた。だがそのあとふいに動きだし、ゆっくりと両手をあげて彼女の腕をつかんだ。

アルフは少し顔を引いて、彼を見つめた。

まぶたが開き、眠気にぼんやりとした黒い瞳が彼女を見つめる。自分の家の図書室に突然彼女が現れ、キスをしているのに、ちっとも驚いた様子がない。

その夜初めてアルフは気持ちが落ち着き、笑みを浮かべた。カイルの肩に両手を置き、腿の上にまたがる。そして椅子の座面に膝をついてふたたび顔を近づけると、両手で彼の顔をはさみ、口を開けたままキスをした。

本が床の上に落ちる。

アルフは彼の上唇の上に唇を滑らせ、ひげのざらざらした奇妙な感触を味わうと、下唇にそっと歯を立てた。

暖炉で薪《まき》の崩れる音が響く。

それが合図となったかのように、カイルが急に自ら動きだした。唇を合わせたまま口を開き、頭を傾けてキスを始める。ゆったりと物憂く、官能的に。この世の時間は、すべて彼のものであるかのように。アイルの胸で心臓が激しく打ち、静かな部屋に彼の呼吸の音だけが響く。カイルは彼女のチュニックを留めているひもを見つけると、引っ張ってほどき、前を開けた。チュニックの下に着ている飾り気のない男物のシャツも同じように開く。すると、その下には……。

その下にはもう、何も身につけていなかった。さらしさえ巻いていない。

アルフは汗で湿った首筋や胸のあいだに、ひんやりとした空気が触れるのを感じた。カイルが唇を重ねたまま彼女を持ちあげ、腿の上で横向きにする。そして彼女の頭を片方の肩にのせると、大きくて熱い手を開いた服のあいだから差し入れて、むき出しの胸を覆った。

思わずアルフは、彼の口に向かってあえいだ。

カイルの手のひらはたこができていてかたいけれど、触り方はこのうえなくやさしい。かろうじて触れているくらいのまま、やさしく行ったり来たりさせて胸の頂をかすめる。やがてアルフは上体をそらして、彼の手に体を押しつけずにはいられなくなった。

するとカイルが片方の胸をぎゅっとつかんだ。ふくらみを完全に包んでしまうほど大きな手はあたたかくてずっしりと重く、親指で先端をはじかれると、体に火花が飛ぶような刺激が走った。

彼女はうめいた。

カイルが彼女の下唇に、一瞬鋭く歯を立てた。すぐさまそこに舌を当てながら、胸のつぼみをぎゅっとひねる。

アルフは彼の肩をつかんで身もだえた。こんな親密な行為は誰ともしたことがない。そもそも、男性とこれほど体を寄せあうのは初めてだ。こうしていると途方もなくわくわくして、自由な気分になり、もっともっとこの感覚が欲しくなる。カイルの体からシャツをはぎ取り、むき出しの腕と胸に包まれながら、肌の上に手を滑らせたい。

そんな想像をしていると、思わず喉の奥から声がもれた。

彼がやわらかく笑う。

手がいきなり胸から離れて、アルフは失望のあまりうめいた。だが、手はすぐに戻ってきた。

今度はブリーチズの前立ての上に。

ボタンをひとつひとつはずされ、彼女は息が吸えなくなった。

カイルが顔をあげ、何も言わずに見つめながら、問いかけるように片方の眉をあげる。

アルフは息を吸って、降伏するように両手を体の横に落とした。

彼が口の端をあげて微笑む。男としての満足感に満ちたその表情は、やさしいとは言えない。

ブリーチズがゆるめられ、少年用の下着のボタンがはずされる。アルフは彼の目をじっと見つめ、けっして視線をそらさなかった。

三角形の茂みのすぐ上の肌に触れられると、思わず腹部がぴくっと震える。カイルの手はゆっくりと下に向かい、あたたかくひそやかな場所へと分け入った。

そこは彼女が少年ではなく女性である証《あかし》の部分だ。

指先がなめらかに潤っている襞の中にもぐると、カイルの黒い瞳が勝利に輝いた。

アルフは息をのみ、決意に反して危うく目を閉じてしまいそうになった。

彼の目を見つめ続けるのは、五階建ての建物の屋根から屋根へ飛び移るより難しい。三人の武装した悪党を相手に戦うよりも、強い意志が必要だ。

本当の正体を隠し続けるより、はるかに勇気がいる。

けれども彼女は臆病者ではないので、ずっと目を開けていた。なんといっても、セントジャイルズの亡霊なのだから。カイルが一番敏感な突起になんの前触れもなく指を置いたときも、彼の目を見つめ続けた。

カイルは美しい唇を尊大にゆがめたあと、アルフの力量を認めたかのようにうなずいた。どれだけ耐えられるかを試す試験に合格したかのように。彼女が何か勇敢ですばらしいことをやってのけたかのように。

彼がふたたびかがみ込んでキスをした。そのあいだも指は圧力を強め、動きを速めていく。アルフは両手を彼の髪に差し入れて、その感触を味わった。短い髪は思ったよりもやわらかい。合わせた口の下で、彼女の息は次第に荒くなった。もっと脚を広げたいけれど、ブリーチズをはいているので無理だ。脚のあいだがどんどん熱くなって、何かがあふれてくる感じがする。

彼女はキスをしたまままうめき、脚のあいだをカイルの手に押しつけて、身をくねらせた。

このままでは、どうかなってしまう……。

アルフは彼の頰に触れた。伸びかけたひげがちくちくと当たるあたたかな頰の感触が、このうえない親密さを感じさせる。思わず体をそらすと、彼の指が濡れそぼった襞のあいだに深く滑り込み、自分のものだと主張するように彼女をしっかりととらえた。

それに、彼はアルフのものだとも示すように。だけど、そんなことはありえない。

次の瞬間、空から星がいっせいに落ちてきて、彼女はその中をどこまでも飛びあがっていくのを感じた。屋根を越え、ロンドンの上空から、もしかしたら月までも。

なんてすてきなんだろう。

自分で触れるより、彼に触れてもらうほうがずっといい。

隅々まであたたまった体は溶けてしまったかのように重く、動く気になれない。アルフは目を閉じた。胸が大きく上下する。

口が自然に曲線を描いていた。

あまりにもすばらしい気分だったので、彼女は手遅れになるまでカイルの行動に気づけなかった。顔から仮面をはずされるまで。

ヒューは膝の上にのせた女の顔から仮面を取った。突然、世界の軸がぐらりと傾く。

あらわになった顔は……少年？　いや、アルフだ。

だがヒューの手はさっき、小ぶりだがきれいに盛りあがった胸をたしかにとらえた。

そして、どう考えても女性そのものだった部分からすくい取った潤みに、彼の指はまだ濡れている。

まばたきをすると、世界がふたたびまっすぐになった。

膝の上にいるのはアルフだ。彼女の丸くてやわらかいヒップが、ヒューの高まったものの上にのっている。

繊細な容貌が彼の前で一変した。前とまったく変わっていないのに、顎先の角度、ほっそりとした小作りな鼻、ピンク色の唇、大きな茶色い目の上の形のいい眉といったものに、急に視線を引かれる。顔の下半分の輪郭は少年というにはあまりにも繊細だし、首はほっそりとして優雅だ。彼女は明らかに女で、どうやっても男には見えない。

アルフは少女なのだ。少年ではなく。

ヒューがその事実に行き着いた瞬間、彼女は膝の上から飛びおりた。

そして力の抜けたヒューの手から仮面を奪い返し、彼が立ちあがったときには、すでにガラスドアの外に消えていた。

「待ってくれ！」あわててあとを追ったが、牡牛が鹿を追いかけるようなものだった。「くそっ、待つんだ！」

ヒューがドアの外に出たときには、庭に人影はなかった。彼は暗闇に目を凝らした。彼女は隠れているのだろうか？　こんなに早く姿を消せるはずがない。

バルコニーに出て、彼女を怖がらせないようにそっと呼びかける。「アルフ」

だが、なんの動きもない。

そのときヒューは、彼女がどれだけ身軽に屋根の上にのぼれるかを思い出した。

急いで向きを変え、屋敷の壁面に目を走らせる。

彼女はそこにもいなかった。

いまいましい。

どうすることもできず、ヒューは仕方なく部屋に戻った。暖炉の火を見つめながら、今起こったことをワインが見せた幻覚だと片づけてしまいたい衝動に駆られる。

しかし、そうではないとよくわかっていた。

指には彼女のにおいがまだ残っている。手を持ちあげ、目を閉じて息を吸うと、かたくなったままの下腹部がびくんと跳ねた。眠っているヒューを起こした彼女のキスは、ためらいがちで無邪気なものだった。それでいていたずらっぽく、大胆でもあり、彼は無意識に反応していた。そして躊躇なく彼女を引き寄せ、膝の上にのせて甘い唇を奪い、小さいが完璧な胸に触れたのだ。なぜ彼女が図書室にいるヒューのもとへやってきたのか、どうして彼にキスをしたのか、まったく考えずに。

アルフはなぜ逃げたのだろう？　少年に変装することは、そんなに重要なのだろうか？　本名がアルフなのかもわからない。名前も偽りだという可能性もある。

最初からずっとこちらをだまして、笑っていたのだろうか？

「くそっ！」そうかもしれないと思い、ヒューは短く刈った頭を両手で抱えた。

だいたい、彼女は何歳なのだろう？　少年だと思っていたときは、せいぜい一六か一七だと思っていた。そして彼女がそれだけの年月をセントジャイルズで過ごしてきたのなら、今でも性的に無垢だなんて、ましてや処女だなんてありえない。

けれども彼女は、合わせた唇を震わせていた。ヒューが触れると驚き、興奮した様子だった。

なんということだ。まさか自分は子どもを誘惑してしまったのだろうか？


数分後、屋根から屋根へとひたすら駆けていたアルフは、ブーツのつま先を軒に引っかけてしまった。したたかに転び、傾いた屋根の上を滑っていく。彼女はこけら板が下の路地にぶつかった音を聞きながら、体を止めようと必死で手を伸ばした。そして脚が宙に飛び出したところで、ようやく屋根の端をつかんだ。

手だけでぶらさがりながら、すすり泣きがこみあげる。あばらが痛み、脚がずきずきした。

なんてばかなのだろう。

今回ばかりはやりすぎて、すべてを台なしにしてしまった。頭の中で、彼女を叱るネッドの声がする。懸命に手を伸ばして、体を引きあげるための手がかりを探した。こけら板がはずれたところに穴があるのをようやく見つけ、指を入れてあえぎながら、全力で体を引きあげる。もう片方の手は精一杯遠くに伸ばし、なんでもいいからつかめるものをつかんだ。手のひらに木のとげが刺さってもかまわず、けがをした生き物が安全な場所を求めるように、本能だけで屋根に這いあがる。

ごろりと転がって仰向けになると、アルフは激しく胸を上下させた。涙に汚れた顔で、うっすらと雲のかかった月を見あげる。彼女は今、仮面すらつけていない。さっき、前を開けられたチュニックの内側に突っ込んだままだ。ゆっくりとシャツのボタンを留め、チュニックのひもを結んだ。

指が震えている。

彼に見られてしまった。

真実を知られたのだ。

生きている人間ではセントジョンしか知らず、彼とも口に出して話しあったことはないのに。彼が話したそうにしていたこともあるけれど、アルフは話題を変えたり、その場を去ったりして、どうやって今の彼女になったのか、過去やふだんの生活を探られないようにした。なぜ正体を隠して生きているのかを。

でもカイルの場合は、仮面をはぎ取ったとき、彼女が女だとわかる部分に触れていた。アルフが亡霊であり、女でもあるということを知られてしまった。

もう正体を隠せない。

どうすればいいのだろう？

たぶん逃げるべきなのだ。セントジャイルズに戻り、隠れ家で身を潜める。カイルと彼の黒い目と大きな手には二度と近づかない。

〝誰にも知られちゃだめだ〟とネッドは言った。〝誰も近寄らせるんじゃない。絶対に正体を明かすな。本当の自分は隠しておくんだ、アルフ。気を許せば傷つけられることになる。危険な目に遭うより、ひとりきりでやっていくほうがいいんだ〟と。

彼女は震えながら立ちあがり、あたりを見まわした。やみくもに走ってきたけれど、すぐにここがどこかわかった。

セントジョンの家の近く。もしかしたら……どうするべきか彼に相談してもいいかもしれない。

仮面を顔につけ直すと、アルフはセントジョンの屋敷に向かって進みはじめた。もう何年もなかったくらい慎重に足元を確かめながら、屋根の上を走っていく。冷たい冬の夜の闇を、月が照らしていた。彼女がまだ小さい頃、月は真ん丸に太った女の人で、ふたりを見守ってくれているんだとネッドがよく言っていた。

セント・ハウスが見えてきた。古くて大きな屋敷で、正面の部分の左右の端に、短い翼棟が中庭を作るように直角につながっている。アルフが右の翼棟の屋根に飛び移ると、主棟の上階に明かりがひとつついているのが見えた。

いつも剣術の練習をしている部屋の真下にある、子ども部屋だ。

アルフは低い体勢で足音をひそめて近づき、中をのぞいた。赤ん坊の面倒を見るために、子守りのメイドが起きているのかもしれない。セントジョンには娘がいる。けれども光に照らされた窓際を横切った人影を見て、そうではないとわかった。レディ・マーガレットだ。セントジョンはメグスと呼んでいる。髪を自然に肩におろし、身重の体を明るいプリント柄のシルクのドレスに包んだ彼女が、腕の中の赤ん坊をやさしく揺すりながら部屋の中を歩いていた。

アルフは息を止めた。メグスは美しい赤ん坊を見つめながら微笑んでいるのがわかるくらい、近くにいる。そのときセントジョンが見えた。妻の横にいて、何か話しかけている。メグスが顔をあげると、彼は眠っている赤ん坊の上で妻にキスをした。

思わずアルフは背を向けた。こんなに親密な場面を他人がのぞいてはいけないと思ったからだ。涙がこみあげてしまったのは、のけ者になった気がしたからではない。あわてて向きを変え、屋根の上を駆け戻ったのは、そんな理由からではなかった。

目の前の光景が、自分にはけっして手に入らないものだとわかっていたからだ。少年や亡霊の格好をして生きているのだから。彼女は何も持っていないし、どこにも行くところがない。いくら否定したくても、それが現実だ。だから彼女には、セントジャイルズに戻って〈赤い首団〉のような脅威をやり過ごしながらアルフとして生きていくか、それともカイルのところに戻るか、ふたつの選択肢しかない。

そして、カイルのところに戻るなんて無理だ。

でも……。

彼女は何も悪いことをしていない。

足を止めて煙突に寄りかかり、静かに降り注ぐ月の光を浴びながら、考えをめぐらせた。少年の格好をしているからといって、別に悪いわけじゃない。

アルフは鼻と目をぬぐった。それにカイルと一緒に調べている件は、まだ解決していない。最終的な目的――〈混沌の王〉を壊滅させるという目的は達成されていないのだ。もちろん、彼がこれからもアルフと仕事をしたいと思っているかはわからない。でも、カイルには彼女が必要だ。アルフはセントジャイルズを熟知している。どこをどうつつけば情報を探り出せるかわかっている、貴重な人材だ。

それから今夜のキスについてだけれど、カイルはもう彼女にキスをしたいとは思っていないかもしれない。アルフはセントジャイルズの亡霊だとわかったのだから。でも彼のところに戻らなければ、それを確かめることもできない。

彼女には失うものがない。何も。

だけど、この件に片がついたら？　そのときはセントジャイルズに戻り、元どおり暮らすのだ。カイルが口をつぐんでいてくれれば、誰にも知られることはない。彼女はふたたび少年のアルフに戻れるだろう。

昼も夜も正体を偽る生活に。

荒くなっていた呼吸がおさまってきた。煙突から体を離し、来た道を引き返す。

一〇分後、アルフはカイル・ハウスの屋根からおりて、使用人用の区画にある自分の部屋に入った。亡霊の格好で出かけたときに窓を開けたままにしておいたので、簡単に滑り込めた。

剣をはずして亡霊の衣装を脱ぎ、両方ともベッドの下に隠した。戸棚の上の水差しに残っていた冷たい水で体を洗ったあと、胸にさらしを巻いて少年用の下着をつける。明日カイルになんと言えばいいか、今は絶対によくよく考えないと心に決め、ベッドに入った。

けれども眠りに落ちるアルフの頭には、男としての満足感に浸って弧を描いた美しい唇や、誰にも許したことのない場所に触れた熟練した手の動きが次々に浮かんだ。そして本当に以前の自分に戻れるのだろうかという疑問が、ちらりと彼女の頭をかすめた。

9

さて、黒の魔術師は愛情深い父親ではありませんでした。暴力と恐怖で国をおさめ、息子を従わせていたのです。ですから黒の王子はペットが欲しいと思いつつ、一度も飼ったことがありませんでした。そして金色のハヤブサを見つけると、注意深く抱きあげて部屋に運び、やわらかい布を敷いた木の箱にそっと横たえ、ひそかに看病を始めたのです。自分の皿から取った肉を与えて……。

『黒の王子と金色のハヤブサ』

翌朝ヒューは、下腹部が痛みを覚えるくらいかたくなった状態で目を覚ました。仮面をつけた少年たちがいっせいに色っぽい女性に変わる夢を見た記憶が、うっすらとよみがえる。うめきながら体を起こし、ずきずきする頭をこすった。なんということだ。面倒はたくさんだというのに。昨夜まで、亡霊は名前も顔もないとらえどころのない存在だった。彼とともに舞うように戦い、からかってくるだけの。

しかしそれがアルフだとわかって、一気に危険な存在となった。

彼女の正体など知りたくなかった。彼女を心配し、身の安全を気にかけ、焦がれるように求めたくなどなかったのだ。

狂おしいほどの情熱にとらわれるのは、一度でたくさんだった。キャサリンに対して抱いた激しい思いは、破滅にしかつながらなかった。そして亡霊に――アルフに対して今感じているものは、そのときの感情とあまりにも近い。

彼にはほかに気にかけなければならない、もっと重要なことがある。

今はとにかく、〈混沌の王〉につながる別の手がかりを見つけなくては。

ヒューは急いでベッドから出て着替えた。部下たちを集め、作戦を練り直す必要がある。それなのに気がつくと、階段を上にたどりはじめていた。いなくなったとわかっているのに、なぜかアルフの部屋に向かわずにはいられない。もしかしたら、彼女は何か残しているかもしれない。彼女の居場所を見つけられるような手がかりを。もし何もなかったら、ベルを〈一角山羊亭〉にやり、聞き込みをさせよう。

だが、もしアルフが姿を隠すと決めたなら……。

残りの階段をあがりながら、ヒューは顔をしかめた。頭痛がますますひどくなっている。細い路地が入り組み、小さな部屋が無数にあるセントジャイルズで、たったひとりの少年を見つけ出せるものだろうか？　彼女には二度と会えないかもしれない。

それにしても、アルフはこれまでどうやって生き延びてきたのだろう？〈赤い首団〉には前から目をつけられていたと言っていたが、ヒューが彼女にやつらのあとを追わせたことによって、確執はさらにひどくなっているに違いない。すでに一度、殺されそうになったのだ。今度やつらに見つかったら、どうなることか。あんな場所に戻って、彼女はつかまってしまったのではないだろうか？

そう考えるとヒューの中で何かがねじれ、右目の奥に鋭い痛みが走った。

彼は廊下を足早に進んでアルフの部屋の前に立つと、寒々としたベッドを目にすることを覚悟しながら、勢いよくドアを開けた。

そして目に入った光景に、呆然として立ち尽くした。

彼女がいる。

アルフはベッドの上で、丸くなって眠っていた。きれいな茶色の髪が枕の上に広がり、顔を縁取っている。しかもひとりではなかった。ヒューの息子たちが、両側からくっついて眠っている。アルフはいつもの少年用のシャツを着ていて、ピーターはそのたっぷりとした胸の部分の生地をつかみ、彼女の顎の下に頭を入れていた。キットはアルフの背中に抱きつき、腕を彼女の脇腹の上にのせている。ふたりともぴったり寄り添っていて、彼女は眠っていても、身動きひとつできそうにない。子どもたちはまるで、アルフがいなくては安心して眠れない、自分たちの生活には彼女がなくてはならない、とでもいうようだ。

アルフがいるのを見て、ヒューはほっとした。だが、なぜ戻ってきたのだろう？　それに息子たちがここにいる理由もわからない。夜中にここまでこっそり来たのか？　世話係のメイドは、子どもたちがいなくなっていることに気づいたら心配するだろうに。

いったいなぜなのだ?

ふたりはアルフのどこに慰めを見いだしているというのか。父親でも、生まれたときからかわいがってくれているアイリスでもだめなのに。

気まぐれでやせっぽちの少年みたいなアルフは、どんな手を使ったのだ?

そのとき彼女が目を開け、ヒューは思わず呼吸が乱れた。

アルフの目はぼんやりと眠そうで、寝ていたのと息子たちの体のぬくもりで頬が赤い。ヒューの姿をとらえた彼女の目が一瞬で鋭く焦点を結び、すべてを思い出したのがわかった。彼女が少年だったときにいつも浮かべていた、人をからかって楽しんでいるような表情が変わらずそこにある。鋭い機知も。

より女性的に、形を変えてはいるけれど。

彼女はヒューを見つめ、やわらかなピンク色の唇に笑みを浮かべた。自分はなんという間抜けだったのだろう。この唇を、一瞬でも少年のものと思ったなんて。ゆったりとしたあたたかいその笑みは、太陽の光のようだ。喜びと希望を約束している。

まさに女そのものの微笑みで、危険極まりない。槍《やり》のように胸を刺し貫く。なすすべもなく誘惑されてしまう。

頭痛はいつの間にか消え、下腹部がふたたび岩のようにかたくなっていた。ヒューはアルフを見つめた。少年であり、女あるいは少女であり、亡霊であり、子どもたちにとっては心休まる存在であり、彼にとっては心をかき乱される大いなる謎である彼女を。正気を保ち、別のことに神経を集中しなければならないときだというのに、ヒューの心を惹きつけて放さない彼女を。

自分の弱さに腹が立って、彼は目をそらした。「起きて、階下《した》に来てくれ。〈混沌の王〉に迫るための次の作戦を練らなくてはならない」

「わかったよ、旦那」アルフがささやく。

その声がからかうような響きを帯びていると思ったのは、単なる想像かもしれない。


カイルが出ていくと、アルフは笑みを消した。

彼は昨晩の出来事に、まったく触れなかった。彼女が女だとわかったというのに。

すべてが元どおりだ。

それならどうして胸が痛いのだろう？　こうなることを望んでいたはずだ。また情報屋の少年アルフとしての生活を始められる。夜にはセントジャイルズの亡霊として剣を振るえるし、ゆうべの出来事はなかったことにできる。

だけど、もう忘れられない。

カイルは簡単に忘れてしまえるのかもしれないが、彼女には無理だ。

アルフはため息をついて体を起こした。

ピーターがむずかるような声を出し、脚をばたつかせながら彼女に向かって転がってくる。

キットが大きなあくびをした。

愛情がこみあげるのを感じつつ、アルフは子どもたちを見おろした。「きみたちも起きたほうがいいよ」

ふたりは深夜にこっそりこの部屋に入ってきたのだが、彼女はあまりにも疲れていて追い払う気になれなかったのだ。

「起きたくないよ」ピーターが駄々をこねる。

「でも、起きなくちゃ」アルフはきびきびと言った。ふたりが出ていかないと、身支度を始められない。「そろそろ自分たちのベッドに戻らないと、メイドにいなくなったことがばれちゃうぞ」

「来いよ、ピーティー」キットが言い、ベッドから滑りおりる。「いなくなったってアニーにばれたら、今日の夕食にプディングを食べさせてもらえなくなる」

弟はまだぐずぐず言っていたが、それでも転がって四つん這いになり、うしろ向きにベッドからおりた。そして少しふらつきながらも、ちゃんと立った。

金髪があちこちにはねている様子は、抱きしめたくなるほどかわいい。

アルフは彼の髪に指を通し、撫でつけてやった。「大丈夫かい、ピーター?」

小さな少年は眠たそうにうなずいた。昨夜キットに連れられて来たとき、彼は顔を涙で汚し、ぐすぐすとはなをすすっていた。でもアルフが何も言わずに両側に場所を空け、ネッドが昔教えてくれたちょっとした歌を歌ってやったら、ふたりとも眠ってしまった。

ピーターが青い目を見開き、彼女を見あげる。「あとでぼくたちのところに来てくれる?」

アルフは片目をつぶってみせた。「もちろんさ」

「それで、月の歌をまた歌ってくれる？」ピーターが懇願する。

彼女はピーターにキスしたくてたまらなくなったが、そんなまねは少年のアルフにはふさわしくない。そこで、ただにっこりした。「ああ、いいよ」

「さあ、来い、ピーター」キットがドアのところから弟を呼ぶ。

ピーターは駆けていった。「忘れないでね」そう念を押すと、ふたりは姿を消した。

アルフはため息をついた。ハンナに会いたい。カイル・ハウスに来てから、ハンナに会いに行けていない。できればハンナとメアリー・ホープをここに連れてきたかった。ピーターとキットが、あの子たちと一緒にいるところを見たい。みんなで子ども部屋で遊んでいるところを。実現することのない空想に悲しくなりながらも、彼女は小さく微笑んだ。もしそんなことが起こったら、ピーターとハンナはどちらが主導権を握るかでけんかになるだろう。

彼女は頭をぶるっと振った。そんな意味のない空想をしても仕方がない。

立ちあがり、一日を始める準備に取りかかる。最初に縫った傷口の様子を見ると、赤くはなっているがちゃんとくっついていた。手早く体をぬぐい、ふたたび服を着た。

三〇分後、アルフは部屋を出て階段に向かった。

ほかの使用人たちは、すでにこの階から姿を消している。太陽がのぼるずっと前から、仕事に取りかかっているのだ。彼女は自分がその一員でないのがうれしかった。はたから見ていると、貴族に仕えるという仕事は大変なわりに感謝されない気がしてならない。

アルフはまず厨房に行って、朝食にパンと紅茶でももらえないか頼んでみるつもりだった。だが一階に着くと、男の怒鳴り声が聞こえてきた。

正直に言って、彼女は好奇心が強いほうだ。

だからもちろん広い廊下をそのまま進み、昨日カイルとキスをした図書室に向かった。彼が当然の権利のように遠慮会釈もなく、アルフの体に熱い手を置いた場所に。幾層もの男の服に隠されている自分の正体を、思い出さずにはいられない場所に。

近づくにつれて、言い争っている内容が聞き取れるようになった。

「血のつながった親戚なんだぞ！」ロンドンの労働者階級のアクセントで、男が言っている。「おれたちが今頼んでいるものくらい、あんたの母親が生きていたら、きっと渡すように言ったはずだ」

「公爵様に向かって、怒鳴ったりするもんじゃない」別の男が媚《こ》びるような声で口をはさむ。「彼はちゃんとわかっている。年老いた哀れなジャックおじさんを、この寒い冬に住む場所も食べ物もないまま放っておいたりしないさ。そうだろう？」

「おじ上、あなたにも、わがいとこたちにも、金なら去年たっぷり渡したはずですよ」カイルが厳しい口調で言っている。

「わかっただろう、親父」最初の声が嘲った。「彼は母親の一族なんか忘れちまったんだ。おれは恵んでもらったはした金を、泥の中から拾い集めるようなまねはしたくないね」

図書室から肩幅が広くてたくましい黒髪の男が飛び出してきて、アルフを突き飛ばすように横を通り抜けていった。

アルフはうしろ姿を見送った。彼の歩き方や体つきはカイルを思い起こさせる。すり切れた茶色のブリーチズと上着を身につけ、つば広の黒い帽子をかぶっていることを除けば。

彼女はふたたび前を向くと、図書室まで行って中をのぞいた。

白いかつらをかぶったカイルが暖炉のそばに立っている。濃紺のブリーチズと上着に、紫がかった灰色のベストと真っ白なシャツという格好だ。彼の前にいる白髪の男は同じくらい身長があるものの、肩を丸め、へつらうように頭を垂れていた。その隣にはさっき廊下ですれ違った男とそっくりなたくましい黒髪の男がいるが、彼は両手で木彫りの犬を握り、どこかうつろな様子で暖炉の火に見入っている。

年配の男がカイルに身を寄せた。「すまないな。ほんとにすまない。あんたも知ってのとおり、タデウスは気が短くてプライドが高い――正直に言って、肉屋にしては高すぎるくらいにな。けど、少しでいいんだ。おれと息子たちのために、なんとか融通してくれないか。なに、一ポンドか二ポンドでいい。そうしたら御の字だ。店の屋根を直せる」彼はまた頭をさげたが、その目は探るように部屋を見まわしていた。「こんなに金持ちなんだから、あんたには痛くもかゆくもないだろう」

しばらく沈黙が落ち、カイルが暖炉の前で押し黙っている大柄な男に視線を向ける。

「やあ、ビリー」

名前を呼ばれたビリーはにっこりすると、カイルと目を合わせないまま、おもちゃを持ちあげた。「犬」

カイルは彼をしばらく見つめたあと、おじに視線を戻した。「少なくとも、栄養状態はいいようだ」

年配の男が憤慨したように背筋を伸ばす。「当たり前だ。ちゃんと食べさせているし、ちゃんとしたものを着せている。息子なんだから」

カイルはうなずいた。「店の屋根を新しくできるよう、一〇〇ポンド出そう。残った分は好きなことに使うといい」

アルフは鋭く息を吸った。一〇〇ポンドは大金だ。彼女みたいな人間にとっては、ひと財産と言っていい。

カイルの母方の親戚たちにとってもそうだろう。

けれどもカイルはすでに、おじと握手をしていた。年配の男は盛んにお礼を言っている。

カイルが暖炉のほうを向くと同時に、年配の男がビリーを連れてさっさと出口に向かっても、アルフは驚かなかった。男はもう欲しいものを手に入れたのだ。

彼らが行ってしまったあと、アルフは口をとがらせて入り口からカイルを見つめた。

彼は暖炉の火をじっと見つめているが、その顔からは何も読み取れない。「もう朝食はとったか？」

カイルは、アルフが少なくとも会話の最後の部分を聞いていたことに気づいていたのだ。

「どうやって公爵になったんだい？」

カイルが驚いたように目をあげる。「知っていると思っていた。わたしは王の息子なんだ」

「ああ、それは知ってる」彼女は静かに言って、図書室に入った。「だけど母親は？」

彼が低く笑う。

アルフは眉をあげた。

カイルは首を横に振った。「いや、悪かった。おまえは本当におかしなやつだな。いろんな情報をよく知っているのに、わたしの母親が誰か知らないなどと言いだす。ロンドンじゅうの人間――とくにタブロイド紙を読んでいる人間は、みな知っていると思っていたのに」

「だからだよ、旦那。おれはタブロイド紙なんか読まない」

「そうなのか？」彼が首をかしげ、アルフをまじまじと見る。まるで本当に彼女をおかしな人間と思っているようだ。だけど、〝おかしな〟とはどういう意味だろう？　少年の格好をしているからかもしれない。カイルみたいな人間には、そういうのはきっとおかしく見えるのだろう。彼女はほんの少し傷つかずにはいられなかった。「字の読み方は知っているのか？」

「もちろんだよ」アルフは侮辱された気がした。「そうじゃないと情報屋は務まらない。情報は手紙やメモに書かれていることも多いんだ」

「どうやって覚えたのか、いつか聞かせてくれ」カイルがうなずきながら言った。「質問の答えだが、わたしの母は女優だった。さっき聞いていてわかったと思うが、肉屋の娘だよ。名前はジュディス・ドワイヤー。彼女が国王陛下の目に留まったおかげで、わたしが生まれたというわけだ」

アルフは眉をひそめた。「だけど……公爵にはどうやって？」

「ああ」カイルが肩をすくめた。「国王がわたしを認知し、カイル公爵という爵位を作って与えたんだ。それなりの領地や金と一緒に。そして家庭教師をつけ、金のかかる学校に送り込み、公爵として育てあげた」唇をゆがめる。「貴族というのは、そうやって作られるものなんだ。もちろん母親は全然変わらなかった。少し疲れたり、気を抜いたりすると、おまえと同じような話し方になったものだ」彼は笑みを浮かべたが、目は笑っていなかった。「おじといとこたちは商売を継いだが、母は一二歳のときに家出して劇団に入った。女優としてはなかなかのものだったらしいが、国王が目を留めたのはそのためではないだろう。彼女は不幸なことに、とても美しい人だったんだ。母は王と関係を持ったあと、二度と恋人を作らなかった。言い寄る男は多かったのに。国王を愛してしまうという間違いを犯したらしい。おかげで母の人生はめちゃくちゃになった。わたしは恩恵をこうむったがね」アルフに向けたカイルの目には、悲しみがあふれていた。「母はわたしが一七のときに死んだよ。熱病で。わたしは寄宿学校にいて会えなかった」

「残念だったね」彼女はささやいた。

「そんなふうに思ってくれる必要はない」カイルは美しい口をきつく結んでいる。「もうずいぶん昔のことだ。それにわたしには爵位も領地も金もある。ひとりの女性の愛情と引き換えにこれだけ手に入れられるのなら、公平な取引じゃないか？」

そんな問いかけには答えられなかった。「それで、今来ていたのは？」

「母の兄と息子たちさ。金をせびりに来るときしか、顔を合わせないが」

「そんな物乞いみたいなまねに屈するべきじゃないよ。くせになるだけだ」アルフは思わず語気を強めてしまい、静かな図書室に大きく声が響いた。

カイルが振り返り、興味深げに彼女を見る。「おまえは彼らに同情するんじゃないかと思っていたよ。わたしにはたっぷり金があり、彼らにはない。そして、わたしと彼らは血がつながっている」

アルフは目を細めて顎をあげた。なぜかわからないまま、声に憤りがこもってしまう。

「どうして同情しなくちゃならないのさ。知りあいでもないのに。それに金を持ってる人間と持ってない人間がいるのは、この世の理《ことわり》さ。彼らがどんなに頼もうと、あんたがいくら罪悪感を持とうと、それは変わらないよ。あんたはせびられるたびに金をやることができる。だけど、彼らは最後の一ペニーをしぼり取るまで満足しない」

カイルが眉をあげる。「ならばおまえは、困っている彼らを助けるべきではないというのか？」

彼女は首を横に振った。「そういうことじゃないんだ。あんたは好きなだけ助けてやったらいい。だけど助ける相手が良心の呵責もなく最後の一滴まであんたをしぼり尽くそうとするやつなのか、ちゃんと見極めるべきだ。そういうやつは、あんたの哀れみや援助に値しない。血のつながった親戚であろうと、あんたがいくら金を持っていようと」

彼は感情を隠した黒い目で、しばらくアルフを見つめていた。「そんなに若いのに、ずいぶん冷めたものの見方をするんだな」

「冷めてるんじゃない。現実的なだけだ」ばかにされた気がして、彼女は顔をしかめた。「それにあんたの生きている世界じゃ、何歳になったら冷めたものの見方をしてもいいんだい？ おれは二一だし、二一といえばおれの生きている世界では立派な大人だ」アルフは彼をまっすぐに見つめた。「おれはセントジャイルズ育ちだからな。育ったようにしか、ふるまえない」

「それなら——」カイルがゆっくりと言った。声が低くなり、深い響きを帯びる。「おまえが今まで無垢なままでいられたのは、驚くべきことだな」

彼に見つめられて、アルフは一瞬息が止まった。ゆうべカイルに触れられるまで、彼女はまったく経験がなかった。彼にはそれがわかってしまったのだろうか？ そうとしか思えない。

近づいてくるカイルを、彼女はじっと立って待ち受けた。今日の彼はどこまでも公爵らしい。母親の出自を聞いても、あくまでも貴族にしか見えない。重たげに半分まぶたのおりた黒い目は威圧感に満ちていて、そんな彼を見ていると……。

そのとき背後で空気が動き、アルフは振り向いた。レディ・ジョーダンが廊下に立って、図書室をのぞいている。

彼女は眉間にしわを寄せて、アルフとカイルを交互に見た。

「教えて。アーロン・クルー卿のところへ行って、どうだったの？」

「アーロン・クルー卿は死んだ」ヒューがそういうのを聞いて、アイリスは恐怖に一瞬心臓が止まった。

口に手を当てて彼を見る。暖炉の前に立っているヒューは険しい表情で、近寄りがたい雰囲気だ。そして彼の横には、またあの奇妙なアルフとかいう少年がいた。

「まさかあなたが……」

「違う」ヒューは即座に否定した。「屋敷に着いたとき、彼はすでに死んでいた」

「首を吊ってたんだよ」アルフが説明する。アイリスがおののいた目を向けると、少年は遅まきながら〝マイ・レディ〟という敬称をつけ加え、さらに続けた。「とにかく、最初に見た感じはそうだった」

「まあ、なんてこと」彼女はヒューに視線を戻した。「この子が言っているのはどういう意味なの？」

その質問が――あるいはアイリスの存在そのものが重荷だとでもいうように、ヒューが重苦しいため息をつき、彼女は一瞬傷ついた。

けれども、すぐに気を取り直して背筋を伸ばした。キャサリンは子どもの頃からの親友だ。アイリスは今この部屋にいる誰よりもキャサリンを愛していた。結婚生活が終わったときのヒューよりも。だからキャサリンの死の原因がきちんと調べられているか確かめるのは、彼女の義務だ。

アイリスは、カイル公爵ヒュー・フィッツロイをまっすぐに見つめて告げた。「話して」

「場所を移そう」彼が言う。「赤の間なら、きみも居心地がいいだろう。お茶を運ばせるよ」ヒューの差し出した腕を取って廊下の先の居間に向かうと、アルフもついてきた。最近はいつも、この少年が一緒にいる。

赤の間はキャサリンのお気に入りの部屋で、アイリスはよくここで彼女と午後のお茶を飲みながら、噂話に花を咲かせた。買い物に行ったり、サロンに参加したりといった別の予定がキャサリンにないときは。ヒューと一緒に部屋に入った瞬間、アイリスは胸がずきんと痛んだ。ここでキャサリンとのんびり過ごした、数えきれないほどの午後の思い出がよみがえる。

キャサリンが何カ月もかけて壁に張る深紅の布を選んだことや、特注のピンクのシルク張りの椅子の脚の形を決めるまで彼女が三回も気持ちを変えたことを、ヒューは知っているのだろうか？

いいえ、知っているはずがない。彼が今アイリスを座らせようとしている濃い金色をした長椅子は、キャサリンが死の直前に取り換えさせたものだ。ヒューはキャサリンがこの部屋の内装に手をつける前に家を出た。結婚生活の最後には彼が妻を憎むようになっていたとしても、驚きはない。

彼にはそれだけの理由があるのだから。

アイリスは悲しみに顔をゆがめた。

ヒューが従僕に小声で何か話しかけている。紅茶を頼んでくれているのだろう。アルフはアイリスの向かい側に座った。キャサリンが特別注文したピンクのシルクの椅子だ。彼女はひそかに少年をうかがった。髪は適当にうしろで束ね、体に比べてあまりにも大きすぎる、古ぼけてすり切れた上着を着ている。ヒューが従僕への指示を終えて近づいてくるのを一心に見つめているが、その横顔を見て、アイリスは息が止まった。

あれは少年の横顔ではない。

彼女にはすぐにわかった。首の線がやわらかく華奢だし、喉仏がない。腰の揺れ方や歩き方が奇妙に感じられたのは、そのせいだったのだ。きわめて巧妙に変装しているけれど、今やアイリスの目に真実は明らかだった。

彼女はヒューがアルフの隣に座るのを、じっと見守った。ふたりは並んで座っている。相棒同士か何かのように。

アイリスは眉根を寄せて考え込んだ。ヒューはアルフの変装に気づいているのだろうか？けれどもヒューがしゃべりはじめると、アルフの性別の問題はとりあえず彼女の心から離れた。「われわれは、クルーが殺されたと見ている」

「われわれ？」思わず問い返した声は、アイリス自身の耳にも鋭く響いた。

彼がかすかに驚いた気配を見せる。「きみも知っているとおり、部下たちやアルフも連れていった。ジェンキンズが死体を調べたんだよ。そして、自殺ではないことを示す事実がいくつか見つかった」

「どんな事実なの？」

ヒューが顔をしかめたので、アイリスは彼が彼女の繊細な心に負担をかけないよう、どう説明すればいいか考えているのがわかった。レディである彼女は守るべき存在なのだ。

だが明らかにアルフは、そんな必要を感じていなかった。「クルーがぶらさがっていたところの下に、椅子がなかったんだ。だから誰かに持ちあげられずに、自分であがれたはずがない」

たじろぎつつも、ヒューが続けた。「そうだ。それに屋敷を出たあとジェンキンズが言っていたんだが、死体には痣があったそうだ――首のまわり以外の場所に」

アイリスは首をかしげ、質問しようと口を開きかけたものの、そこにメイドが紅茶を運んできた。焼きたてのスコーンにバターとジャムも用意されていて、メイドがローテーブルにすべてを並べ終えて出ていくまで数分かかった。

使用人が全員出ていってドアが閉まるまで待ち、アイリスは身を乗り出した。

「どうしてジェンキンズは、クルーの屋敷にいるあいだにその痣のことを言わなかったのかしら？」

ヒューが険しい表情になる。「言う前に、屋敷にクルーの友人のエクスレイ伯爵が来たからだ」

「エクスレイ？　でも、どうして――？」

「彼は〈混沌の王〉のメンバーなんだ」ヒューが肩をすくめる。「モンゴメリー公爵が挙げた四人の中に名前がある。クルーが死んだ直後に現れたのは偶然という可能性もあるが、わたしはそうは思わない」

アイリスはまばたきをした。「伯爵が彼を殺したと考えているの?」

「誰かに殺させたのかもしれないがね」

「そんなことが……」激しい衝撃に、のろのろと言う。「これからどうするつもり?」

彼は目をそらした。「最初からやり直しだ。リストの残り三人を調べる。とくにエクスレイを」

アイリスは顔をしかめ、三人分の紅茶を注ぎながら考えをめぐらせた。「エクスレイたちを、すぐに逮捕することはできないの? 彼らは全員、その秘密組織のメンバーだとわかっているわけだし」

差し出されたティーカップを、ヒューが受け取った。「どんな罪状で? モンゴメリー公爵にもらったリストに名前があったから? 秘密組織のメンバーだとわれわれが考えているというだけで? 〈混沌の王〉の集まりで何が行われているか、目撃したことを証言した者はひとりもいない。〈混沌の王〉が政治にどれほどの影響を及ぼしているのか、誰もしゃべろうとしない。つまり証人がいないんだ。狂宴の犠牲者――われわれの発見した生存者は、おびえて口をかたくつぐんでいる。それにメンバーは、集まるとき仮面をつけているんだ」

彼はいらだってカップを置いた。「おそらく、互いの顔を知っているメンバーはほとんどいないだろう」

「だけど、いるのはいるはずだよ」アルフは紅茶を飲み、スコーンを食べるのに忙しかった。膝の上にくずが落ちても、まるで気にしていない。食べかけのスコーンを持った手を表情豊かに動かしてしゃべっている。「モンゴメリーが手紙にそう書いていたじゃないか」

アイリスは顔をしかめた。「手紙って、なんなの？」

「モンゴメリー公爵と手紙のやりとりをしているんだ。彼の手紙は噂話やでまかせや謎かけみたいな言葉でいっぱいだが、ほんのときたま重要な情報をもらす。そして一番最近の手紙には、〈混沌の王〉内部にメンバー全員の名前を記したリストが存在すると聞いた、と書かれていた。そのリストか、あるいはほかのメンバーを把握しているリーダー格のメンバーを見つけられれば、あの秘密組織を叩きつぶせるかもしれない」

「よくわかったわ」アイリスは紅茶を口に含んだ。「つまりクルーとエクスレイはふたりとも、あなたがモンゴメリー公爵からもらったリストに名前があるというのね」

「そのとおりだ」

「残りの名前は？」

「チェイス男爵とダウリング子爵」

「まあ」アイリスは目を丸くした。

ヒューが眉根を寄せる。「なんだ？」

「ダウリング子爵は、ヘンリーの仕事上の知りあいなの」彼女の胸に興奮がわきあがった。

アルフに視線を向ける。「ヘンリーというのは兄よ。ヘンリー・ラドクリフ。わたしは兄と奥さんのハリエットと一緒に暮らしているの」彼女はヒューに視線を戻した。「ダウリング子爵には会ったこともあるわ。ハリエットの晩餐会にしょっちゅう来ているから」

「ヘンリーとダウリング子爵は、いつから知りあいなんだ?」ヒューが落ち着いて尋ねる。

「ええと、何年も前からじゃないかしら」ヘンリーが子爵の話を最初にしたのがいつか思い出そうとして、彼女は顔をしかめた。結局思い出せずに首を横に振る。「よくわからない。少なくとも、夫が死ぬ前からよ。わたしが兄の屋敷で暮らすようになったとき、ヘンリーはすでにダウリングとつきあっていたもの」

「では、五年以上前からか」ヒューは半分まぶたを閉じたまま確認した。

ふいに恐ろしい考えが浮かんで、アイリスはティーカップの繊細な取っ手をきつく握った。

「まさかヘンリーも……」

「彼にはイルカの刺青はあったかい?」アルフが尋ねた。アイリスは口をはさまれたことに怒りを覚えていいはずだったが、アルフは単刀直入に事実を確かめようとしているだけだとわかっていた。

彼女は息を吐いた。「いいえ、わたしの知っているかぎりでは」

「子爵と知りあいだからって、あんたの兄さんもメンバーとは言えないよ。そうだろう?」

アルフは心からそう言ってくれている。

アイリスはうなずき、紅茶を飲んで気持ちを落ち着けた。「そうよね。あなたの言うとおりだわ」

ヒューは膝の上を指でずっと叩いている。「アイリス、ハリエットに夕食会を開いてもらうことはできないか？　わたしとダウリングが、ふたりとも招待されるような晩餐会を」

「できるわ」ゆっくりと答える。「でも彼に会いたいのなら、もっといい方法がある。二週間後にダウリング子爵の屋敷で行われる仮面舞踏会の招待状が、屋敷に届いているの」そう言って唇を噛むと、アイリスは身を乗り出した。大胆な考えが浮かび、胸の中を興奮が駆けめぐる。「兄夫婦は明日、田舎の領地へ出発するのよ。少なくとも三週間は戻らない。幸い、ダウリング子爵の舞踏会は仮面をつけて出席するものだから……」

ヒューがゆっくりと勝利の笑みを浮かべた。「きみの兄上の代わりに、わたしが行こう」

10

金色のハヤブサがようやく回復すると、黒の王子はハヤブサの頭に頭巾をつけ、足輪をはめました。足輪にはごく小さな宝石付きの鈴が縫いつけられていて、ハヤブサが飛ぶと、リンリン鳴って知らせるのです。少年はマントを着て、その下に金色のハヤブサを隠し、馬に乗って黒い城から離れました。そして誰にも見られないところまで行くと、マントの下からハヤブサを出して、その耳にささやきました。「これからおまえを〝あこがれ〟と呼ぼう」……。

『黒の王子と金色のハヤブサ』

狩りの予感に、ヒューは筋肉が引きしまるのを感じた。繊細な作りの椅子から身を乗り出し、膝の上に両肘をつく。「舞踏会にかこつけてダウリングの屋敷に入り込めたら、そのあいだに中を捜索できる」

「やつらは旦那の顔を知ってるよ」アルフが残りの紅茶を飲み干して指摘した。かわいいピンクの唇をとがらせている。「それにあんたみたいなでっかい男がこそこそかぎまわってたら、すぐに気づかれると思わないかい？」

ヒューは彼女にしぶい顔を向けたが、はたと気づいた。アルフはセントジャイルズの亡霊なのだ。一緒に戦ったから、身を守るだけの能力があることはわかっている。それにそもそも、情報を探り出すのを生業としているのだ。その彼女を利用しないなんて、ばかばかしい。なぜもっと早く思いつかなかったのだろう？

アルフは狩人なのだ――彼の狩人。

ヒューが笑みを浮かべて見つめているので、彼女が怪しむように目を見開いた。

「では、おまえが捜索すればいい。従僕として連れていくから」

アイリスが眉を髪の生え際に届きそうなほどつりあげた。「従僕にしては、アルフは小さすぎるんじゃないかしら」

彼はアルフと目を合わせたまま、手を振ってその問題を退けた。アルフの大きな茶色い目に恐れの色はまったくない。それどころか唇をうっすらと開き、高揚したように顔を紅潮させている。彼女は高まったとき、こういう顔をするのだろうか？　想像するだけで、ヒューの下腹部がぴくりと動いた。今すぐ彼女をつかまえて膝の上に引き寄せ、荒々しく唇をむさぼりたい。

アイリスに返事をしながらも、彼はアルフに話しかけていた。「従僕に気を留める者など誰もいない」

アイリスが眉間に深くしわを寄せ、ヒューとアルフを見比べる。「でも――」

「アルフとわたしと、どちらがましかという話だ」彼はなるべくやさしい声を出した。

アルフはうっすらと笑ったが、顔の赤みは首から下へと広がった。どこまで広がったのだろうと、ヒューは想像した。今こうして立てている計画に興奮して、彼女は蜜をあふれさせているのだろうか？

「それならいいけれど」アイリスの声が響き、部屋を包んでいた沈黙を破った。

アルフが咳払いをして、ヒューから目をそらす。そしてアイリスをちらりと見たあと、彼にきいた。「どんなふうに進めるつもりさ？」

「慎重にやる」ヒューは椅子の背にもたれた。「事前によく話しあい、ダウリングの屋敷にどうやって入り、どうやって出るかまで、すべて計画しておかなくてはならない。予定外のなりゆきになった場合はどうするかも。だがまずはそのために、屋敷の詳しい情報が必要だ。手に入れられるか？」

「もちろん」

アルフが立ちあがると、ヒューは彼女がどんなに小さいか思い出させられた。何年ものあいだ少年として通用してきたのも不思議ではない。胸はほとんどふくらんでおらず、ウエストは細い。体全体が小鳥のようにほっそりと華奢だ。彼と何度も議論し、そのたびに歯に衣着せぬ発言をするので、ともすれば彼女がこんなにも小さいことを忘れてしまう。

剣を操って戦えるかもしれないが、アルフは女なのだ。

ヒューは顔をしかめ、一瞬ためらった。紳士なら、女性をそんな危険にさらすなど考えるのも許されない。女だと明らかになったからには、もう使えないと伝え、遠ざけるべきなのだ。

しかし、彼女はレディではない。ロンドンでも最悪の貧困地区で育ったアルフは、ヒューと出会う前から何年もこの仕事をしてきた。しかも鮮やかな手際で。

それにヒューだって、ふつうの紳士ではない。だからこそ、王から託されるうしろ暗い任務をこなせるのだ。その任務のためには、彼は手段を選ばない。

とんでもなく有能な女性を、部下として使うことだってする。

「ダウリングが一番重要な書類をしまっておく場所はどこか、知る必要がある」ヒューは心を決めて、彼女に指示をしはじめた。「寝室なのか、書斎なのか。屋敷の見取り図もいるな」

「どういうものが必要かちゃんとわかってるから、心配しなくていいよ、旦那」アルフは自信たっぷりに微笑むと、悠然とした足取りで部屋の出口に向かった。「まず、ダウリングが最近首にした使用人がいないか調べてみる。不当な扱いを受けたと怒っている従僕が、一番よくしゃべるものなんだ」

いつもどおりの生意気な仕草で敬礼すると、彼女は廊下に出てドアを閉めた。

気をつけるようにとうしろから叫ぼうとして、ヒューはすんでのところで自分を抑えた。代わりに紅茶を口に運ぶ。まったく、紅茶というのはなんてまずい飲み物なのだろう。

目をあげると、アイリスが背筋を伸ばし、膝の上で両手を静かに握りあわせて座っていた。

「アルフは女の子だって、わかっているんでしょう」

すでに紅茶を飲み込んでいたのは幸いだった。「ああ」

アイリスが眉をぴくりとあげる。「それなのに、あんな危険な仕事をさせるの？」

彼は小さな磁器製のカップを必要以上に勢いよく置いた。割れなかったのは奇跡だ。

「雇ったときは、女だと知らなかった。それにこれが彼女の仕事だ。きみは彼女から仕事を取りあげるつもりか？」

アイリスは唇をきつく結び、答えなかった。彼女は賢い女性だ。セントジャイルズで女性が生きていけるほかの仕事といえば、もっと悲惨――かつ危険なことをよくわかっているだろう。

彼女は身をかがめ、自分のカップに紅茶をもう一杯注いだ。「彼女をふつうに女性として舞踏会に連れていけばいいとは考えなかった？」

「それは……」まばたきをして、アイリスを見つめる。

実際、ドレスを着たアルフなんて想像したこともなかった。彼女はいつもブリーチズをはいている。セントジャイルズの亡霊になっているときも、昼間少年として過ごしているときも。

アイリスが静かに紅茶を飲み、ふたたび眉をあげた。「従僕として通すよりドレスを着せるほうが、筋が通っていると思うけれど。それに紳士ひとりとレディふたりに宛てた招待状ですもの」

また前かがみになり、ヒューは膝の上に肘をついた。「だがドレスなど着ていて、部屋を捜索できるだろうか」

アイリスが目をみはってみせた様子は、アルフがときどき見せる表情となぜかひどく似ていた。「まあ、いったいどうしてドレスだと捜索できないの？　子爵の屋敷で奥のプライベートな部分に入り込んでいるのを見つかったとき、従僕より女性のほうが疑われにくいわ。女性用の休憩室を探しているんだと言えばいいだけですもの。一般的に言って、紳士はレディを疑わないものよ」

「でも、アルフはレディではない」静かに言った。「あの話し方を聞いただろう？」

「彼女はすばらしい女優よ」アイリスが真剣な口調で説得する。「それはあなたも認めるでしょう？　必要に迫られて、何年も少年のふりをしてきたのだから。それにとても頭の回転が速いわ。彼女がその気になったら、レディを演じられない理由がある？」

しかし本当に、アルフにそんなことができるのだろうか？　そもそもアルフとはまだ彼女が女だったという事実を話しあっていないことに、ヒューは突然気づいた。

それはそれで、奇妙な状況ではないだろうか？

「どうかな」彼はゆっくりと言った。アルフが女だという事実を大っぴらにするのは、少し危険な気がする。

あるいは彼女が女性だという事実を認めるのは、ヒューにとって危険だというだけなのかもしれない。アルフを現実の女性として、より意識せざるをえなくなる。夜に夢うつつで出会う魅惑的な亡霊や、昼間に顔を合わせる生意気な少年というだけでなく。

その両方が合わさったひとりの女性なのだという事実を突きつけられる。

彼の前に存在する女性なのだという事実を。

機転がきき、一緒に狩りのできる女性なのだという事実を。そんな女性がいるなんて、ヒューは想像をしたこともなかった。アルフを見ていると、鼓動が速くなる。三年前この国を出たときに封印したと思っていた激しい感情が、解き放たれてしまう。

彼女を思い浮かべるだけで、背中に汗がにじむ。

「それはどういう意味？」アイリスに問いかけられ、ヒューはアルフへの千々に乱れる思いを心の奥に押しやった。

「彼女のドレス姿は見たことがない」彼はぶっきらぼうに説明した。

アイリスがいらだった様子でうなずく。「少年のふりをしているんだから、当然よ」彼女はいったん言葉を切って、彼をまじまじと見つめた。いつもながら勘のいい女性だ。「いいえ、あなたの言いたいのはそういうことではないわね。あなたは、彼女が自分のことを本当に少年だと見なしていると考えているの？」

「いや、それはない」反射的に返したが、正しい答えだとわかっていた。アルフは胸や脚のあいだに触れられても止めようとしなかったばかりか、大いに楽しんでいた。「自分が女だということは、ちゃんとわかっていると思う。だがそれでも、女性の格好はしたがらないんじゃないかという気がする」

アイリスがいぶかしげな表情を浮かべる。「どうして――」そう言いかけてやめ、ただ首を横に振った。「まあ、いいわ。じゃあ、彼女にきいてみればいいでしょう?」

ヒューは心の中で悪態をついた。そんな質問はしたくない。彼にとってあまりにも誘惑が大きすぎるし、アルフはやりたがらないとわかっている。

けれども同時に、もう長いあいだ表に出ないように押し込めてきたヒューの自由な感情が、ドレスを着た彼女を見たいと焦がれるように望んでいた。それにアイリスの言うとおりだった。舞踏会の最中にダウリングの屋敷を捜索するなら、アルフがもっとも適任だ。

レディになったアルフが。

なんてとんでもない計画だろう。

彼は歯を食いしばった。「きみの言うとおりだ」

「では、この問題は片づいたわね?」ヒューがうなずいたのを見て、彼女はティーカップを置いた。「わたしは家に戻って、その招待状を探さなくては」

彼女が立ちあがったので、ヒューもそうした。「ありがとう、アイリス」

「感謝してくれる必要はないわ。キャサリンがわたしにとってどれだけ大切な友人だったか、あなたも知っているでしょう?」

「ああ。だがそれと同じように、わたしにとってはきみが大切な存在だ。きみの友情がわたしには大きな意味を持っていることを、忘れないでほしい」ヒューは彼女の両手を取ると、両方の手の甲に心をこめて唇をつけた。彼はアイリスを妻に迎えるつもりだった。彼女は欠点も多かった亡き妻にとっても、彼にとっても、すばらしい友人だ。おかしな情熱にとらわれてはならない。彼が求めているのは友情であり、釣りあいの取れた女性であり、平穏な満足感なのだと、もう一度思い出す必要がある。ヒューは背筋を伸ばした。「だからまたきみに感謝したくなっても、許してほしいな」

やさしい表情で、アイリスが首を横に振る。「あなたって人は、そうしようと思ったらいくらでも魅力的になれるのよね、ヒュー」

彼は微笑み、腕を差し出した。腕につかまったアイリスを連れて玄関に行き、待たせてあった馬車に彼女が優雅に乗り込む姿を見守る。

ヒューは笑みを消して向きを変えると、屋敷の中に戻った。

昨夜アルフと過ごしたとき、体じゅうが生き生きと目覚める感じがした。視覚も聴覚も触覚も嗅覚も、すべての感覚が高まって、腕の中にいる彼女におぼれてしまいそうだった。彼は何も考えず、あの瞬間だけを生きていた。

いつものヒューは冷静で落ち着いている。どんなときも状況を分析し、あらゆる動きを把握する頭脳こそが、彼の最大の武器なのだ。だからアルフといるとこんなにも簡単に無防備になってしまうことに、恐怖に近い感情すら覚える。彼は理性ではなく感情に支配され、頭がくらくらするような欲望を追い求めてしまった。キャサリンとの結婚生活が破綻して以来、こんなふうになるのをずっと避けてきたというのに。もう何がなんだかわからない。亡くなった妻は一九歳の娘だったときでさえ、洗練された優雅なレディだった。一方アルフは、自分が女性であることをひた隠しにしている。そして向こう見ずで大胆。まるで男のように、彼に挑むのを楽しんでいる。

これほど正反対のふたりはいない。

なのに、どちらの女性もヒューに似たような反応を引き起こす。熱に浮かされたような欲望を。

彼は階段の下で立ち止まり、大きく息を吸った。

アルフの助けを借りて、〈混沌の王〉を叩きつぶすのだ。それがすんだら彼女を送り返そう。彼の人生の外へ。

彼女もヒューも、抜き差しならない深みにはまってしまう前に。

その晩、アルフはカイル・ハウスの屋根の上に座って、空でまたたく星を見つめていた。今夜は雲がなく、黒いベルベットのような広大な空には、満月に近い月とちらちら光る無数の小さな点しかない。

すると彼女の横で屋根裏の窓が開く音がして、アルフは特別な場所を別の人間に見つけられてしまったことに顔をしかめた。

しゃがれた低い声が響く。「そんなところで寒くないのか？」

アルフはカイルの横顔がぎりぎり見えるところまで振り向いた。「いや。ベッドから毛布を持ってきたから」

「なるほど」彼が咳払いをする。「おまえがダウリング子爵の屋敷の情報を手に入れてきたと、タルボットから聞いた」

「ああ。家の見取り図も手に入れたよ。前にあの屋敷で働いていた従僕から」彼女は今日一日かけて、いろんな情報源に当たっていた。

「よくやったな」

カイルに褒められて、胸の中にあたたかいものが広がった。「見取り図をよく見てから行けば、書斎は簡単に見つかると思う。ダウリングは重要な書類を、ほとんどそこに置いているらしい」

「そのことで話をしたくて来た。おまえには、わたしやレディ・ジョーダンと一緒に舞踏会に来てほしい」

アルフはちらりと横をうかがった。彼の表情を読み取ろうとしたが、暗くて見えない。

「もうそういうことになっていたと思うけどね、旦那」

「そうだ。だが、ちょっとした変更がある。女として行ってもらいたいんだ」

彼女は胸がつかえ、息ができなくなった。しばらくしてようやく息を吸えたが、声はしゃがれていた。「無理だよ」

「なぜだ?」

「だって……」さまざまな考えが渦巻き、心臓が胸から飛び出しそうな勢いで打つ。このまま勢いよく立ちあがり、屋根の上を走って逃げたい衝動に駆られた。安全な場所を見つけて、隠れていたい。「女だったことなんてない」

声がかすれてささやきにしかならず、カイルに届いたかどうかわからない。

だが、彼は聞いていた。「いつからだ？」

「なんだって？」

「いつから男の格好をしている？」

アルフはふたたび星々を見あげ、つばをのみ込んだ。「ずっとだよ」

「母親が男の子の格好をさせたのか？」

一瞬、ぎゅっと唇を引き結んだ。「母さんにはシャツを着せられていた。男の子用とも、女の子用とも言ってなかったな、おれの記憶では。ただし母さんに捨てられたときは、まだほんのちびだった」星空を長いあいだ見つめていると、ときどき手を伸ばせば届くんだと思い込めることがある。「そのあとは友だちのネッドが、自分の入ってる男の子のギャング団に連れていってくれた。ネッドが面倒を見てくれたんだ。少し大きくなってからは、字の読み方も教えてくれた。ブリーチズをはくように言ったのはネッドさ。おれを守るために。危険な目に遭わせないために」ネッドの白い顔に散っていたそばかすや、隙間の空いた前歯、抜け目のない青い目を思い出して、アルフは微笑んだ。「ネッドは頭がよかった」

「彼に何があった？」

彼女の顔から笑みが消えた。

「アルフ？」

「ネッドは大きくなると、別の方法で金を手に入れるようになった」彼女は静かに言った。

「男相手に体を売るほうが、ギャング団の一員でいるより金になったから。ネッドは夜になると出かけて、朝になるとおれたちのねぐらに帰ってくるようになったんだ。ねぐらの場所はいろいろ変わったけど。そしてある朝、帰ってこなかった。そのとき、おれは一二だったかな。もう自分の面倒は自分で見られる年だったから、あとはひとりで生きてきた」毛布の下から片手を出し、星をつかもうとするように空へ向かって伸ばす。「もしかしたら、ネッドはずっと面倒を見てくれる金持ちに出会ったのかもしれないな。それとも別の生き方を見つけたのかもしれない。ひとりで残していっても、もうおれはちゃんとやっていけるってわかってたから。いつもおれのことを気にかけてくれてたんだ、ネッドは」

カイルの喉から何か音がした。何か言おうとして、やっぱりやめたような音が。

屋根の上が静まり返る。まるで世界に彼らふたりと、月と星しかなくなったようだ。

アルフは手を戻して、毛布をかき寄せた。「星って遠いよね。だけど世界のどこにいても、いつもそこにあるんだ。誰かと離れ離れになっても、たとえ別の町や村にいても、空を見あげれば同じ星が見える。だから星を見ていると、本当は完全に離れてしまったわけじゃないって思えるんだ」

彼が咳払いをした。「わたしが小さかった頃、母がいつも星を見せてくれた」

アルフはカイルのほうに顔を向けたが、やはり彼の姿はよく見えなかった。「そうなんだ」

「ああ」その声はくぐもっていて、喉の奥からそっと息を吐いたようにも聞こえた。「女優として舞台に立っていたから、帰りはいつも遅かった。そんな日が続くうちに、わたしは階段をのぼってくる足音が聞こえると目が覚めるようになった。ひとりで帰ってきたときは、夕食をとるあいだ一緒にいさせてくれてね。あたたかい夜にはバルコニーに出た。そんなときは食べ終わって寝る支度をすると、母がろうそくの火を消し、ふたりで星を見あげた。母の肩にもたれながら、いろんな星座を教えてもらったよ」

「どんな星座？　そういうの、一度も教えてもらったことがないんだ」

「一度も？」

アルフはうなずいた。

カイルは窓を大きく開くと、広い肩をねじって体を通し、屋根の上に出てきた。慎重に歩いて、彼女が座っているところまで来る。

「気をつけて」思わず声をかけた。「あんたはおれより大きい。自分の家の屋根から転げ落ちたくないだろう？」

彼は鼻を鳴らし、アルフのうしろに腰をおろした。脚を広げて、彼女の両脇に置く。

アルフは身をかたくした。カイルがこんなに近くに座るなんて、予想していなかったのだ。彼がアルフを膝の上にのせて抱きしめてから、まだひと晩しか経っていない。女として親密に触れられるのは、生まれて初めてだった。体じゅうの筋肉や皮膚が彼を感じ取って反応しているように、かすかな震えが全身を駆け抜ける。

生き物としての本能で、カイルを見分けられるようになったかのように。

彼は広い胸がアルフの背中につくまで体を寄せ、長くてたくましい腕で彼女を抱えた。すると、どんな毛布にくるまれるより何千倍もあたたかく、彼女はぐったりと力を抜いて、カイルに身を預けた。

こうしていると、守られているという感じがして安心できる。

彼が背後から右手を伸ばし、まっすぐ前よりやや上を指さした。「屋根の少し上に明るく輝いている星が見えるか？」

亡霊のように耳をかすめた彼の息はしっとりとあたたかく、アルフは思わずかすかに体を震わせた。「見えるよ」

「あれがシリウスというんだ。犬の星だよ」

「犬の星？」奇妙な名前に、鼻にしわを寄せる。「どうしてそんなふうに呼ばれているんだい？」

「おおいぬ座を作っている星のひとつだからさ。シリウスはその心臓なんだ。犬は天頂に向かって駆けあがっている。心臓の左に、三つの小さな星が三角形を作っているだろう？　そいつが頭だ。六つの星で作られた長方形が胴体。そして天空を蹴って走っている脚、尻尾」

指先を空に向け、ひとつひとつたどりながら説明する。

それを見てアルフはうなずいたものの、彼の指したいくつもの星がどうすれば犬に見えるのか、さっぱりわからなかった。ただのごちゃごちゃした星の集団にしか見えなかったが、耳元で聞こえる声や、カイルの体から伝わってくる熱、ゆっくりと語られる自信に満ちた言葉といったものに、ただ身をゆだねているのが心地よかった。

「それにまだある。シリウスからまっすぐ上にたどると、一列に並んだ三つの星が見えるだろう?」

アルフは少し身を乗り出した。「どこ?」

「手を貸してごらん」

毛布の下から片手を出し、カイルの大きな手の中に滑り込ませる。彼はアルフの人差し指だけを伸ばさせて、あとの部分を握った。

「いいかい?」ざらざらしたひげの剃り跡が当たるくらい近く、彼女の顔の横に頬を寄せる。「こんなふうに手を動かすから、人差し指の先を見るようにしてくれ。こうしてシリウスからまっすぐ上に行く」夜空に向かって、カイルはゆっくりとふたりの手を動かした。「ほら、一列に明るい星が三つ並んでいる」

「見えた」アルフはささやいた。「見えたよ」

彼女はカイルが頬を寄せたまま、にっこりするのを感じた。「あれは狩人のオリオンのベルトだ。彼が犬の主人だよ。ベルトの下には少し小さな星が三つぶらさがっている。見えるか?」

「うん」

「彼の短剣だ。次に行こう。ベルトを四つの星が長方形に取り囲んでいる。あれと」彼はアルフの手を動かして、四つの星をひとつひとつ示していく。「あれと、あれと、あれ。上のふたつは彼の肩だ。下のふたつは彼の膝、あるいはチュニックの裾。わかるかい?」

「うん……」アルフはつぶやくように返した。ちゃんとわかったが、カイルの言葉を聞いて目で確認するというよりは、ただ彼の声の響きを楽しんでいた。

「さて、狩人は体の前に弓を持っている」彼はアルフの指先で曲線をたどった。

目をすがめれば、なんとなく見える……ような気もする。

「そして彼が頭の上に掲げているもう片方の手には、矢が握られている」

ここまで来ると、まったくわからなくなった。

アルフはとりあえず笑みを浮かべ、振り返りながらきいた。「頭はどれ？」

するとカイルの顔があまりにも近くにあったので、唇が触れあいそうになった。アルフは彼の口を見つめた。昨日、彼女にキスした口を。それから視線を少しあげ、夜のように黒い彼の目を見つめる。

「体の上にもうひとつ星がある」カイルは目をそらさなかった。彼女の手を握ったまま、ゆっくりとふたりの手をおろす。「それを彼の頭と考えたらいいんじゃないかな」

アルフは笑みを浮かべてささやいた。「狩人は短剣と弓矢を持ってて、犬まで連れているのに、ちゃんとした頭がないっていうのかい？」

「おそらく昔の人々は、頭なんて重要ではないと考えていたんだろう」カイルは唇を寄せてそう言うと、次の瞬間、アルフにキスをしていた。広い夜空の下、彼女をあたたかく安全な腕の中に閉じ込めて。するとアルフは空に飛び出したような気分になった。着地できるかわからないまま空中に飛び出すとき、心臓は早鐘を打ち、血は興奮にわいて駆けめぐり、すべての筋肉が期待に震える。

生きている、と体じゅうが実感するのだ。そしてカイルにキスをされると、生きている喜びが体の隅々まで広がった。

アルフは彼の頬に手を添え、重ねた口を開いた。ひんやりした顎の肌と、うっとりするほど熱い彼の舌を同時に感じる。彼女は今、空に身を投げ出し、ぐんぐん落下しながら滑空しているのだ。

カイルが体を引く。

彼女は目をしばたたいた。

「もう戻らなくては」彼の声は早口で抑揚がなかった。今までキスをしていたのが嘘のよう。空に舞いあがった気分になったのは、夢だったのかと思ってしまうくらいに。

カイルが立つと、冷気が一瞬で戻ってきた。「では、アルフ、わたしが頼んだことを考えてみてくれ」

彼女をひとりぼっちで屋根の上に残し、カイルは行ってしまった。

一瞬、彼女は何を頼まれたのか思い出せなかった。だが、すぐに思い出した。女になってくれ、と彼は言ったのだ。

アルフは思わず震えた。

翌朝、ヒューは寝室のドアが勢いよく開く音で目を覚ました。

「できないよ、旦那」アルフがかすれた声で主張する。「ほとんどひと晩じゅう考えてたけど、おれにはできないし、無理なものは無理なんだ」

彼はあくびをして目を開けた。

アルフがいつもどおり少年の格好をして、ベッドの横に立っている。閉じられたカーテンの隙間から見えるかすかな光を見ると、夜が明けてからたいして経っていないようだ。

彼女は唇を嚙みながら行ったり来たりしていて、眠っているヒューを起こしてしまったことも、彼が裸でベッドにいることも、まるで気にしていない。

まったく、なんということだ。

「何ができないって？」声を荒らげないように静かに尋ねる。

「レディになることだよ！」アルフが両手をあげた。「おれはそんなのには向いてないんだよ。ドレスなんか着られないし、そんなものを着て優雅に動くなんてできやしない。脚をうしろに引くお辞儀や、レディらしいことは、何ひとつできないんだ。そういうのはレディ・ジョーダンがあんたのためにやればいい。彼女は本物のレディなんだから」

「だからこそ、彼女にはできない」

ヒューはベッドの上に両手をついて上半身を起こし、ヘッドボードに寄りかかって座った。その拍子にシーツが腰までずり落ちる。

アルフがいきなり動きを止めた。ベッドから何十センチと離れていないところで、彼のむき出しの胸をまじまじと見つめている。

「アルフ？」ヒューは促した。

「えっ？」彼女のまつげがはねあがり、大きな茶色の瞳がヒューの目を見る。だが、少し呆然としているようだ。こんな目をされたら彼がどんなふうに感じるか、アルフはわかっているのだろうか？　薄いシーツの下で下腹部がすでに高ぶっているのは、彼女にも見えるはずだ。ヒューはぎりぎりのところで理性を保っていた。

「レディ・ジョーダンにはダウリングの屋敷の捜索はできない。経験がないし、おまえが持っているような技術もない。それに少しでも予想外の事態が起きたら、彼女はどうしていいかわからなくなってしまうだろう」

抗議をするように、アルフがピンクの唇をとがらせる。「でも――」

彼は眉をあげた。「おまえは自分の身を守れるか？　たとえば従僕から」

アルフがあきれたようにぐるりと目をまわしてみせた。「もちろんだよ」

「レディ・ジョーダンには無理だ」本当は、そんな事態になるとヒューはこれっぽっちも思っていなかった。舞踏会が行われているときにレディを襲うような愚かな従僕は存在しない。けれども、あらゆる不測の事態に備えておきたかった。「彼女はナイフの使い方を知らない。戦ったことなど一度もないんだ。つまり、やれるのはおまえしかいない」

彼女はヒューをじっと見つめていたが、いつもは大胆不敵なその顔が突然崩れて、彼が予想もしていなかった感情を見せた。恐怖だ。「無理だよ」

「なぜだ？」

アルフが黙って首を横に振る。

「おまえが屋根から屋根へと飛び移り、軽やかに走りまわるのをわたしは見た。剣を持った複数の男たちを相手に戦うところも見た。おまえより大きくて力の強い男たちと。それなのになぜだ？　理由を言ってくれ。そういう男たちに堂々と立ち向かえるのに、たったひと晩ドレスを着るくらいのことに、どうして怖《お》じ気《け》づく？」

アルフが激しくまばたきを繰り返し、恐れを知らないはずの彼の小さな戦士の目に涙が浮かんだ。「だって……」

おそらく無理じいするべきではないのだろう。紳士らしく、やさしく彼女の懇願を受け入れ、ダウリングの屋敷の捜索には別の方法を探すのだ。

だが、ヒューには必ず果たさなければならない任務がある。〈混沌の王〉を壊滅させるという任務が。

殺された妻と母親を失った息子たちのために、復讐を果たすという任務が。

イングランド中枢部の腐敗を止めるという任務が。

そして、その一番の近道が大胆不敵な小さな戦士に自らの抱える恐怖と向きあわせることなら、彼はその道を選ぶ。

ヒューはアルフと目を合わせると追及を続けた。「だって、なんだ？」

彼女は小さくとがった顎をさっとあげ、ヒューをにらんだ。「だって、おれは女じゃない。女じゃなくなったんだ。長すぎたんだよ。男になってからの年月が」

「わたしの体は、そうではないことを願っている」

アルフが口をぽかんと開ける。「いったい――」

ヒューは彼女の手首をつかみ、ベッドに引き倒した。そして下腹部を覆っているシーツの上に、無理やり彼女の手を押し当てた。「わかるか？　おまえのためにかたくなっている」

彼の分身に触れているアルフの手に向かって、腰を突きあげる。「いいか、わたしは少年や男にはまったく興味がない。女だけだ」

〝おまえだけだ〟心の奥でそうささやく声がしたが、彼は無視した。これは任務を達成するためにしているだけだ。アルフをどうこうしようというわけではない。彼女が女性として花開くところを見たいという矛盾した内心の願望とは、なんの関係もないのだ。

アルフはこわばりの上に置かれた自分の手を見おろして、一度だけ握りしめた。

思わずもれそうになった声を、ヒューは押し殺した。彼の奥に封印してあるものが、つなぎ止めている鎖を揺さぶる。

彼女が大きく見開いた目をヒューに向け、急にもがきはじめた。

アルフが彼女自身やヒューを傷つける前に、彼は解放した。

あわててうしろにさがった彼女がお尻から床に落ちる。「無理だよ。できない」

「いや、おまえならできる」

ヒューはシーツをさっとはいでベッドからおりると、裸でアルフに迫った。かがみ込み、彼女の腕をつかんで引っ張りあげる。怒りを抑えられないまま欲望に突き動かされて彼女を引きずっていき、ドアに押しつけた。

アルフに顔を寄せ、うなるように言う。「おまえはできる。なぜなら、わたしには女が必要だからだ。少年も、少年の格好をした少女も、正義の味方である亡霊も、情報屋もいらない。いるのは女。おまえが必要なんだ。アルフ、おまえだって本当はわかっているだろう。自分は女だと。だからわたしのために女になってくれ」

ヒューはドアを開け、後悔するようなことをしでかす前に、彼女を外に押し出した。閉めたドアにきつく握った両手をつき、そのあいだに汗の吹き出た額を押し当てる。下腹部はかたくこわばり、心臓は恐ろしい速さで打っていた。アルフにかき乱された感情は、荒れ狂ったまま静まる気配がない。

拳を叩きつけるとドアが揺れた。

かつて通ったこの道をたどってはならない。もう二度と。

11

黒の王子は金色のハヤブサの脚に長いひもを結びつけて、放しました。ハヤブサは大空に飛び立ちましたが、ひもが伸びきると王子が鋭く口笛を吹き、そうすると、籠手《こて》をつけた彼の腕へと戻らなければなりませんでした。戻ると王子が肉をくれ、耳元で褒めてくれます。王子は何度も何度もこれを繰り返し、ハヤブサがどんなにすばらしいか、どんなに美しいか、ささやき続けました。そして日が暮れると、またマントの下にハヤブサを隠して城に戻るのでした……。

『黒の王子と金色のハヤブサ』

またしてもアルフはお尻から着地した。カイルの寝室の外の、廊下の床に。ぶるぶる体が震え、涙が吹き出す。無理なものは無理だ。

自分にはできない。

でも、カイルはアルフが必要だと言った。

女としての彼女が。

彼の部屋のドアに何かが叩きつけられる音が響く。

アルフは息をのんで上半身を起こし、少年用の上着の袖で涙をぬぐった。どうやったら女になれるのか、彼女にはわからない。どんな服を着て、どんなふうに動けばいいのだろう？そもそも女とはどういうものなのかさえ、見当もつかないのだ。

目を閉じて膝を抱え、彼女の手を突きあげたカイルのものの感触を思い出す。彼がベッドから立ちあがってこちらへ迫ってきたときに見えた、黒い毛に覆われた裸の胸も頭に浮かんだ。アルフをドアに押しつけ、女としての彼女が必要なんだと言ったとき、彼の吸い込まれるような黒い目は怒りにきらめいていた。

カイルが欲しくてたまらない。彼は貴族であり、公爵であり、拳闘家のような体を持つ裕福な男だ。それなのに彼が欲しくて欲しくて、息を吸うたびに胸が痛い。カイルに触れることができなければそんな気持ちがどんどんふくれあがり、いつかガラスのように粉々に砕けてしまいそうだ。

ほんのしばらくでもいい。

ばかではないから、ちゃんとわかっている。彼はアルフが必要だと言ったけれど、それは彼女がカイルを必要としている気持ちとは違うのだと。それでも、必要とは思ってくれている。そしてアルフに与えられるのがそれだけなら――彼女の中にあるできそこないの欠陥品みたいなものでもいいのなら、喜んで差し出そう。

アルフは震える息を大きく吸った。最後にもう一度顔をぬぐって立ちあがる。

彼女は臆病者ではない。セントジャイルズの暗い森で育ったのだ。子どものときに身の隠し方を学び、大人になってからは、自分より弱い者を守るためにどう戦えばいいのかを学んだ。

もしかしたら、今はふたたび無防備になるべきときなのかもしれない。それを勇敢と言わないなら、何を勇敢というのだろう？

アルフは階段を駆けおり、お高くとまった執事が何か怒鳴っても無視して走り続けた。彼に中指を立ててみせることさえしなかった。少しでも立ち止まれば余計なことを考えはじめて、二度と勇気がわかなくなる。

そうなるわけにはいかない。

玄関を出て、階段をおりる。わざわざ使用人用の裏口にまわる手間はかけなかった。あまりにも動転していて、頭に浮かびもしなかった。

早朝の空気は澄んでいたが、外の気温は低く、風が吹いていた。けれども帽子を取りに戻る時間はなく、両手を脇の下にはさみ、通行人をよけながら小走りに歩道を進んだ。アルフが情報集めという仕事に有能なのが幸いした。何日か前に、好奇心からこれから行く屋敷の住所を調べていた。いつどんな情報が役に立つかわからない。

一〇分後、彼女は優雅で落ち着いた外観の屋敷の前に着き、階段を駆けあがってドアを叩いた。

メイドが顔をのぞかせる。「なんの用？」

「レディ・ジョージダンに伝言があるんだ。カイル公爵からだよ」アルフは言った。

メイドが眉をあげる。「こんな時間に？　奥様はまだ起きていないわ」

「重要なことだって公爵は言ってた。だから直接伝えなくちゃ」

メイドはため息をついてアルフを通し、訪問客用の部屋に連れていった。

「奥様を連れてくるから、ここで待っていて」メイドはうさんくさそうにアルフの服にちらりと目をくれると、部屋を出ていった。

アルフは唇を噛み、窓のそばに行って通りに目を向けた。外では馬車が次々と、うるさい音を立てて通り過ぎていく。ここは壁にピンクと青の布が張られたなかなかいい部屋だが、金の装飾は見当たらない。結局、公爵の屋敷とは違うのだ。ラドクリフ家は爵位こそないものの由緒ある貴族階級の一族だけれど、アルフが見たところ、そこまで裕福ではない。レディ・ジョージダンの兄であるヘンリー・ラドクリフが財産を持った女性と結婚したので、一族の財政状態は改善した。それに彼にはうまく金を運用する才覚がある――あるいは少なくとも、妻の持参金を減らさないよう懸命に努力している。貴族階級の男たちには、妻の持参金を下手な投資で失ってしまう者が大勢いるのだ。

マントルピースの上の磁器製の置時計が時を知らせ、アルフは窓台に指を打ちつけた。上流階級の人間は、身支度にやたらと時間がかかる。

ドアが開いて、レディ・ジョージダンが軽やかに入ってきた。今日も白いドレスを着ているところを見ると、お気に入りの色なのだろう。袖も身頃もスカートも白地に同じく白の縦縞が入った布地で作られていて、さらに白いレースで縁取りがしてある。とても美しく優雅で、女性らしいドレスだ。

それを見て、アルフはここに来た理由を思い出した。

一瞬、目の前のレディが憎らしくなる。

「それで、何かしら?」レディ・ジョーダンが細い眉を寄せた。「あなたがヒューからの伝言を預かってきたらしいと、メイドが言っていたけれど」

「いや、そんなものはない。嘘をついたんだ」アルフは顎をあげ、目の前のレディを見つめた。自分とは似ても似つかない女性を。「あんたの助けが欲しい。おれは本当は男じゃなくて女なんだ。だからどうやったらレディになれるのか、教えてくれ」

「まあ」アイリスはつぶやいた。

アルフはアイリスがおよそ女性の顔には見たことのない、恐ろしく好戦的な表情を浮かべている。今にも殴りかかってきそうだ。あるいは、ここから放り出されるのではないかと身構えているのだろうか?

ヘンリーとハリエットがすでに田舎の領地へ出発していてよかった、とアイリスは胸を撫でおろした。アルフと気まずいやりとりをしなくてはならないのなら、少なくともそれを聞いてあれこれ騒ぎそうなハリエットはいないほうがいい。

義姉は控えめに言っても礼儀にうるさく、少年のふりをした女性とアイリスが居間で言い争いを始めたら、どんな顔をするか目に浮かぶ。

絶対にいい顔はしない。

アイリスは咳払いをした。「お茶はいかが？」

アルフはまばたきをして、用心深い声で返した。「もらおうかな」

彼女は微笑んだ。「よかった」

部屋の入り口に行き、ドアを開けてメイドを呼んだ。紅茶と何か食べるものを持ってくるように言いつけたあと、意外な訪問者に向き直る。

アルフには、どこか追いつめられたような雰囲気が漂っていた。ここまで来るのに彼女がどれだけ勇気を振りしぼったかを想像して、アイリスは心を打たれた。ほとんど知らない女性のところに行って、無防備な自分をさらさなければならないのだ。自らが同じ状況に置かれたらそうするだけの勇気があるか、アイリスは自信がなかった。

田舎の領地で暮らしていた子どもの頃、厩舎に住みついていた猫と友だちになろうとしたことがある。やさしい料理人のくれた鶏レバーを持って何週間も厩舎に通い、腕の引っかき傷とシャーという怒りの声以外、何も得られずに終わった。

でも今のアイリスなら、もう少しうまくやれる気がする。

「こっちに来て、座らない？」彼女は繊細な作りの淡いブルーの椅子を示した。

アルフは華奢な椅子を疑わしげに見ていたが、意を決したように勢いよく座った。

アイリスは顔をしかめたくなるのを我慢した。幸い、椅子は乱暴な扱いに持ちこたえている。アイリスも座ったところで、メイドたちがタイミングよく紅茶を運んできた。テーブルの上にすべてが並べられるまでの数分間、どうすればいいか考えをめぐらせる。ようやくメイドたちがお辞儀をして出ていくと、アイリスは自分と客のために紅茶を注ぐという慣れた作業に取りかかった。

「ミルクは入れる？」

「それと砂糖も」アルフがぶっきらぼうに返す。

「わかったわ」アイリスはつぶやくように言い、向かいに座った女性にカップを手渡した。それから自分もカップを持って椅子の背にもたれると、まつげを伏せながらも相手を観察した。

アルフは受け皿を両手でしっかりと持っている。爪はぼろぼろだが、その手はとても華奢だ。「じゃあ、助けてくれるのかい？」

「ええ」アイリスは紅茶をひと口飲んだ。

彼女は突然気づいた。今返事をしたとおりにアルフを助ければ、ヒューの愛情をめぐる競争相手に武器を渡すことになる。ヒューがアルフにどんな目を向けているか、アイリスはちゃんと気づいていた。おそらく彼はアルフを愛人にするつもりだろう。あるいは、ヒューは自分がアルフに何を望んでいるのか、まだ気づいていないのかもしれない。アイリスは渦を巻いている赤茶色の紅茶をじっと見つめた。だがそもそも彼女は、ヒューに愛されていたことがない。それなら、アルフは競争相手とは言えないのではないだろうか？

そろそろ、ふたりの関係をきちんと直視するべきなのかもしれない。アイリスも……ヒューも。

彼女は顔をあげ、背筋を伸ばした。「ええ、お手伝いするわ。まず、やらなくてはならないことのリストを作りましょう。あと、わたしのことはアイリスと呼んでね」

アイリスは紅茶を置いて立ちあがり、窓のそばにあるハリエットの書き物机へ行って、紙と鉛筆を取ってきた。

ふたたび腰をおろして話を続ける。「さっそく今日、仕立て屋に連絡するわね。舞踏会までにドレスをあつらえたいのなら、急がなくては。あなたはスカートをふくらませたドレスとかかとの高い靴で歩く練習をするのよ。コルセットに慣れるために着る昼間用のドレスだけど――わたしのメイドのものを借りればいいわ。もちろんダンスの練習も必要ね。これはわたしが教えてあげられると思う。それから食事のマナー、立ち居ふるまい、ああ、それにお辞儀の仕方や人に紹介されたときにどうすればいいか。これは相手の身分が上か下かで違うのよ」アイリスはめまぐるしく頭を働かせながら、真剣な表情でアルフを見つめた。「アクセントは大丈夫？」

「上流階級の人間らしくしゃべれるか、ということかしら？」アルフがきいた。「じつはわがまいっぱいの子どもだった頃から、その練習はしてきたのよ。そういうしゃべり方がわたしの仕事にどんなに役立つか、あなたには信じられないでしょうね」

驚いて、アイリスは笑いだした。「あら、うまいじゃない」アルフのしゃべり方はアクセントをやや強調しすぎてはいるものの、じゅうぶんに通用する。

アルフは微笑み、慎み深く目を伏せた。「なんとかやれると思うわ」

アイリスも笑みを返した。「ええ、同感よ。でも時間がないから、今すぐ取りかかりましょう」

夜になる頃には、ヒューはすっかり険しい表情になっていた。アルフは今朝の出来事のあと屋敷を飛び出して、今もまだ戻ったとの報告は受けていない。彼女に護衛をつけておくべきだった。気持ちが落ち着くまで、部屋に閉じ込めておくべきだったのだ。そうすれば、少なくとも身の安全は守れただろう。

しかし彼女の行方はわからず、そうなったのは完全に彼の責任だ。

ヒューは小声で毒づくと、冷たい夜風に肩を丸めた。彼は今、エクスレイの屋敷の玄関が見えるところに立って、出入りに目を光らせている。今のところあの男が外出する気配はなく、それはつまり、ヒューは時間を無駄にしているということだ。

そう考えると気分はますます悪化した。

部下たちにアルフを探させたほうがいいかもしれない。無駄だとわかっているが、少なくとも何かしているとは思える。

ライリーが音もなく彼の横に立ったが、ヒューは目立たないように行動する訓練を何年も積んでいるおかげで、飛びあがらずにすんだ。このアイルランド人の元兵士は、幽霊のように音もなく動ける。

「どうした？」ヒューはきいた。

「チェイス男爵が死にました」ライリーが答え、カップのように合わせて丸めた手に息を吹きかけた。「昨夜遅く、脳みそを吹き飛ばした状態で見つかったんです。鳥打ち銃の手入れをしていたようですが……」細身の男は肩をすくめ、その説を彼がどう思っているかを知らせた。

「いったいどういうことなんだ。やつらは殺しあっているのか？」ヒューはささやいた。チェイスはモンゴメリー公爵のリストにあった四人のうちのひとりで、彼が死んだとなると、残りはダウリングとエクスレイだけだ。

「タルボットはその可能性があると考えているようですね。それでやつはベルにチェイスの屋敷を見張らせ、自分はダイモアを尾行しています」

ヒューは注意を引かれた。「ダイモアが外出したのか？」

前ダイモア公爵が〈混沌の王〉の最後のリーダーだったと知ったあと、ヒューは現ダイモア公爵について調べた。ダイモアがロンドンに来たのはほんの数週間前で、船からおりたあとは、すぐ屋敷に閉じこもってしまった。この街で彼を見かけた者はほとんどいないのだ。ここ数日ヒューは公爵に見張りをつけているが、ほぼ外出していない。

彼はぶるりと震え、エクスレイの屋敷の玄関に目を戻した。なんの動きもない。

「おまえはここにいてくれ。ひと晩じゅういなくてすむように、交代の者をあとでよこす。

わたしは屋敷に戻って、タルボットからの連絡を待つ。チェイスが死んだその日にダイモアがついに外出したのは、単なる偶然ではないだろう」

「わかりました」

寒さに対抗しようと足踏みをしているライリーを残し、ヒューは風に向かって歩きだした。〈混沌の王〉のメンバーたちのあいだで何が起こっているのだろう？　内輪もめでも繰り広げているようだ。

前ダイモア公爵の死は突然の出来事で、その時点では後継のリーダーは決まっていないようだった。おそらく今も、その地位は空白のままに違いない。

やつらは糞《ふん》の山の所有権をめぐって、ネズミのように戦いを繰り広げているのだ。

ヒューは顔をしかめ、通りを見渡して尾行されていないことを確かめた。新しい展開について、アルフと話しあいたかった。彼女は生意気な態度で彼を振りまわすが、同時にとびきり頭が切れる。ものごとを論理的につなぎあわせる能力に優れているので、彼女と戦略を練ると、議論は疾走する馬に乗っているように刺激的だ。

しかしそのアルフを、ヒューは遠ざけてしまった。

陰鬱な気分で目をあげると、屋敷の明かりが見えた。階段を駆けあがって玄関のドアを叩き、顔をのぞかせた執事に向かってうなずく。

「おかえりなさいませ、旦那様」コックスが言い、彼の帽子とコートを受け取った。「お夕食を食堂に用意してよろしいでしょうか？」

「悪いが、もう少しあとにしてくれ」ヒューは子どもたちの部屋に行くために階段へ向かった。

今日はまだ一度しか、息子たちと顔を合わせていない。朝食のあと、コックスの見つけてきた新しい世話係のメイドを引きあわせたのだ。ピーターはミリーという名のやさしそうな年配のメイドを気に入ったようで、彼女のことや今日の勉強について、ぺちゃくちゃとヒューに話しかけてきた。キットはあいかわらずぶすっとしていて、短い返事しかしなかったが。前からいる世話係のアニーからは、ピーターはゆうべ一度も悪夢を見ずによく眠ったという報告を受けている。

子ども部屋のある階に着いたヒューはため息をついた。息子たちはアルフが屋敷に来てから、目に見えて元気になっている。ヒューのせいで彼女が出ていってしまったら、ピーターはまた悪夢を見るようになるのだろうか？

子ども部屋に近づくと話し声が聞こえてきて、彼は歩みをゆるめた。

「だけど、なんで男の子じゃなくなったの？」ピーターが心配そうにきいている。

ヒューは思わず立ち止まり、息を詰めた。

「ほんとは女だからよ」アルフが答えた

その淡々とした声に、ヒューはほっとして目を閉じた。ああ、よかった。彼女は戻ってきたのだ。ちゃんと無事に。

「前は男の子だったのに――」

「ばかだな、おまえは！」キットが弟を軽蔑するように言ったが、その声はやや不安げだ。

「ずっと女の子だったんだ。男の子のふりをしていただけで」

「でも、どうして？」ピーターは譲らず、泣きだしそうになっているのがわかる。「女の子になんかなってほしくないよ。アルフのままでいてほしいんだ」

「今でもアルフよ」小さな男の子の訴えに、彼女は言葉を選び慎重に答えている。「それは変わらないわ。今までも、これからも。わたしが言ってるのは、これまでは男の子の服を着てたけど、中身は女だったってこと。ドレスを着ているわたしを見ても、びっくりしないでほしいの」

「それに、しゃべり方だって違うもん」ピーターが抗議する。

「もしかして、お姫様なの？」キットの声は慎重だが、抑えきれない興奮がうかがえた。

「おとぎばなしみたいに？　赤ちゃんのときにさらわれて、男の子の服を着せられていたとか？」

「えっ！　お姫様？」ピーターが叫ぶ。

アルフは笑った。「ごめんなさい、それはないわ。お姫様じゃなくて、ただのアルフ」

「そっか……」ピーターの声には、兄の分まで失望がこめられている。

「でもなんで突然、本当のことを教えてくれてるの？」キットが疑わしげに尋ねる。

ヒューは咳払いをして、子ども部屋に入っていった。「なぜなら、わたしがそうしてくれと頼んだからだ」

アルフと子どもたちは床に座っていた。アルフはいつもと同じ少年の格好だが、どこか違って見える。姿勢のせいかもしれないし、髪をいつもみたいに無造作にまとめているのではなく、きれいにとかして結んでいるからかもしれない。彼女はすでに女らしくなっていた。ピーターはアルフの膝の上に座り、キットは横に座って彼女にもたれている。

ヒューは息が止まった。三人はまるで……家族のようだ。若い母親と、その子どもたちのよう。

彼は目をそらして気持ちを静めた。

「父上がアルフを女の子にしたんだね」キットの声はヒューを責めている。

彼は長男を見た。「わたしは彼女を無理やり何かにさせたのではない。本当は女性だから、女性の格好をしてくれと頼んだだけだ」

「今までの彼女は好きじゃなかったから?」キットが突っかかるようにきいた。

「好きだったさ」ヒューはアルフを見つめた。「だが、本当の自分を隠していない彼女のほうが、もっと好きだ」

「ぼくはいつのアルフも好きだよ」ピーターがそう宣言し、振り返って彼女に抱きついた。

アルフも腕をまわして抱きしめ返す。彼女はピーターの頭越しにヒューを見たが、その大きな茶色い目に浮かぶ挑むような光に、彼は気づかずにはいられなかった。

ヒューがこれを求めたのだ。彼がアルフにこうさせた。

そして彼女は、ヒューの望みに応えてくれた。

その事実と挑むようなアルフの目に、彼は胸の中で何かがこみあげるのを感じた。今すぐアルフをつかまえて部屋から連れ出し、彼女は女で、ヒューは男なのだと証明したい。だが表情に何も出ないよう、彼は慎重に自分を抑えた。

「とってもうれしいわ」アルフがピーターに言い、彼の髪を額からかきあげた。「わたしもあなたが大好き。キットも大好きよ」そう言って、ふたりの額に順にキスをする。

「父様のことも好き？」ピーターが尋ねた。

「ピーティー！」キットが叱る。

「なあに？」弟がびっくりしたようにきいた。

アルフがにやりとした。少年だったときと同じ、生意気な笑みだ。しかし彼女が女だと知った今、その笑みはヒューにまったく違う効果を及ぼした。「ときどきね」

「本当に？」いかにも信じられないというキットの声に、ヒューは傷ついて目をしばたたいた。この長男が丸々とした小さな脚を懸命に動かして彼に駆け寄り、両手を差しあげて抱っこをせがんだときもあったのだ。

しかしそれは、ヒューが子どもたちを置いて家を出る前の話だ。

置き去りにされた傷は、一生癒えないものなのだろう。

「ええ、本当に」アルフがはっきりと答え、ヒューの暗い物思いを破った。「あなたのお父様はぶっきらぼうだし、厳しいし、わたしの言うことをまったく聞いてくれないこともある。そういうときはジャガイモを投げつけてやりたくなるわ」ピーターがくすくす笑う。「でも、たいていのときは……」彼女は顔をあげ、ヒューと視線を合わせた。大きな茶色い目がやわらぐ。「あなたのお父様のことがかなり好き」

アルフと見つめあいながら、ヒューの心臓は一瞬動きを止めた。夜の街を飛びまわる狩人、生意気な少年、ずる賢い情報屋、そして昨晩のような官能的な女性にならば、彼は抵抗できる。

けれど、こんなふうにさらりと受け入れられるとは予想もしていなかった。

彼女はヒューの心の壁を取り払い、むき出しにしてしまう。

ピーターがアルフの膝の上でもぞもぞと動き、ふたりのあいだの呪縛を破った。

「おなかがすいたよ」

アルフは小さな少年を見おろした。「わたしはピーターとキットと一緒に夕食をとろうと思って来たの」視線をヒューに戻したが、慎重に表情を隠している。「あなたも一緒にどう？」

彼は目をしばたたいた。子どもたちがこちらを見つめている。ピーターは期待するように。キットは感情を出さず、心を閉ざして。ヒューはふだん、子どもたちと食事をしない。貴族の家庭とはそういうものなのだ。

ヒューは息を吸った。「ああ。でも、みんなで食堂に行かないか？　タルボットから知らせが来るのを待っているんだ」

アルフが微笑んだ。ピーターが歓声をあげ、キットもうれしさを隠しきれずにいる。

子どもたちが先に立って廊下を駆けだしたあと、ヒューはアルフに腕を差し出した。彼女は恥ずかしそうに彼を見つめ、そっと手をかけた。息子たちのあとを追って歩きながら、ヒューは考えずにはいられなかった。アルフにスカートという武器を渡したのは間違いだったかもしれない。

12

黒の王子は金色のハヤブサを、来る日も来る日も訓練に連れ出しました。励ましの言葉や褒め言葉をつねにささやきながら、どんなときもやさしく扱い、とうとうある日、脚につないだひもをほどいて、ハヤブサを空に放しました。金色のハヤブサは高く高く飛んで、青い空に見える小さな点でしかなくなりました。そのとき、王子は口笛を吹きました。するとハヤブサはすばやく向きを変えて舞い戻り、自ら王子の腕に止まったのです。黒の王子はハヤブサに輝くような笑みを向けました……。

『黒の王子と金色のハヤブサ』

「もっとゆっくり」数日後、膝を曲げて深くお辞儀をしてから体を起こす練習をしているアルフに、アイリスが言った。アルフはなかなかうまくできずにいた。

「ぐらぐらせずに、できるかぎりゆっくり動いて。ああ、それから、背中をまっすぐに保たなくてはだめ。れんがの壁に背中をつけていると思ったらいいわ」

カイル・ハウスの赤の間では〝レディの練習〟が行われていた。アルフは毎日のレッスンをこう呼んでいる。いつもは午前中にアイリスの屋敷まで出かけていくのだが、今日は彼女が子どもたちに会いたいというので、観客の前でレッスンをするはめになった。

ローテーブルの上には紅茶のポットとココアの入ったピッチャー、それにおいしい菓子が何種類か用意してある。ピーターはアルフを見てくすくす笑っているけれど、キットは手に持ったココアに気を取られているようだ。

アルフは目の前に垂れてきた髪を息で吹き飛ばした。なんだか間抜けになった気分だ。そんな気分は大嫌いだというのに。「お辞儀なんてものを発明したのはきっと男よ。こんなにうまくできないことって、生まれて初めて。優雅にやってのけられる人がいるなんて信じられないわ」

「気が遠くなるほど練習するのよ」アイリスが現実的な意見を述べ、ビスケットをもう一枚取った。彼女は当然、子どもたちと一緒に長椅子に座っている。

長椅子の前のテーブルにはビスケットやマフィン、切り分けたケーキをのせた皿が並んでいて、アルフはうらめしく思いながらそれらを見つめた。

「もう一回」アイリスの声はいかにも楽しそうだ。

アルフは背中を板のようにまっすぐにしたまま膝を曲げた。こういう動作にはコルセットが役立つ。思いきりきつく締めあげられているので、そもそもウエストのところで体を折るのさえ難しいのだ。問題は、ぶるぶる震えずに体を低くすることだった。

上体を起こしはじめるとピーターがあきれたような音をもらしたので、またしても失敗したらしいとアルフは悟った。

「失礼します、マイ・レディ、何かお手伝いできないかと思いまして」

部屋の入り口から声がして、アルフは感謝の思いでライリーとベルとタルボットを見た。

彼女は眉をあげた。カイルの部下たちとは何度か言葉を交わしているものの、自分が彼らにどう思われているのかよくわからなかった。

しかも、彼女は突然女になってしまったのだ。

だが、三人にアルフを笑っている気配はまったくない。それどころか、練習を手伝いたいと心から思っているようだ。

彼女はアイリスを見た。

目を合わせたまま、アイリスが眉をあげる。彼女はアルフが肩をすくめるのを確認すると、男たちに向かってうなずいた。「手伝ってもらえるなら、うれしいわ」

ライリーが入ってきて、そのあとに少年と大男も続いた。ベルは赤くなっていて、アルフと目を合わせられずにいる。自分が女になったからだろうかと考え、彼女はおかしくなった。

「何をすればいいですかね？」ライリーがきく。

「お辞儀の仕方は知っている？」アイリスが尋ねた。

するとアイルランド人の元兵士はにやりとして、なめらかな動作で正式なお辞儀をした。

アイリスが合格というようにうなずく。「とてもいいわ。今アルフに、人に紹介される場面でのふるまい方を教えているところなの。あなたは舞踏会に出席している紳士で、アルフはレディだというつもりになってもらえるかしら」

ライリーがうなずき、アルフのほうを向いた。「ミス・アルフ?」

頭をさげる彼に向かって、アルフは膝を曲げて深くお辞儀をした。それに対してアイリスがアルフの手の位置を直し、顎をもう少し長く引いたままでいるように注意を与え、一連の動作のあいだじゅう笑顔でいるよう指示する。ただし笑みは大きすぎてはならず、歯を見せるなど絶対に許されない。これらを踏まえて、ふたりは同じ場面をもう一度繰り返した。

歯というのは明らかにレディらしくないものなのだと、アルフは痛感させられた。

夜に屋根の上を自由自在に駆けまわったり、悪党たちと戦ったりするより、レディでいるのははるかに疲れるものなのだ。

三〇分後、アルフはようやく座って紅茶を飲み、ビスケットを食べることを許された。そしてライリーが次々と語る話に笑いながらふと目をあげると、カイルが入り口に立って彼らを見ていた。

正確には、彼らというよりアルフを。

カイルの黒い目がきらりと光ったのを見て、彼女は顔が熱くなった。

彼がアルフを見つめながら顎をしゃくり、出てくるように合図する。彼女はアイリスが教えてくれたとおり上品に「ちょっと失礼」と言い、静かに立ちあがって部屋を出た。

カイルは廊下で待っていた。

脚にこすれるスカートや、きれいに髪をまとめているせいであらわになっている顔を意識しながら、アルフは彼に向かって歩いていった。「わたしたち、仕事を交換したほうがいいんじゃないかしら」

カイルが彼女をじっと見つめながら、いぶかしげに顔をゆがめる。「どういう意味だ？」

アルフは肩をすくめた。「だってあなたは最近、わたしよりもいろいろ観察していることが多いもの」

「わたしにはそうする責任があるんじゃないか？　きみにはずいぶん多くを求めてしまったから」

「ドレスを着るように言っただけよ」

「ただそれだけのことじゃないと言ったのは、きみだ」

居間から子どもたちが楽しそうに笑う声が聞こえてきて、カイルはいらだったように目をやった。自分たちは今、廊下に立っているのだと思い出したのだろう。アルフの手を取り、何も言わずに食堂へ向かう。

そして彼女を連れて中に入ると、ドアを閉めた。

アルフはカイルを見あげた。あらゆる意味で力強い男性である彼を。「あなたはわたしに何を求めているの？」

「わからない」彼が怒ったようにつぶやく。誰に向かって言ったのだろう？　彼自身のようにも聞こえたけれど、アルフにはわからなかった。

カイルがいきなりアルフを引き寄せて唇を重ね、彼女が口を開くまで唇に舌を滑らせた。

アルフはほっとして息を吐き、彼を受け入れた。こんなふうに求められるのをずっと待っていたのだ。カイルが恋しかった。彼女に興味がなくなったのではないかと、ひそかに心配していた。

でも、そうではなかった。

何度も舌を差し入れられながら、あらわな首筋をそっと指で撫でられる感触がぞくぞくするほど気持ちいい。

「アルフ？」部屋の外から呼びかける声がした。

カイルは名残を惜しむようにしばらくそのままキスを続けてから、ようやく顔をあげた。彼の唇は赤くなり、目は暗い光をたたえている。

彼はほつれたアルフの髪を丁寧にキャップの中に戻して言った。「何を求めているのか、わたしにもわからないんだ」

「だけど、アルフはどこに行っちゃったの？」数日後、ピーターが五歳の子どもに特有の駄々をこねはじめそうな気配を漂わせて尋ねた。

ヒューが朝起きたときから右目の奥に感じている痛みは、かたくしこりのようになっている。子どもたちともっとわかりあおうと朝から図書室へ呼んだのだが、それが賢明だったのか、疑問に思いはじめていた。これまでのところ、ピーターは不機嫌でむずかっているし、キットは敵意のある態度を崩していない。こんな息子たちを毎日相手にしている世話係のメイドたちには給金を二倍にしてやるべきかもしれない、とヒューは考えた。

「アルフにはアルフの生活があるんだ」げんなりしながら説明する。

彼自身、アルフとはすでに一週間近く会っておらず、連絡もなかった。そのあいだ彼女が舞踏会に向けてアイリスの屋敷でのレッスンを続けているのは知っていたものの、それ以外の時間をどう過ごしているかは見当もつかない。ヒューの知るかぎり、アルフは今でも夜になるとセントジャイルズの亡霊になり、命の危険を冒している。まるで当てつけのように、彼のつけた護衛の目をかいくぐって部屋から抜け出しているのだ。

だが、それはヒュー自身のせいだった。なぜなら、二度とアルフに触れないと誓ったにもかかわらず、自制心を失って食堂に引っ張り込み、そのあとは一転して彼女を避けてきたからだ。

この一週間ずっと。

ヒューはウイングチェアに座って痛む目の上をさすりながら、暖炉の前にいる息子たちを眺めた。大判の地図帳を渡して興味を持たせようとしたが、今のところうまくいっていない。最近、彼の計画はことごとく失敗している。

「だけど――」なおも続けようとしたピーターを兄がさえぎった。

「もう質問はやめろ、ピーティー」キットがついたため息は、七歳の子どもにしてはあまりにも淡々として諦めが漂っている。「アルフは行っちゃったんだ。ぼくたちにはどうしようもない」

「もう戻ってこないの？」ピーターが大きく目を見開いてきいた。兄と父親を見比べ、青い目を見る見るうちに涙でいっぱいにする。

「彼女はきっと――」無力感にとらわれながら、ヒューは息子を慰めようとした。

「でも、ぼく、戻ってきてほしいよ」ピーターが訴える。

ヒューも同じだった。「こっちにおいで」身をかがめ、息子を膝の上にのせる。あたたかい体に心が慰められた。ヒューは、しかめっ面で床に座ったままのキットに目を向けた。

「おまえもだ」

のろのろと立ちあがり、いやそうに近づいてきた長男を彼は引き寄せた。目を閉じて、怒りに満ちた息子の黒髪の頭に頰をのせる。少なくともキットは、振りほどいて逃げ出しはしなかった。

ヒューはため息をついて、キットが生まれたときのことを思い返した。腕の中に押しつけられた赤い湿った包みを見おろすと、小さな耳には出産の血がまだついていた。彼は産婆たちの抗議を無視して包みを開き、しわの寄った脇の下や丸まったつま先に指を滑らせ、小さいながら完璧な男性の象徴に感嘆した。そして繊細な丸いおなかに手のひらをそっとのせて指先で赤ん坊の肩を包みながら、心の中に確信がわきあがるのを感じたのだ。この小さな命を自分は愛している。何があろうと、心の底から、永遠に。

息子ににらまれたからといって、父親の愛が消えることはない。ただ息子を見つめ返し、嘆くだけだ。

ヒューはつばをのみ込んだ。右目が今にも飛び出しそうに痛い。人間は頭痛で死ぬこともあるのだろうか？

ピーターが体をくねらせる。「アルフ」

「わかっている」彼は幼い息子の額に唇をつけた。

「違うよ、父上。アルフが来たんだ！」キットが叫んだ。

ヒューは目を開け、さっと顔をあげた。すると彼女が少年の格好で立っていた。いつもどおり生意気な笑みを浮かべ、足元にはふたをしたバスケットを置いている。またバルコニー側の両開きのガラスドアから入ってきたのだろう。もっと頑丈な鍵に換えなければ、と頭に場違いな考えが浮かんだ。

息子たちがヒューの膝の上からあわてておりてアルフに駆け寄るのを、彼は息をのんで見守った。笑いながら膝をついた彼女にふたりが抱きつく。ピーターの涙は乾き、キットの怒りは跡形もなく消えていた。

彼女はどうやって、こんな魔法のようなことをやってのけられるのだろう？

アルフが顔をあげ、息子たちの頭越しに茶色い目で彼を見つめる。「わたしがいなくて寂しかった？」

彼女の言うとおり、ヒューは寂しかった。「どこにいたんだ、アルフ？」

思わず声が荒々しくなる。

「あちこち」アルフの笑顔は曇らない。「いろいろやることがあるのよ。でも、レディになる練習はちゃんと続けていたわ」

「わかっている」ヒューは咳払いをした。「いろいろとは、なんだ？」

彼女が子どもたちを見おろす。「ときどき会いに行く友だちがいるの。小さな女の子で、名前はハンナ。セントジャイルズの〈恵まれない赤子と捨て子のための家〉で暮らしているのよ」

ピーターが目を丸くする。「その子、いくつ？」

「あなたと同じくらい」アルフは彼の髪を撫でつけた。「赤毛で、メアリーっていう四歳の友だちがいるの」

ピーターが鼻にしわを寄せる。「そんなの、赤ちゃんじゃないか」

アルフが笑った。「ハンナもそう言ってるわ」

彼女には彼女の生活があるのだ。セントジャイルズに。ヒューは見つめた。アルフに剣を持たせ、戦い方を教えた人間がいる。それが誰か、今まで尋ねたことがなかった。

「ほかにも誰かに会ったのか？」ぶっきらぼうに質問した。友だちに？　恋人に？

「大勢会ったわ」アルフがからかうように返す。「セントジャイルズにはたくさんの人が住んでいるもの。でもだいたいはハンナに会いに行くか、自分の家の様子を見に行ってた」

「なるほど」ヒューはいつの間にか頭痛が楽になっていることに気づいた。昨日もジェンキンズに飲み薬を用意してもらったら、アルフがいるときはこんなにしょっちゅう作らずにすんだと言われた。ヒューは部下のその言葉を猛烈に否定したのだが、本当は関係があるのだろうか？「レッスンのほうはどうだ？」

アルフが顔をしかめる。「ダンス以外はまあまあ。わたし――」

バスケットの中から、か細い鳴き声がした。

子どもたちがふたりとも、さっと耳を澄ます。

「今のは何？」ピーターがバスケットに近づき、手を触れずに様子をうかがった。キットは弟のうしろに立って、バスケットを見おろしている。

「セントジャイルズで見つけたの」アルフがいたずらっぽい目でヒューを見たので、彼はとたんに警戒心を抱いた。「見てもいいわよ」

ヒューは目を細めた。「いったい何が――」

だが、遅すぎた。ピーターはすでに掛け金をはずして、ふたを開けていた。

「わあ！」キットのあげた声はいかにも無邪気で子どもらしく、ヒューは大陸から戻って以来、そんな声を聞くのは初めてだった。

子どもたちが覆いかぶさるようにバスケットをのぞき込んでいるので、ヒューからは何も見えない。けれど、ピーターは何かをあやすような声を出している。

いやな予感がした。

突然キットが腰を落として座り込むと、その両腕の中にはもぞもぞと動く子犬がいた。犬は体をくねらせて、キットの顔をしきりに舐《な》めている。

そしてキットは――いつも怒りにとらわれているヒューの長男は、楽しそうにくすくす笑っていた。

「ぼくにも抱かせてよ、キット。お願い、お願い、お願いってば！」ピーターが待ちきれずに叫び、ヒューはふたりがけんかを始めるものと覚悟した。

だが、年上の息子は弟に笑みを向けた。「じゃあ、座って、ピーティー。彼女を落とさないように」

「彼女？」ピーターがいぶかしげに問いかける。

「女の子なんだよ、ばかだな」キットはお兄さんぶって言ったが、弟をやっつけるようないやな感じはない。

キットはピーターが隣に座るのを待って、弟の膝の上に子犬をのせてやった。

「おなかのまわりに腕をまわして支えてやるんだ。きつくしすぎないようにね。つぶしたくないだろう」

「うん、つぶさないよ」ピーターが熱心に約束する。

彼は親指をしゃぶってくる子犬を、うれしそうに笑いながら見おろした。子犬はおそらくテリアの一種だろう。やわらかそうで、大きさは中くらい、キャラメル色の毛皮は鼻のまわりと背中だけ色が濃い。

「名前はなんていうの？」キットがアルフにきいた。

「さあ」彼女は肩をすくめた。「あなたたちがつけたらいいんじゃないかと思って」アルフがヒューに向けた目には、いたずらっぽい光が躍っている。「お父様が飼うのを許してくださったらの話だけど」

まったく、なんと手に負えない娘なのだろう。二分でいい。アルフとふたりきりになって、彼の裏をかくような行動をどう思うか、思い知らせてやれたらいいのだが。

ヒューは咳払いをして、懇願のまなざしを向けている息子たちを見つめた。キットの顔からはすでに、さっきまでのうれしそうな表情が消えている。なぜ彼は父親が許してくれないと決めつけているのだろう？　「飼ってもいいぞ」

子どもたちが歓喜の叫びをあげた。驚いた子犬がキャンと吠える。

ヒューは興奮している息子ふたりと子犬に向かって言った。「子犬を庭に連れていってやるといいかもしれないな」

そう言い終わる前に、子どもたちはすでに犬を連れてガラスドアの外へ飛び出していた。

ヒューはため息をつき、アルフを見つめながら立ちあがった。「では、ずっとセントジャイルズにいたんだな」

彼女の顔から生意気な笑みが消える。「いいえ。レッスンを受けにアイリスの家にも行っていたわ。さっきも言ったけど」

「ほとんど見かけなかった」むっつりと言う。

「あなたがそう望んでいるんだと思ってた」アルフはいつもは生き生きしている小さな顔から、表情を消している。「あなたはキスをしたあと、わたしに何を求めているのかわからないと言った。そしてわたしを避けたのよ」

「そんなことは関係ない」いらだって手をあげた。「きみがどこにいるのか、まったくわからなかった」

彼女が顎をつんとあげる。「いつも居場所を教えなくちゃならないなんて、知らなかったわ。そんなこと、一度も言わなかったでしょう?」

「そうだったかな?」ヒューはうなるように言い、アルフの顎をつかんだ。

外を確かめると、子どもたちは砂利敷きの小道で子犬を追いかけて遊んでいる。ヒューは身をかがめて彼女の唇を奪った。すばやく、激しく。だが、とうてい満足できない。

こんなちょっとしたキスでは。

しばらくして少しだけ顔を離し、開いたままの彼女の唇にささやいた。どうしても言わずにはいられない言葉を。かたく閉ざしていたはずの心の奥から、まっすぐに放たれた言葉を。

「では、今言おう。どこにいるか、何をしているか、つねにわたしに教えろ。もうおまえは必要ないと、わたしが言うまで。わかったか?」

「ええ、よくわかったわ」アルフがささやいた。けれど言葉では全面的に降伏しているのに、声にそんな気配はない。

彼女はヒューから離れると、ガラスドアから外へ出ていった。

なんといまいましい。

そんなうわべだけの返事をするなら、殴ってほしかった。怒ったりわめいたりしてくれれば、こちらも怒ったりわめいたりできる。そうすれば、封印してきたものを解放できたのだ。

ついてくるはずの結果など無視して、本能のまま荒々しく彼女を奪えた。しかし、ヒューは本能のままに行動する獣ではない。洗練された文明人だ。感情を制御し、下半身ではなく頭で行動する。

それなのにアルフのあとから庭に続く階段をおりていると、揺れている彼女のヒップにどうしようもなく目が引きつけられてしまう。彼はただ自分をごまかそうとしているだけなのかもしれない。

アルフが必要でなくなるときなんて、来ることがあるのだろうか？

一週間後、アルフは両腕を持ちあげ、アイリスのふたりのメイドにドレスを着せてもらっていた。

そこはカイル・ハウスの客用の寝室だった。すでに身支度を終えたアイリスは、ピンクとクリーム色のスカートをふんわりと広げて金色の椅子に座っている。彼女は身支度の指揮をとってくれていて、アルフは心強く感じていた。

今夜は二週間にわたるレッスンが成功に終わるか、赤っ恥をかいて終わるかが判明する、運命の夜だ。

部屋の真ん中に立っているアルフは、すでにガーターで留めたシルクの靴下とかかとの高い靴を履き、麻のシュミーズとコルセットを身につけている。腰にくくりつけたパニエの上に刺繍を施したペチコートもはいていて、たった今、さらにその上に青みがかった紫の豪華なシルクのドレスを着せてもらったところだ。ろうそくの光を受けて輝いているドレスには、ウエストの中央から裾広がりに開いているスカートの縁と裾の部分に、同じ生地で作った平らな襞飾りがついている。

メイドがV字形の刺繍入りの胸当てをドレスの前開きにはめ込み、ピンで留めはじめた。

アルフは天井の彩色された繰り形《モールディング》を見つめた。彼女にとって、これが一番つらい時間だった。品評会に出場する牝馬《ひんば》のようにじっと立ち、メイドたちがドレスを着せてくれるのをひたすら待っていなければならないのが。初めてこんなふうにドレスを着せられたとき、彼女なんかに奉仕しなければならない気の毒なメイドに謝りたい気持ちと逃げ出したい気持ちに交互に襲われ、いたたまれなかった。

ほかの人間につつきまわされるあいだじっとしていなければならないのは、いつ噛まれるかとびくびくしながら肌の上を這いまわる南京虫に耐えているのと同じだ。

そう考えてアルフはぶるりと震え、アイリスと視線を合わせた。

年上のレディが励ますように微笑む。「もうそんなにかからないわ」

アルフはうなずき、唇を引き結んだ。胸当てのピン留めは、ほとんど終わっている。彼女は別のメイドが袖にレースを縫いつけられるように、両手を横に伸ばした。ちょうど肘までの丈の袖には三層のレースがついていてとても美しく、これを着ると白鳥になったような気分になる。このすばらしいドレスを着た彼女を、ネッドに見てもらいたかった。

ネッドはきっとすごく気に入っただろう。昔、彼とふたりで美しい服を夢見ながら、セントジャイルズのベッドで寄り添って眠ったことを思い出す。彼と一緒に、おいしい料理やあたたかい部屋にもあこがれていたものだ。

アルフは目をしばたたいた。顔にはすでに化粧を施してあり、きれいに白粉《おしろい》を塗った顔を台なしにするわけにはいかない。

メイドがレースをつけ終わって一歩さがり、スカートをつまんだり引っ張ったりして整えた。

アイリスが立ちあがり、アルフの全身に目を走らせる。「そうね、これなら——」

突然、部屋のドアが勢いよく開き、ピーターが駆け込んできた。うしろからキットと子犬も入ってくる。「アルフ！　アルフ！」

ピーターはいきなり足を止め、転びそうになった。アルフの格好に気づいたのだ。

キットも立ち止まって彼女を見つめる。

子犬だけがとことこと入ってきて、何か興味を引かれるものでもあったのか、床をかぎまわりはじめた。

「アルフ？」ピーターの声は不安そうだ。大きく見開いた青い目が、問いかけるように彼女を見る。

彼女は微笑んだ。「ご機嫌いかが？」

ピーターがわっと泣きだした。「アルフじゃない！」

一瞬言葉が出なくて、彼女は子どもたちを代わる代わる見た。ピーターは小さな胸が張り裂けそうな勢いで泣いているし、キットはアルフに裏切られたと言わんばかりににらんでいる。

心を粉々に打ち砕かれた気分で、彼女はつばをのみ込んだ。もしかしたらピーターは正しいのかもしれない、と頭の中でささやく声がする。こんなふうに白粉を塗りたくってめかし込んだ彼女は、もうアルフではないのだ。アルフという人間を形作っていたものを、捨ててしまったのだから。

アイリスが子どもたちに近づこうとするのを、アルフは止めた。彼女を見つめて訴える。

「ちょっと……あの子たちと話をさせてもらってもいいかしら」

アイリスの目はやさしく、理解に満ちていた。「ええ、もちろんよ」彼女はメイドたちに合図すると、部屋の反対側に向かった。

アイリスたちが部屋からいなくなったわけではないとはいえ、一応アルフと子どもたちだけで話せる雰囲気になった。

すでに舞踏会の準備をすっかり終えてドレスに身を包んでいるので、アルフは慎重に身をかがめた。こんな格好をしているのはカイルのためだ。彼がアルフに果たしてほしいと望んでいる任務のため。

「ピーター、いったいどうしたの？」

「だって、違うんだもん」幼い少年はすすり泣いた。「顔が変だよ。それじゃあレディだもん。アルフはレディじゃないんだ」

「レディにもなれるの。ただドレスを着て、白粉をつけただけよ。その下にはいつもどおりのアルフがいるわ」

「だけど違う人に見える」キットが言った。彼はまだ気難しい顔をしている。父親にそっくりな表情だ。

彼女はキットを見て微笑んだ。「それって、いいことじゃない？　舞踏会用のドレスは好きじゃないの？」

「ぼくはいつものアルフが好きなんだ」キットは考え込みながら答えた。小さな眉のあいだにしわを寄せている。「それはすてきなドレスだけど」彼はしぶしぶ認めた。

ピーターが目元をぬぐい、音を立ててはなをすする。「どうしてそんなすごいドレスを着てるの？」

「舞踏会に行くからよ。レディ・ジョーダンとあなたのお父様と一緒に」

「舞踏会？」幼い少年が不快そうに、盛大に顔をしかめる。「だけどぼくとキットは、彼女の名前を思いついたって教えに来てあげたんだ」

〝彼女〟というのが誰か、アルフはすぐに理解した。小さなテリアに目を向ける。お尻を床につけ、うしろ足を両脇に広げて座っている子犬が、悲しそうな目で見つめ返してきた。そもそもこの目を見て、アルフは一シリング払って手に入れる気になったのだ。このおかしな悲しげな目を見て。

「それで、なんてつけたの？」アルフは微笑みながらきいた。

ピーターが彼女に顔を寄せ、秘密を打ち明けるようにささやいた。「プディング」体を引いてつけ加える。「ぼくひとりで考えたんだ」

弟のうしろでキットが鼻を鳴らした。「おまえの考えたほかの名前に比べたら、プディングはだいぶましだったからな」兄らしい威厳を見せて、目をぐるりとまわす。「それに、いって言うまでぴいぴい泣いてたじゃないか」

幸い、ピーターはキットのこの言葉に気を悪くしなかった。

「すてきな名前だと思うわ」アルフは人差し指の先で子犬を撫でた。

三人のうしろでアイリスが咳払いをする。

アルフはつばをのみ込んだ。きっと、もう出発の時間なのだろう。部屋を出て、カイルにこの姿を見せなければならない。舞踏室を埋め尽くすロンドン社交界の面々に彼女はレディであると信じさせられるかどうか、試すときがやってきたのだ。

「もう行かなくちゃならないの」アルフは子どもたちに告げた。「だけど明日、あなたたちとプディングに会いに行くわね」

「わかったよ、それでいい」キットが小さな紳士のような威厳を見せて応えたが、実際、彼はそうなのだ。「いってらっしゃい、アルフ」

キットは弟の手を取って出ていき、子犬もあとに続いた。

「準備はいい?」アイリスが尋ねる。

アルフは彼女を見た。「少しだけ待って」

彼女は入り口のそばのテーブルに向かった。そこには短剣が三本置いてある。今夜はレディの格好をしたけれど、それは任務を果たすためであり、武装する必要がある。アルフは鞘におさめたごく薄い短剣を胸のあいだに押し込み、コルセットの下におさめた。二本目は右脚にはめているガーターの外腿側に差し込む。一番小さい三本目は、左袖の下に忍ばせた。

スカートをまっすぐに整え、袖の下の短剣が落ちてこないか確認する。目を丸くして見つめているアイリスに向かって、アルフはうなずいた。

「これで準備はできたわ」

13

その夜、戻ってきた黒の魔術師は、息子を呼びつけて言いました。「白の魔女とその家族を滅ぼしたぞ。あの女が手にしていたものは、今やすべてわがものとなった。すなわち、黒の王国の跡継ぎとなるべく、おまえの教育を始めるときがやってきたのだ」

黒の王子は静かに頭を垂れました。「はい、父上」……。

『黒の王子と金色のハヤブサ』

ヒューはカイル・ハウスの玄関広間に立ち、もうおりてきてもいいはずのアイリスとアルフを待っていた。馬車はすでに外で待機している。

彼は柄にもなく、うろうろと歩きまわりたい衝動に駆られていた。

アイリスはうまくアルフを正装させられなかったのだろうか？　もしかすると、アルフが土壇場で急に不安になったのかもしれない。だが、それはヒューの知る彼女らしくないように思えた。いったんこうと決めたら、頑固なまでに勇敢にふるまうのがアルフだ。実際のところ、ヒューは昨日から彼女の姿を見ていない。アルフはずっとアイリスと過ごし、レディとしてのふるまいを身につけることに、ほとんどかかりきりになっていた。

ヒューの要請で。

彼は小声で悪態をついた。聞きつけた執事がちらりと視線を向けてくる。これは正しい決断だ。こうするしかなかったのだ。では、なぜこんなにも落ち着かない気持ちになるのだろう？

ダウリングの書斎に侵入するためには、レディとしての——女としての——アルフが必要なのだ。女性としてふるまってもらうのは、仕事を遂行するため。彼女を女性の姿にさせる理由は……。

まったく、なんてことだ。

ヒューは単純に、女性のアルフを求めているのかもしれない。男が女を求めるように。もしそうだとすれば、重要で危険を伴う可能性のある任務の直前にそのことに気づくとは、なんともタイミングが悪い。

アルフに返事をせかし、無理じいしたせいで、今頃になって気おくれして、おりてこられないのではないか？

ヒューは足を止めて頭を垂れた。それなら彼女が任務に取りかかる気になるまで、励まし続けるしかない。

息を吸い込んで顔をあげる。くそっ、ふたりともいったいどこにいるんだ？

そのとき階段のほうから足音が聞こえ、彼は視線を上に向けた。アイリスが滑るように悠然と階段をおりてくる。

ヒューは大階段の下へ歩いていった。

「彼女は？」最下段に到達したアイリスにそっと尋ねる。「何も問題はないか？」

アイリスが眉をあげた。面白がっているような表情だ。だが彼女のそんな顔つきを見ても、ヒューの気分がましになるわけではない。「もちろんよ。アルフなら、すぐあとから来ているわ」

彼女は振り返って上を見た。

ヒューもその視線を追う。

アルフは階段のてっぺんに立っていた。紫色のドレスのおかげで、肌がまるでなめらかな白いバラの花びらのように輝きを放っている。顔にかかっていた茶色の髪は頭のてっぺんでひとつにまとめられ、彼女の華奢な骨格や、白鳥のように細く長い首、そして大きな茶色い目があらわになっていた。小さな妖精を思わせる顔の中で、唇だけが横に大きく肉感的だ。その赤くなまめかしい唇に、ヒューは歯を立てたくなった。今すぐ彼女を別の部屋へ連れていき、きれいに施した白粉や口紅が落ちてしまうような、不埒《ふらち》な行為に及びたくなる。

さっと視線を下へずらしたが、鼓動を静める役には立たなかった。アルフが身にまとっているのは夜会服で、不作法になるぎりぎりのところまで深く広く襟ぐりが開いていたからだ。押しあげられた小ぶりなふくらみがかわいらしく盛りあがり、胴着《ボディス》の縁のすぐ下に位置しているに違いないつぼみを想像してしまう。

くそっ。

腹にナイフを突き立てられた気分だ。

アルフは彼と目を合わせたまま、ゆっくりと階段をおりてきた。興奮をにじませ、はにかみながらも勇ましいまなざしで。舞踏用の靴を履いた彼女の足が玄関広間の大理石の床に触れたところで、ヒューは手を差し出した。

彼女がその手を取る。

「どう？」隣からアイリスが小声できいた。「うまくいきそうかしら？　彼女はあなたの要望に応えられている、ヒュー？」

アルフを見つめたまま、ヒューは彼女の手を唇に持っていった。目を見開く姿を見つめながら、つぶやくように言う。「完璧だ」

横にいるアイリスがくすくす笑った。「ええ、まったくそのとおりね」

ヒューは咳払いすると、ようやくアイリスに視線を向けて言った。「ありがとう」

「あなたのためだけにしたわけじゃないのよ、ダーリン」アイリスが眉をあげ、わずかにからかうような顔をしてみせる。「もう出発したほうがいいのではないかしら？」

「そうだな」ヒューは両方のレディに肘を差し出し、ふたりを導いてドアから外へ出た。

「仮面は？」

「ええ、あるわ、公爵閣下」今やアルフは、上流階級の話し方をほぼ完璧に身につけていた。

「アイリスのバッグに」

ちらりと目をやると、たしかにアイリスはひものついた小さなシルクのバッグを手首にかけていた。彼女に手を貸して馬車に乗せ、自分もあとに続く。仮面舞踏会ということで、ヒューはフードと仮面がついた黒いドミノマントを着ているが、女性ふたりは仮面だけをつける予定だ。

馬車の天井を叩いて出発の準備が整ったことを御者に知らせると、彼はアルフとアイリスの向かいの座席に腰をおろした。

この馬車は今夜のために雇ったもので、ヒューの身元がわかる印はどこにもついていない。彼は女性たちに目をやった。初めて見る姿のアルフが妙に落ち着いている一方で、アイリスのほうは不安げにそわそわしはじめている。

「ほかの舞踏会となんら変わらない」ふたりに話しかける形を取っているものの、主にアイリスに向けた言葉だった。「仮面をつけるんだ。わたしたちに特別な注意を払う者は誰もいないだろう」

少しばかり嘘がまじっている。ダウリングが本当に〈混沌の王〉の中心メンバーのひとりだとすれば、少なくともアーロン・クルーの事件以降は、ヒューに警戒の目を向けているに違いなかった。ダウリングには、ほかにも用心する理由があるのかもしれない。何しろ最近になって、クルーとチェイスがふたりとも不審な状況下で死んだのだから。

アルフが真剣な表情で言った。「チェイス男爵の死後、見張りにつけている部下から何か報告は？」

ヒューは首を横に振った。「先週はふたりともに動きがなかった。エクスレイもダウリングも、自宅からほとんど出なかったんだ。もちろん、われわれが名前を知る〈混沌の王〉のメンバーはあのふたりのみだから、こちらには知る由がないだけで、ほかにも行動を起こしている者や、互いに反目している者が存在するかもしれない」アルフを見て続ける。「だからこそ、今夜が非常に重要なんだ。メンバーの名簿を見つけることができれば、組織の全容を明らかにして一掃できるだろう」

「わかった、旦那。任せて」

アルフが顎をあげてヒューと視線を合わせた。男なら目を引かれずにいられない赤い口紅が、彼女をいっそう魅惑的に見せている。これほど美しいレディになりきれるとは。アルフが何者か、どんな能力の持ち主なのかを思い出したヒューは、そこに工作員としての可能性を見いだして息をのんだ。一年前、ヒューはウィーンに赴いていた。あのとき女性の密偵が配下にいれば、果たせた任務があったかもしれない。アルフは彼と同じ考え方をするが、決定的に違う部分もある。すなわち、男である彼に対して、彼女は女だった。

危険でありながら甘美。

知的であると同時に官能的。

ヒューに匹敵する存在なのだ、セントジャイルズ育ちのこの子は。

馬車が大きく揺れて止まった。

彼は窓のカーテンを寄せて外をうかがった。「着いたようだ」女性たちに視線を移す。「おりる前に仮面をつけるのを忘れずに」

顔の半分を覆う黒いシルクの仮面をつけてアイリスにひもを結んでもらうと、アルフは赤い唇だけがあらわになり、いっそう謎めいた雰囲気になった。アイリスはバッグから自分用に、女性の顔を描いた棒付きの楕円《だえん》形の仮面を取り出している。

従僕たちがおりたらしく、馬車がかしいだ。その一分後にドアが開き、お仕着せを身につけたタルボットが手を差し出して言った。「マイ・レディ、どうぞ」

一行が馬車をおりると、ヒューはダウリングの屋敷を見あげた。ほんの数年前に建てられた大きな邸宅で、正面にはギリシア風の柱が並び、いかにも貴族の住まいらしい威風堂々とした構えだ。建築には、かなりの金がかかっているだろう。ダウリングは非常に裕福な男だった。富を相続したわけでも、財産のある妻をめとったわけでもない貴族にしては奇妙なことだが。

「行こう」ヒューは女性ふたりを先導し、仮面をつけた客たちですでに混みあっている外階段をのぼった。

建物の中に入ると、幅の広い階段を人々が押しあうようにしてゆっくり進んでいた。手の込んだかぶり物と衣装を身につけたレディもいれば、アイリスのように持ち手付きの楕円形の仮面で顔を隠すだけのレディもいる。紳士たちのほとんどはドミノ姿だが、わざわざ仮装をしている者も見受けられた。ヒューは尻尾も角もある、悪魔の格好をした男性とぶつかりながら前進した。

一行はのろのろと進み、ようやく一階の舞踏室へたどり着いた。屋敷の奥のほとんどを占める大きな部屋だ。片側の壁に沿って背の高い窓――そのうちのいくつかは両開きのフレンチドア――が並んでいたが、もちろん今は冬なので、すべて閉じられている。室内は熱がこもってひどく暑く、香水やろうそくや体臭の入りまじった不快なにおいが充満していた。

かたわらでアルフが息をのむ。「すごくきれい」

きれいだって？　ヒューがちらりとうかがうと、彼女は天井高く吊りさげられたシャンデリアをうっとりしたまなざしで眺めていた。切子面で平らにカットされた無数の青いガラスが、ろうそくの明かりを反射してきらめいている。

彼はアルフに視線を戻して言った。「ああ、きれいだな」

「主催者の夫妻は招待客の出迎えをしていないようね。わたしたちにとっては運がよかったわ」アイリスが扇を広げながら小声で言う。

「ああ」ヒューは同意した。「ダウリング子爵の姿は見えるか？」

「窓のそばに」アイリスが顎を動かして指し示す。

「どこ？」アルフが尋ねた。

「からし色の服を身につけている男性よ。太陽の仮装のつもりじゃないかしら」アイリスはささやいた。「わかる？　仮面をつけているけれど、ダウリング子爵の赤毛はとても目立つから、たとえ仮装していても見間違えようがないのよ。深紅の衣装の紳士の隣に立っているわ」

教えられた一角を見たアルフが目を見開いた。「あれは――」

「エクスレイだ」ヒューは続きを引き取った。エクスレイはドミノすら身につけていない。くそっ。あの伯爵は、なんのために今夜ここへ来ているのだろう？

並んで立つダウリング子爵とエクスレイ伯爵は、かなり親しい友人関係に見えた。両方ともモンゴメリーからもらったリストに名前が載っているものの、彼らの家をずっと見張らせている部下たちから、あのふたりが顔を合わせたという報告は一度も受けていない。つきあいがあるとは知らなかった。

ヒューは息をつくと、ほかに誰が彼らふたりの近くにいるか記憶しておこうとした。もっとも、エクスレイ以外は全員が仮面をつけていたので、判別は不可能に近かったが。それにしても、いったいどれほどの人間が〈混沌の王〉に所属しているのだろうか？

「ぶらぶら歩いたほうがいいわ」アイリスが緊張した様子で口を開いた。「あまり長く一箇所にとどまっていては、人目を引いてしまう危険があるもの」

「いい提案だ」ヒューは彼女とアルフのそれぞれに腕を差し出し、三人で舞踏室の中を歩きまわりはじめた。

「中止にする？」アイリスがささやく。

「いいえ」ヒューが答える前に、反対側からアルフが言った。「エクスレイが現れたからといって、取りやめる必要はないわ」

「彼女の言うとおりだ」声を低めて賛同する。「計画どおり続けよう」

アイリスが眉をひそめた。「でも、エクスレイはあなたを知っているのよ。それにアルフも姿を見られているわ。クルーの遺体を発見したとき、その場にいたんですもの」

「でも、少年の格好だった」アルフが指摘する。

「この舞踏会に出席している〈混沌の王〉のメンバーが予想以上に多かったらどうするの？」アイリスは小さな声で言った。仮面についた棒を、指の関節が白くなるほど力をこめて握っている。「招待客のリストは、きっと〈混沌の王〉だらけよ」

「ダウリングがメンバーだということは、すでにわかっているわ」アルフがささやいた。落ち着いた声だ。「その点は変わらない」

「危険だわ」

「それは今回にかぎったことじゃないし」赤く塗ったアルフの唇があがり、豪胆とも言える笑みを形作った。これでこそ、彼のアルフだ。口紅と白粉でレディのような化粧をしていても、その下には獲物を追う狩人が潜んでいる。ヒューはアルフの身の安全を心配しながらも、彼女を称賛せずにいられなかった。

アルフの言うとおりなのだ。彼女が正しい。ヒューには〈混沌の王〉の名簿が必要だった。少なくとも、なんらかの新たな情報を手に入れなければならない。

それでもやはり、不安がじわじわと背筋を這いのぼってくる。

「急げ」心を決め、彼はアルフに言った。「部屋を見つけて、二、三分で片をつけるんだ。何か物音がしたらすぐに逃げろ。わかったか？」

アルフがあきれたように目をまわし、ヒューを見た。「自分の仕事は心得てるわよ、旦那」

三人はゆっくりした歩調で室内を移動し、入り口とは反対側にあるドアのそばまでやってきた。屋敷内へ入るための廊下に続くドアだ。

アルフがウインクする。

次の瞬間にはもう、その姿はドアの向こうへ消えていた。


アルフは廊下ですれ違った女性に微笑みかけてうなずいた。この先にレディ専用室――上流階級の洒落者《しゃれ》はトイレのことをそう呼ぶのだと、アイリスが教えてくれた――がある。トイレ以外にも部屋があり、必要に応じて女性たちが化粧や髪やドレスを整えることができるらしい。アルフは速くもなく遅くもないペースで悠然と進んだ。動くたびに、スカートが床をかすめる音がする。ドアの近くまで来たところで若い娘がふたり、くすくす笑いながら部屋から出てきた。アルフが脇へよけると、彼女たちは舞踏室のほうへと廊下を戻っていった。

肩越しにうしろを振り返る。廊下には、ほかに誰もいなかった。アルフはすばやくスカートを持ちあげ、そのドアを通り過ぎて先へ進んだ。ここからは早足だ。スカートをふくらませるためのパニエが左右に揺れる。まったく、ばかげた代物だとしか思えない。おかげで廊下に置いてあるテーブルや彫像、装飾品に当たって倒してしまわないように、気をつけなければならなかった。物音を立てて、従僕やほかの客たちがやってくるような事態は避けたい。あった。左手に階段が見える。情報屋から聞いたとおりの場所だ。

彼女は忍び足でその階段を駆けあがった。

上階は家族の居住区だった。別の廊下が現れる。先ほどの廊下よりずっと薄暗い。アルフは右側へ、ダウリングの書斎があるはずの方向へ静かに進みはじめた。けれどもそのとき、足音が近づいてくることに気づいた。

あわてて一番近くのドアに手をかける。よかった！　鍵がかかっていない。彼女は室内に飛び込んだ。わずかな隙間を残してドアを閉め、外をうかがう。

メイドが急ぎ足で通り過ぎていった。

そのまま二〇まで数える。

アルフはふたたびドアを開けてあたりを見まわした。

誰もいない。

彼女は急いで書斎へ向かった。途中で壁に取りつけられた燭台から火のついたろうそくをつかみ取り、そっと中へ忍び込む。

閉めるときにドアがきしみ、思わず顔をしかめた。ろうそくを高く掲げてみると、舞踏室のちょうど真上に位置するその部屋は、大きさとしては舞踏室の半分くらいだった。暖炉のそばに巨大な机が置かれ、脇に二脚の椅子が配置されている。暖炉の上に、二本の細身の剣《レイピア》を交差させて飾ってあった。アルフは眉をあげた。良質の鋼を使用している点や、鳥かごのような美しい細工のフィンガーガードから判断して、スペインのトレドで作られたものだろう。壁に沿って、本棚がひとつと飾り棚が四つ置かれていた。

アルフは小さく鼻を鳴らした。捜索にかけられる時間は二、三分。そんなに短時間で仕事を終わらせることが可能だと本気で考えているとしたら、カイルは頭がどうかしているに違いない。

彼女は机の上の燭台にろうそくを立てた。

ずらりと並んだ窓から屋敷の裏手を見渡すことができた。階下からは舞踏会の音楽が漂ってくる。アルフは机の引き出しを開けてみることにした。情報屋は、何かを隠すとすれば、この机がもっとも可能性の高い場所だと言っていた。ほかを試しても意味がないだろう。とくに今は、わずかしか時間がないのだから。

アルフは机の椅子に腰をおろした。引き出しはふたつあり、どちらも鍵がかかっている。机の両脚の部分にもいくつか引き出しがあった。施錠されていないそれらを手早く探ったものの、興味深いものは何も見つからない。

眉をひそめ、ふたつの引き出しに注意を戻した。少なくとも捜索範囲を絞り込むことができた。コルセットの支柱《ステー》から短剣を取り出し、右側の引き出しの上部と机の板の下の隙間、すなわち鍵のすぐ上に刃先を差し込んだ。それから机を見まわし、大理石の胸像に目を留める。

彼女は胸像を手に持ち、短剣の柄に叩きつけた。一度。二度。

鍵が壊れた。

思わずにやりとして、引き出しを開ける。

ポンド札の束と、ギニア金貨の詰まった小さな袋が入っていたが、そのままにしておいた。そばに何通かの手紙があった。アルフはそれらをドレスの胸当てとコルセットのあいだに突っ込んだ。詳しく見ている時間はない。その引き出しにはもう、重要と思われるものはなかった。

左側の引き出しも同じようにして開ける。

紙の束が入っていた。

名前や場所が記されていないか、ざっと目を通す。契約書のようだ。いずれにしても法的な文書らしい。重要なものだろうか？　アルフにはわからなかった。それに数が多く、ドレスの内側に隠すにはかさばりすぎる。彼女はそれらの書類を机の上に置き、ほかに何かないかと、引き出しの中をのぞき込んだ。

隠されているものはなかったが……。

右側の引き出しをもう一度開け、中身をすべて出した。ポンド札がひらひらと床に落ちる。

両方の引き出しを比べてみた。

右の引き出しのほうが、左側のものより短い。

アルフは右側の引き出しを思いきり引っ張り、机から抜いた。それからかがみ込み、引き出しのあった空間をのぞき込んだが、明かりが足りず、よく見えなかった。角度を変えて穴に腕を突っ込み、探っているうちに、指先が突き当たりに触れた。

そのとき、書斎のドアの外で声がした。「ここではだめだ」

アルフは息をのんで凍りついた。ゆっくりと振り返ってドアを見る。

「くそっ、ダウリング」別の声が言った。「では、いつにするんだ?」

足音が遠ざかっていく。

彼女は机の奥に指を滑らせた。隙間を感じる。戸のようなものがあるらしい。

いったん腕を引き抜き、短剣を持ってもう一度穴に手を入れ、隙間に刃先をねじ込んだ。

パチッという大きな音とともに戸が開いた。

「……彼を殺しても、われわれに注意を引きつけるだけだ」先ほどのふたりが戻ってきたようだ。

引き出しの奥に押し込まれていたのは一枚の紙だった。アルフはそれをつかみ、短剣と一緒にコルセットの内側に突っ込んだ。

さっと身をひるがえしてドアのほうを向く。

「どうなっているんだ?」

ドアがきしみながら開きはじめた。


一〇分。

アイリスは内心うんざりしながらも、礼儀を欠かない程度に小さな笑みを顔に張りつけたまま、横目でちらりとヒューをうかがった。アルフがふたりのそばを離れてから、少なくとも一〇分は経過している。アイリスたちは舞踏室内をゆっくりとまわり続けていた。ヒューは彼女に、パンチの入った小さなグラスを取ってきてくれた。

そうこうしているうちに、ダウリング子爵とエクスレイ伯爵の姿を見失ってしまった。

アルフはまだ戻ってこない。

ヒューの腕に置いた指先から彼の緊張が伝わってくる。

「時間がかかりすぎだ」彼が低い声でうなった。

アイリスはシルクのひもを手首に通して仮面をぶらさげ、パンチをひと口飲んだ。

「何か行動を起こすべきかしら？」

ヒューが首を横に振った。顎の筋肉がぴくりと引きつる。

つばをのみ込んだアイリスは、不似合なラベンダー色のドレスを着たレディ・ヤングに、すれ違いざまにうなずいて挨拶した。舞踏室の中はひどく暑い。たしかに今は一月で外は寒いだろうけれど、レディ・ダウリングは窓を開けるように指示しておくべきだった。誰かが失神するのも時間の問題だろう。

「くそっ、暑いな」ヒューは小声で言うと、上唇の上に浮いた汗をハンカチでぬぐった。

「わたしたちが結婚しても、こんなに混みあう舞踏会は開かないと約束してくれ」

アイリスは弾かれたように振り返って彼を見た。「なんですって？」

ドミノマントの仮面の下で、ヒューが眉根を寄せるのがわかった。「つまり――」

「まさか、まだわたしたちが結婚すると考えているわけではないでしょうね？」声をひそめてささやく。

「アイリス、きみの気分を害してしまったなら謝るよ」そう言いながらも、男性としてのプライドからか、彼の声はこわばっていた。

「あなたは愚か者なの？」彼女は頭を振り、ヒューが返事をする前に片方の手をあげて制した。「待って。別の質問をさせてちょうだい。あなたはわたしを愚か者だと思っているのかしら？　あなたがアルフに向けるまなざしを見てきたのよ。彼女があなたを見つめる様子も。それにたとえ、わたしが大切な友人と見なすようになったアルフとあなたのあいだに愛情も情熱も存在しないとしても、わたしはもう熱い気持ちのない不幸せな結婚をするつもりはないの。男性の家の、単なる女主人でしかない存在になるのはうんざりよ。ジェームズで懲りたわ」

ヒューが目をしばたたく。「そうか……わかった」

アイリスは彼の手をぽんぽんと叩いた。「だけどあなたとは、これからもいいお友だちでいるつもりよ、ヒュー」

近くで誰かが声をあげ、人々がドアのほうを見ながらざわめきはじめた。

なんの騒ぎだろうとみなの視線を追ったアイリスの目がとらえたのは、ちょうど舞踏室に足を踏み入れようとするギリシア神話の神、ハデスの姿だった。背が高く引きしまった体に、まさに冥界の王にふさわしい黒ずくめの衣装をまとった男性。髪粉を振りかけていない黒髪は束ねることもせず、肩にかかっている。他人の目にどう映ろうが、どうでもいいと言わんばかりに。そして彼の顔は……。

半分が堕天使で、もう半分は悪魔。

仮面をつけているわけではない。仮装をしているわけでもないのだ。

「なぜ立ち止まっているんだ？」隣にいるヒューが小声できいた。

「あれは誰？」アイリスは男性を見つめたまま尋ねた。あの恐ろしい顔から目をそらすことができない。彼の顔にはひどい傷跡があった。皮膚をえぐる一本の大きな筋が、額から始まって片方の眉を貫き、目のところでいったん姿を消すものの、ふたたび現れて頬に溝を刻み、ねじれながら口の片隅を通って顎まで到達している。

「ダイモアだ」ヒューが言った。

舞踏室の中は静まり返り、誰ひとりとして言葉を発する者はいなかった。

ヒューの声が聞こえたかのように、冥界の王が傷のある顔をふたりのほうへ向ける。距離が離れているにもかかわらず、アイリスはその視線に衝撃を受けた。

息を吸い込み、急いで視線をそらす。

「ダイモア？」彼女は唇を湿らせて、顔を横に向けた。部屋の反対側からでも、その男には唇の動きを読まれそうな感じがした。「何者なの？」

「ダイモア公爵ラファエル・ド・シャルトル」ヒューがアイリスの耳元でささやいた。「彼の父親は〈混沌の王〉の前リーダー、〝ディオニソス（ギリシア神話の酒と豊穣の神）〟だった。だが去年の秋に亡くなり、ダイモアは爵位を継ぐために、ほんの数週間前にロンドンに姿を現したばかりだ」

アイリスは眉をひそめた。「それまでは国外にいたの？」

「彼がどこにいたか知る者は誰もいない。父親とは疎遠だった」ヒューの声はこわばっている。

「何が……」息を吸って続けた。「彼の顔にいったい何があったの？」

「どれも噂にすぎないんだが」ヒューが答える。「彼に堕落させられたあげく自ら命を絶った娘がいて、激怒した父親が決闘を挑んだとか。あるいは、幼い頃に実の父親につけられた傷だとの噂もある。もちろん、生まれたときからあのようだったと言う者も。一族にかけられた呪いらしい」

アイリスは彼を見つめた。「まあ、最後の説は明らかにばかげているわね」

ヒューもうなずく。「ああ。しかし、たとえ途方もない噂や陰口でも、それなりに興味深いものだ」

「ふうん」彼女は思いきってもう一度、ドアのそばに立つ、悪魔を思わせる姿をちらりとうかがった。「彼が今夜ここへ来たことが重要だと、あなたは考えるのね」

「歩こう」ヒューが言った。彼らはふたたび舞踏室の中を移動して、女性用の休憩室へ続く廊下の近くにやってきた。「ロンドンへ戻ってから、ダイモアは社交の集まりに姿を現していない。銀行家と弁護士のところと、あとは一度コーヒーハウスへ出かけただけだ」

アイリスは息を吸った。「今夜は仮面舞踏会なのに、わざわざ仮装しようとも思わなかったみたい」

「もしかすると、認識されたいのかもしれないな」ヒューが言った。「ディオニソスの地位は世襲制だという噂がある」

室内は蒸し暑いにもかかわらず、アイリスはぞっとして身震いした。

「それなら、彼は〈混沌の王〉のリーダーは自分だと主張するためにここへ来たのかもしれないわね」

ヒューが彼女を見た。「そうだな」

ふたりは部屋の片側を通り、廊下へ出るドアの近くまで来た。

「アルフがまだ帰ってこないのが気にかかる。予定の時間を一〇分以上も過ぎているのに」彼はアイリスに身を寄せて続けた。「一五分間、待っていてくれ。それまでにわたしが戻らなければ、きみひとりでも厩舎の馬車のところまで行くんだ」

彼女ははっとしてヒューを振り返った。「でも――」

だが、彼はすでにドアから出ようとしている。

アイリスはすぐさま室内に向き直った。ドアをじろじろ見ないほうがいい。注意を引くべきではないのだ。彼女自身にも、ヒューにも。

彼女はゆっくりと息を吸い込んだ。これは舞踏会だ。暑くて退屈な舞踏会なら、一〇年以上前に社交界にデビューしてから、数えきれないくらい参加してきた。大丈夫、これもほかと変わらないはず。

「マイ・レディ」背後から、黒く立ちのぼる煙を思わせるかすれた声がした。「踊っていただけませんか？」

それが誰の声か、振り返る前からわかった。淡い灰色の瞳がアイリスを見つめていた。左目の上下に深紅の傷跡が残っている。

冥界の王、ハデスに見つかったのだ。

14

それ以来、黒の魔術師はあらゆる魔法の中でも、とりわけ邪悪なものを息子に教え込みました。ひどい傷を負わせ、正気を失わせる呪文を。催眠術をかけ、思いどおりに動かす奥義を。毎夜、黒の王子は疲れきり、心にも体にも痛みを覚えながら居室へ戻ってきました。すると金のハヤブサは決まって腕へ飛んできて、指で羽を撫でてもらうまで王子の頬に頭を押し当て続けました。

しかし、もはやそれでも黒の王子を微笑ませることはできなかったのです……。

『黒の王子と金色のハヤブサ』

ヒューは一段飛ばしで階段を駆けあがった。そのあいだずっと、アルフなら万事心得ているはずだと自分に言い聞かせる。あの恐ろしいセントジャイルズで、何年も独力で生き抜いてきたのだ。賢くて勇敢ですばやい彼女なら、大丈夫に決まっている。

ああ、ちくしょう、ひとりで送り込むのではなかった。彼女に何かあったら、絶対に自分を許せないだろう。

上階は薄暗かったが、それでも廊下の先に開いているドアがあるのがわかった。あそこが書斎に違いない。

近くまで行ったそのとき、従僕がひとり叫びながら駆け出してきた。「泥棒！ 強盗だ！ 助けてくれ！」

ヒューはその従僕の顎に拳を打ち込んで黙らせると、書斎の中に飛び込んだ。

その瞬間、アルフの笑い声が響いた。

彼女は部屋の左側にある暖炉のそばにいた。片方の手にレイピアを、もう一方の手に一枚の紙を持ちながら、エクスレイとダウリング、そして三人の従僕と戦っている。

なんということだ。

エクスレイとダウリングはふたりとも剣を持っていた。ヒューは一番近くにいた従僕をつかみ、頭から壁に突っ込ませた。従僕がくずおれる。だが背後で動きを感じて視線をやると、さらに三人の男の使用人が部屋に入ってくるのが見えた。

くそっ。ドアからは逃げられない。

残るは窓のみ。

ドアの近くの男たちの相手をする代わりに、ヒューはもとからいたふたりの従僕とエクスレイ、そしてダウリングに向かって突進した。ひとり目の従僕はいかつい大男で、ヒューの頭をめがけて拳を振りおろそうとしてくる。

左の前腕で攻撃を受け止め、お返しとばかりに従僕の顎を殴りつけた。男がひっくり返る。

ダウリングが剣で切りつけてきたが、ヒューはすっと横に動いてよけ、代わりにアルフがその一撃を払いのけた。しかし、そのせいで彼女の脇が無防備になってしまった。すかさずエクスレイが彼女に向かって剣を突き出した。

一瞬、ヒューはもうだめだと思った。心臓が動きを止める。

ところがアルフはしなやかなヤナギのように体をそらし、エクスレイの剣先は空を切った。ヒューは自らも剣を引き抜いた。

「加勢しに来てくれて助かったわ」高く軽やかな声でアルフが言った。息を切らしてさえいない。

何を言いだすかと思えば。ヒューは彼女をにらんだ。「約束の時間に遅れたのはそっちだぞ」剣を繰り出してダウリングの攻撃をかわす。もう少しで肝臓を切り取られるところだった。「窓だ」

アルフがふたたび笑い声をあげる。ヒューは心の中で思った。彼女が欲しい。今すぐに。明日も。永遠にずっと。

だが、それは常軌を逸した愚かな考えだ。彼はダウリングの腹を狙ってレイピアを突き、窓のほうへあとずさりした。

さらに四人の使用人が部屋に駆けつけてきた。相手にするには数が多すぎる。とはいえ、窓の外がどうなっているのかわからないのだ。さすがに地面まで飛びおりるのは無理だろう。降伏せざるをえないのか。いや、少なくとも身軽なアルフは壁を伝っておりられるかもしれない。いまいましいドレスを脱ぎ捨てられれば。

　彼女にこんな危険な仕事をさせるべきではなかった。

　アルフはセントジャイルズの亡霊の格好をしていたときと同じように、果敢に戦っていた。勇ましく、美しく、エクスレイの突きを巧みにかわしつつ、顔半分を覆う仮面の下で、赤く塗った唇の端をあげて微笑みながら。

　ヒューは背後を手で探った。窓の掛け金を見つけて開け、肩越しにすばやくうしろをうかがう。ありがたい。屋敷の裏手に沿ってバルコニーが続いている。

　けれども彼が窓を開けたとたん、ダウリングが叫びながら突進してきた。

「だめだ！　こいつらをバルコニーに出すな！」

　刃先が腿を切り裂く。剣をものともせず、従僕たちが駆け寄ってきた。

　アルフはヒューのそばでエクスレイの攻撃をかわし続けていた。エクスレイはまだひとことも声を発していない。

「行け！」ヒューは彼女に叫んだ。

　その命令が口をついて出るのとほとんど同時に、アルフがスカートを抱えあげて窓の敷居をよじのぼった。ヒューはエクスレイの腹部に荒々しく剣を突き入れ、彼をうしろへさがらせた。そしてダウリングの攻撃をすんでのところでかわして耳を切り落とされるのを防ぐと、向きを変え、窓から石造りのバルコニーへ飛びおりた。すぐに追ってきたエクスレイとダウリングに応戦しながら、バルコニーを後退していく。ダウリングは小声で悪態をつき、汗の光る顔を真っ赤にして、めちゃくちゃに剣を振りまわしてきた。一方のエクスレイは感情を抑えて的確に動き、ふたりのうちでは圧倒的に彼のほうが危険だった。

ヒューはうなり声をあげ、次から次に繰り出される攻撃をかわした。やがてアルフと彼はバルコニーの端まで追いつめられた。階下の舞踏室から流れてくる、のどかで穏やかな音楽とはまったく調和しない、剣の刃がぶつかりあう音が響く。夜の冷気に包まれ、吐く息が顔の前で白くなった。激しい動きと怒りのせいでヒューの唇はめくれ、冷笑を形作っていた。

そのとき、腰がバルコニーの縁にぶつかった。

突き当たりだ。ヒューは背後に目をやったが、アルフの姿は見えなかった。

顔を戻したとたん、エクスレイの剣の刃先が喉に突きつけられる。「あのあばずれはおまえを見捨てたぞ、カイル」

アルフは屋敷の裏手に沿って作りつけられたテラスに立ち、飛びおりてきたばかりのバルコニーを見あげた。カイルはどこにいる？　どうしてこんなに時間がかかっているのだろう？

ふいに叫び声があがり、バルコニーから飛んできた剣が足元の敷石の上に落ちて転がった。続いて、石造りの手すりを乗り越えるカイルの姿が目に入る。すぐにエクスレイとダウリングが身を乗り出して手を伸ばしたが、彼は間一髪でそれをよけた。指先だけでバルコニーにぶらさがっている状態だ。

次の瞬間、カイルは手を離し、猫のようにしなやかな動きでテラスにおり立った。

「行け！」

彼が剣を拾いあげるのを確認したアルフは向きを変え、裏の庭園へおりる幅広の階段を目指して走りだした。

背後でうなるような音がしたかと思うと、数メートル先に置かれていた石造りの花瓶のてっぺんが粉々に砕けた。

従僕のひとりが拳銃を持ち出したに違いない。

たじろいだものの、アルフは足を止めずに走り続けた。スカートが邪魔で仕方がない。パニエは左右で釣りあいを取るおもりのような揺れ方をするし、ドレスの布地は重くて扱いが難しかった。それにかかとの高い舞踏用の靴では歩くことさえままならない。走るなど、もってのほかだ。

ふたりが通っていたのは砂利を敷いた小道で、彼女は足をひねって捻挫しそうになった。

カイルが悪態をつく。「倒れるなよ！」

「わざとじゃないわ」体勢を立て直しながら言い返し、ふたたび走りだした。

背後から叫び声が聞こえてくる。

ピシッという音がして、美しい若木の幹が中ほどで砕け散り、上半分が地面に倒れた。

「あいつらのせいで、庭園がめちゃくちゃに破壊されてしまう」アルフは非難をあらわにして言った。

いったい何を言ってるんだという目で彼女を見ながら、カイルが厩舎へ続く門を開けた。ふたりは急いで歩を進めた。彼が右へ――馬車が待っているはずの方角へ曲がろうとする。

「だめ！」アルフはカイルの腕をつかんだ。

「なんだ？」立ち止まった彼が、いらいらと不機嫌そうな顔を向けてくる。

「馬車にたどり着いたところでつかまりたいの？」強い口調できいた。「反対方向へ行くほうがいい」彼女は頭を傾けて左を示した。

カイルは言われたとおりにそちらへ曲がった。「追いつかれるぞ」

「まあ、そうなるでしょうね」アルフは言った。「ここがいいわ。これを持っていて」

まだ握りしめていた紙の束をカイルに差し出す。彼はそれをベストの内側に突っ込んだ。それからアルフは何層にも重ねられた美しいレースを袖から引きちぎった。これほど見事なレースは、おそらくどこか外国で作られたものだろう。何カ月もかかったはずだ。たいていの人が一年で目にするより多い金額が支払われたに違いない。

彼女はレースを泥に落として踏みつけた。こうしておけば、明かりを向けられても高価なレースとはわからないだろう。

次にスカートをたくしあげると、ひもを解いてパニエをはずし、塀の向こうへ投げた。

その頃にはカイルも彼女の計画を理解したようだった。彼はドミノマントを脱いで脇に放り、アルフの顔の半分を覆う仮面も取った。彼女がコルセットのステーの内側に手をもぐり込ませ、襟ぐりから胸の先端がのぞく位置までふくらみを引っ張りあげるのを見ても、カイルは平然としていた。

ただ、目だけがきらりと光った。

ふたりは厩舎の端まで来ていた。向こうに見える通りは馬車と、主人を待つ御者たちで混雑していて、彼らが集まるたき火の炎がちらちら揺れていた。

追っ手の足音はもうすぐそこまで迫っている。気おくれしたり、考え直したりする時間はなかった。〝計画を立てたら、それをやり抜け〟ネッドはいつもそう言っていた。

アルフはカイルと自分の剣を手に取った。石塀を背にしゃがみ、広がったスカートの下に剣を隠して冷たい地面に膝をつく。

顔をあげると、カイルが黒い目を見開いてつぶやいた。「なんてことだ」

驚きか、欲望か、あるいはその両方のせいで、美しい唇を開いて顔を引きつらせている。

彼はアルフのほうへ身をかがめ、片方の手を塀についた。コートの長い裾が前に垂れさがり、彼女の顔と肩を隠してくれる。

近づく足音を聞きながら、アルフは震える指でカイルのブリーチズの前を開いた。下腹部はかたくなっている。期待が募り、彼女は我慢できずに笑みを浮かべた。

こんな危険な状況にもかかわらず。

いや、危険だからかもしれない。

カイルとアルフは、初めて彼を見かけたときに思った以上によく似ているのだ。

コートの布地越しに明かりが見え、彼女は急いでカイルの下着を開けた。たくましく張りつめた部分がすぐそこにある。

とても熱い。

アルフは考えるのをやめた。

こわばりを口に含み、麝香《じゃこう》のような香りを吸い込む。

「そこで何をしているんだ？」知らない声が尋ねた。従僕のひとりだろうか？

「何をしているように見える？」カイルがうなった。

「紳士とレディが通らなかったか？」

アルフはセントジャイルズで娼婦たちがしていたように、頭を上下に動かした。もちろん、そういう光景を見たことはあった。何度も。あの地域でこれを知らずに育つなんてありえない。けれど彼女自身は、一度も経験がなかった。知らなかったのだ。まさかこんな……。

ああ。

この行為が女性の側にも歓びをもたらすものだとは知らなかった。凍《い》てついた地面の上で、敵に取り囲まれた状態でそんなことに気づくなんて、おかしくはないだろうか？

危険のさなかにいるというのに。

頭上から聞こえたうめき声の振動が、唇のあいだにも伝わってきた。

「くそっ、たとえ通り過ぎたのが国王陛下だって気づくものか」カイルが彼女の髪に手を差し入れる。「ああ、その調子だ、いいぞ。舌を使うんだ」

アルフは指示に従った。それに反応した彼が腰を突き出し、ふくらんだ先端がさらに奥まで押し入ってきた。

誰かが何かささやき、ほかの誰かが笑う声が聞こえたかと思うと、周囲にいた男たちが立ち去る気配が伝わってきた。

夜気の中、カイルの荒い呼吸が響く。

アルフは口に入りきらない部分に指を巻きつけ、上下に動かしはじめた。

「行ってしまったよ」息を乱した彼が小声で言った。

欲しがっている。カイルがわたしを。

アルフは彼を見あげて、さらに強く吸った。

あたりは暗かったが、それでもカイルの目のきらめきはわかった。彼はアルフを見つめていた。ひざまずき、彼のものを口にしているアルフを。

カイルの鼻孔が広がり、美しい上唇がゆがんだ。

舌先で先端部分の下をこすると、彼は息をのんだ。手を伸ばしてアルフの頬を撫でる。

濡れて広がった唇の端に親指が触れた。

次の瞬間、カイルは彼女の口の中に精を放った。

アルフは目を閉じた。脈動を感じ、彼のうめき声に耳を澄ませ、舌の上のものを味わわないように努める。自分自身に触れたいと願いながら。

「アルフ」彼がささやいた。

口の中のものが滑り出て、ハンカチが押し当てられた。

そこに中身を吐き出して唇をぬぐい、身支度を整えるカイルを見つめる。彼の指はまるで熱病に冒されているかのように震えていた。

アルフは微笑んで、ふたり分の剣を手に立ちあがった。

カイルが両手で彼女の顔を包み、すばやくキスをする。

「いったいきみをどうすればいいんだ？」

彼は剣のひとつを受け取り、アルフを引っ張って小道を戻っていった。ダウリングの屋敷の横を通り過ぎる際にちらりとうかがうと、騒ぎになっているかと思っていた庭は、意外にも闇に包まれていた。

ふたりは急いでそこを抜け、まもなく厩舎にたどり着いた。乗ってきた馬車は角を曲がったところに止まっていた。

近づいていった彼らに、タルボットが低い声で尋ねた。「レディ・ジョーダンは？」

ジェンキンズの隣の御者席に座るタルボットを見あげて、カイルがきいた。

「まだ戻っていないのか？」

ふたりが同時に首を横に振る。

「ちくしょう」カイルは小声で言った。「アイリスがまだ中にいる」

本来は、一緒にダンスを踊るのはもちろん、紹介を受けていない紳士と話をしてはいけないのだ。アイリスは絶望的な気分だった。ダンスの誘いを断るべきだったのは間違いない。

それなのに彼女は今、礼儀正しい動きでステップを踏みながら、ダイモア公爵と踊っている。公爵位の持ち主とはいえ、明らかに紳士ではない男性と。

「あなたの番人はどこにいるのです？」ダンスが進んでふたたび近づくと、彼はあの声で尋ねた。地獄の業火を思わせる、あの暗い声で。

「なんとおっしゃったのかしら、公爵閣下？」

まるで愚か者を相手にしているかのように、ダイモアがため息をついた。「わたしがこの部屋に入ってきたとき、あなたが腕に手をかけていた紳士ですよ」アイリスの手を取って舞踏室の中央を行進しながら、公爵はちらりと彼女に目を向けた。その灰色の目の冷たい暗さにぞっとして、アイリスは必死に身震いをこらえた。「もしかして愛人かな？」

彼女は公爵をにらみつけた。「大きな勘違いをなさっていらっしゃるわ」

「わたしが？」アイリスの貞節をおとしめる発言をしたというのに、彼はまったく意に介していない様子で肩をすくめた。「愛人だったとしても、おかしくはないでしょう。その点はあなたも認めざるをえないはずだ」

「いいえ、そんなことを認める必要があるとは思えません」静かに応える。

「ああ、なるほど」ダイモアの唇が曲線を描いた。傷跡が口の右側を変形させているせいで、ひどく不安をかきたてる笑みだった。「では、あなたはただの、かわいそうなほど世間知らずな女性というわけだ」

彼の言葉にひどく侮辱されているように感じるのはなぜだろう？　ダンスのステップに従

ってふたたび公爵と離れるときになっても、アイリスはまだ考え込んでいた。

それから何度かくるくるまわるあいだに、次こそは辛辣な返事をしてやろうと知恵を絞る。それなのに、いざそのときになって自分の口から出た言葉にはがっかりした。

「先ほどおっしゃったのはどういう意味ですの？」

「あなたが世間知らずだと言ったのは」人間味の感じられない、クリスタルを思わせる目でアイリスを見据えて、公爵が答える。「自分がどんな場所にいるのか、理解していないようだからですよ」

アイリスは眉をつりあげた。「あなたはどんな場所だと思っていらっしゃるの？」

「地獄」

笑い飛ばすべきだ。彼のせりふはあまりに芝居がかっている。ふたりがいるのは舞踏室なのだ。暑くて、混みあっていて、かすかにかびくさい舞踏室。

けれども問題は、彼が真剣にそう思っているという点だ。それにアイリスも、〈混沌の王〉のメンバーが少なくともふたりはこの屋敷内にいると知っている。

公爵自身もそうだとすれば、三人だ。

完璧に無表情を保てている自信はあったので――心臓は早鐘を打っていたけれど――アイリスはただ相手を見つめ返した。

何も言わない彼女を見て、ダイモアが目を細める。「不思議なのは、あなたの連れがこんなか弱い牝羊を狼たちの巣の中に放置して、いなくなったことだ。なんであれ、よほど重要な用件があったに違いない」

赤みがかった恐ろしげな傷が冷笑を形作り、冬を感じさせる冷たい視線がアイリスに突き刺さった。

互いの手のひらを実際に触れない程度に近づけて高く掲げ、もう一度円を描いて踊りながら、彼女は恐怖で体が小刻みに震えるのを感じた。舞踏室の外へ出るドアのほうは絶対に見ないように気をつける。

アイリスは息を吸い込んで言った。「わたしのことを羊だとおっしゃったの？」

公爵の眉が——傷で分断されていないほうの眉があがった。顔の右側を覆ってしまえば、彼はアイリスがこれまでに出会った誰よりも整った顔立ちをしていると言えるかもしれない。

「あなたはなぜ今夜ここにいらっしゃったのか、お尋ねするべきかもしれませんわね、公爵閣下」意識して落ち着いた声を出す。退屈していると思われるように。「ダウリング子爵に特別なご用がおありだったのかしら？　明るい日中にはふさわしくないような、お話があったとか？」

そこで音楽が終わり、アイリスは膝を折ってお辞儀をした。

体を起こすと、ダイモア公爵が彼女の手を取って自分のほうへ引き寄せた。

すぐ近くへ。

ブランデーの香りがする息が顔にかかる。彼は不機嫌な声で言った。「こんなところへあなたを連れてくるなんて、あの男はばかだ。おまけにあなたをひとりにするなんて、まったくの愚か者だ。子羊は急いで逃げなさい。自分にふさわしい場所へ走って帰るんだ」

そう言うと、公爵は一歩さがってお辞儀をした。さっと背を向け、ゆったりとした足取りで去っていく。

まあ。

アイリスはごくりと音を立ててつばをのみ込み、扇を開いた。

なんてこと。

ダイモア公爵の忠告をすぐにでも聞き入れたかったけれど、そうはせずに見た目は落ち着き払って、舞踏室の出入り口へ歩きだした。笑みを浮かべ、すれ違う人々に頭を傾けて挨拶をしながら。顔見知りの三人の女性たちと、立ち止まって少しおしゃべりさえしてみせた。

だがそのあいだも、アイリスの両手はずっと震えていた。

ようやくドアにたどり着き、控えていた従僕に声をかける。肩掛けを預けていること、頭痛がすること、そして同伴者は馬車を探すために先に出たことを告げた。

そこまで話したところで、あとをつけられているような感覚に襲われ、彼女は振り返って舞踏室をうかがった。

こちらを見ている者は誰もいなかった。

部屋の向こう側にひとりで立っている、ダイモア公爵を除いては。彼はアイリスにうなずいてみせると、向きを変えて行ってしまった。

彼女は急いで階段をおりた。

玄関では肩掛けを持った従僕が待っていた。礼を言って受け取り、ドアの外へ出る。

馬車がいない。

アイリスは息を吸い込んだ。これは予想されていた事態で、心配することは何もないはずだ。恐慌をきたしてはならない。今は絶対にだめ。あらかじめ取り決めておいた待ちあわせ場所は、角をまわったところだ。彼女はスカートを持ちあげて歩きはじめた。通りには、舞踏会の招待客を待っているらしい馬車が並んでいた。主人たちが屋敷内でダンスを楽しんでいるあいだ、御者や従僕たちはたき火のまわりに集まって暖を取っている。

通り過ぎるアイリスに、ちらりと視線を投げかける者もいた。

彼女はさらに歩みを速めた。

ヒューとアルフはどこだろう？　もしかして、まだ中にいるのだろうか？　まさか、つかまった？　もしそうだとしたら、急いで馬車を見つけて、ヒューの部下たちを送り込まなければ。もっとも、彼らの救出に三人で足りるかどうかはわからないけれど。

アイリスは唇を噛んだ。背後から聞こえてくるのが、自分の足音が反響したものだと気づいたのだ。

角を曲がり、馬車が待っているはずの小道に入る。いつの間にかスカートを抱えあげて早足になっていた。大きな通りの明かりが届かない小道は薄暗く、敷きつめられた丸石が氷のように冷たく感じられた。一台の馬車が音を立てながらゆっくりと近づいてくる。先ほどの通りを渡るべきだったのかも……。

彼女が顔をあげたちょうどそのとき、すぐそばに大柄な男が現れた。「マイ・レディ」

アイリスは息をのみ、身を守ろうとして本能的に手をあげた。「まあ、タルボット。いやだわ、驚かさないでちょうだい」

「すみません」彼はアイリスの腕を取った。とんでもなく無礼な行為だが、それを言うなら、今夜はとんでもないことばかりだ。「こちらへどうぞ。向こうに馬車が」

彼女はうなずいたものの、どうしても振り返らずにいられなかった。

誰もいない。

あっという間に馬車にたどり着いた。タルボットはアイリスに手を貸して中に乗り込ませると、ドアを閉めた。

車内にいたのはアルフひとりだった。生け垣のあいだをうしろ向きに引きずられたかのようにひどい姿だが、どうやら無事らしい。「ヒューはどこ?」

「あなたを探しに行ったの」アルフが答えると同時に馬車が動きだした。「あなたがまだ来ていないとわかって心配していたわ」

「まあ、大変」アイリスは口を手で覆った。「タルボットを向かわせるべきかしら?」

「いいえ」首を横に振ったものの、アルフは不満げだ。「あなたが見つかったら、先にカイル・ハウスへ帰れと命じていたから」

「だけど――」

突然ドアが開き、抗議の声はさえぎられた。動いている馬車にヒューが飛び乗ってくる。

彼はアルフの隣の席にどすんと腰をおろした。「きみが無事に出てこられてよかった」

愚かにも涙がこみあげてきた。手はまだ震えている。「あなたたちふたりにも同じことが言えるわ。こんなこと、もう二度と、絶対にしない」

「何があったの？」アルフがきいた。

「ダイモア公爵がやってきたの」アイリスはヒューを見て続けた。「あなたが舞踏室を離れてすぐに。彼はわたしにダンスを申し込んだわ」

ヒューの口元がこわばった。「やつに危害を加えられたのか？」

首を横に振る。「舞踏室の真ん中では無理よ。そうでしょう？　わたしのことを羊と呼んで、立ち去るように警告しただけ」

「羊？」アルフは困惑した表情だ。

「気にしないで」アイリスは冥界の王の姿を脳裏から追い払った。「それで、何か見つかった？　ここまでする価値はあったの？」

「ええ、もちろん」満足そうなアルフの声に、アイリスは思わず顔をあげた。薄暗い馬車の中でも、彼女がにっこりしているのがわかった。「ダウリングの秘密の隠し場所を見つけたの」そう言うと、アルフはボディスの内側からくしゃくしゃになった一枚の紙を取り出した。

「これが入っていたわ」

15

　年月が流れ、やがて黒の王子は成長をとげ、父王と変わらぬ力を身につけるようになりました。黒い衣をまとい、片方の腕に金色のハヤブサを止まらせた王子が馬を走らせる姿は、黒の王国ではありふれた光景となり、それを目にしたほとんどの者が恐怖に身を震わせて、深く頭をさげるのでした……。

『黒の王子と金色のハヤブサ』


口の中には、まだ彼の味が残っている。

カイル・ハウスの食堂で、アルフはカイルがテーブルに身をかがめて、手紙やしわくちゃになった契約書の束、彼女がダウリングの机で見つけた紙を広げる様子を見つめていた。

彼は眉間にしわを寄せて書類を凝視しながら、指で配置を整えている。本人はたいしたけがではないからと抗議していたものの、腿の傷はジェンキンズが手際よく手当てをして包帯を巻いていた。

背が高く、肩幅が広いこの人は、わたしのもの。

社会的にも法的にもまったく意味をなさないが、アルフは心の奥でそう感じていた。この男性は自分のものだと。両手で、口の中で、彼をとらえた。彼の種を味わった。彼と一緒に逃げた。彼を案じて、心の底からの恐怖を覚えた。

彼のために、女になった。

アルフにはわかっていた。たとえ今すぐ背を向けて玄関から出ていき、二度と会うことがなかったとしても、彼とはずっとつながっているという感覚を持ち続けるだろう。

心の中で永遠に。

自分が誰かと、男性と、こんな関わりを持つことになるなど思いもしなかったので、少し厳粛な気持ちになっている。畏怖の念に包まれ、興奮して、もしかすると不安を感じているのかもしれない。

でも自分に、セントジャイルズ育ちのただのアルフに与えられたこの奇跡を楽しめないほど、怖がっているわけではなかった。

長いあいだ喉の渇きに苦しんでいたところへ飲み物を差し出され、それでも両手でつかもうとしないなんて愚か者だ。

「これがアルフが発見したすべてだ」カイルの声が彼女を現実に引き戻した。

隣に座っていたアイリスが身を乗り出す。ふたりの向かいにはカイルの部下たちがいた。

ライリーが契約書を自分のほうへ引き寄せ、タルボットとともに目を通しはじめた。

ジェンキンズは手紙を開いた。その横ではベルが、ジェンキンズの肩越しに手紙をのぞき込んでいる。彼は集中するあまり難しい顔つきになり、無言で唇を動かしながら、一緒になって手紙を読んでいた。

「これは何かしら？」顔色が悪く、声もかすれて、アイリスは疲れているように見えた。眉をひそめた彼女は、アルフが秘密の隠し場所で見つけた折りたたまれた一枚の紙を取りあげた。

「わからないけど、ダウリングは厳重に隠していたわ」アルフはうなずいて言った。カイルが彼女を見つめている。ほんの一時間ほど前にふたりがしていたことを、彼も思い返しているのだろうか？　そうであってほしい。「秘密の隠し場所は、机の鍵のかかった引き出しの、さらに奥にあったの」

「ほかの書類は？」手で指し示しながら、カイルがきく。

「残りは全部、机のふたつの引き出しに入っていたわ。どちらも鍵がかかってた。あれだけが――」アイリスが持つ紙を顎で示して続ける。「隠し場所に入れてあったのよ」

「では、おそらくそれがもっとも重要なものということになるな」

「そうだとしても、わたしには理解できないわ」アイリスが静かに口を開き、平らに伸ばした紙をテーブルに置いた。全員が身を乗り出してのぞき込む。

618165036183646592　81848372816504
726584927265　62619283659494

928462659294 638463756592
02748181746182 73848194
85737481817485 026181946592
02748181746182 029274727394
726584927265 637395926373
836194736183 9381846384826265
8374637384816193 94736163756592
947384826193 82610493
848164 9361748394 8261920493 8471
02618585748372 848164 9394619293

「何かの台帳でしょうか？」ライリーが言った。

「こんなのは見たことがないな」ジェンキンズが静かに口を開く。「この数字はおかしい」

「それに最後の行を見て」アイリスが一番下に並んだ一連の数字を指で叩いて言った。頭を傾けた彼女は、先ほどより活気づいて見える。「数字がなんらかの単語を表しているんじゃないかしら」

ジェンキンズが彼女を見て、それからカイルに視線を移した。「暗号ですか？」

「それなら納得だ」カイルは体を起こした。「数字をここに書かれているとおり、正確に写し取ってくれ。おまえとライリーのふたりで、できるかぎり急いで解明してほしい。手紙とほかの書類も忘れるな、アルフが見つけたものはすべて、詳しく調べる必要がある」

名前を口にしてアルフのほうを示しておきながら、カイルは彼女を見ようとはしなかった。まるで視線を合わせるのを避けているように。ほかの人たちがいる前で彼女を見たら、気持ちが目に表れてしまうかもしれないと恐れているのだろうか？

それとも、あの行為を後悔している？

アルフにはわからなかった。わからないことがつらくてたまらない。これほど早く終わりにしたくない。いやだ。まだだめ。心の一部が叫びをあげていた。

けれどもそのとき、アルフは厩舎で彼女を見おろしていたカイルの表情を思い出した。黒い目のきらめきが脳裏によみがえる。

彼の気持ちは、まだ離れたわけではない。アルフはそう思った——いや、願った。

アイリスが咳払いをして言う。「わたしにも暗号の写しをもらえるかしら？」

男たちがいっせいに彼女を見た。

頬をピンクに染めながらも、アイリスはカイルの視線を受け止めて続けた。「ちょっと気になって……。わたし、昔からパズルが好きなの」

ジェンキンズが咳払いをした。「すぐにご用意しますよ、マイ・レディ」

アイリスは灰色の髪をしたその男性に向き直り、新しい紙を取り出して数字を移しはじめた彼に微笑みかけた。「ありがとう」

カイルがうなずき、元擲弾兵をちらりと見て命じる。「タルボット、レディ・ジョーダンが間違いなく無事に帰宅するよう、一緒に馬車に乗っていってくれ」アイリスに向けた彼の表情は、妙によそよそしかった。「つまり、きみが同意してくれればの話だが」

「もちろんかまわないわ、ヒュー」アイリスがきっぱりと応える。

ふたりの様子を見つめながら、アルフは眉をひそめた。カイルとアイリスのあいだには、舞踏会へ行く前にはなかった緊張感のようなものがある。

タルボットが立ちあがった。「かしこまりました。馬車の準備ができているかどうか、見てきましょう」

大柄な男はそう言うと、食堂を出ていった。

「疲れているだろう、アルフ」カイルは声をかけたが、まだ目を合わせようとはしなかった。

「われわれにつきあって起きている必要はない」

その言葉を耳にしたとたん、追い払われているのだとわかった。「それじゃあ、おやすみ、旦那。ジェンキンズ。ライリー。ベル」もうひとりの女性にも微笑みかける。「アイリス」

アイリスが疲れた様子でうなずいた。「おやすみなさい、アルフ」

口々におやすみと言う男たちの声を背中で聞きながら、アルフは部屋を出た。ドアを閉めるときに振り返ると、彼らはすでに身をかがめて書類を調べていた。

食堂の外のテーブルに立ててあったろうそくを手に取り、薄汚れてみすぼらしくなったスカートをつまみあげて歩きだす。まるでシンデレラみたいじゃない？　真夜中をとっくに過ぎたシンデレラ。

もっとも、シンデレラは王子様の下腹部に口をつけたりしなかったけれど。

泥だらけのスカートを引きずりながら、アルフは大理石の大階段をのぼっていった。彼女が残した汚れをきれいにするために、気の毒なメイドの誰かが夜明け前に起きなければならないだろう。アルフが本物のレディなら、そのメイドのことなど考えもしないだろうけれど。

でも、彼女はレディではない。セントジャイルズ育ちの孤児だ。これまでの人生で見つけたいいものはすべて、盗んだり、あさったり、物乞いしたり、苦労したりしなければ手にすることはかなわなかった。

欲しいものが手に入るまで、ただ座って待っているのは性に合わない。

それがどうしても必要なものなら。

二階の踊り場に着いたアルフは、一瞬もためらわなかった。廊下を進んで最初の角を曲がり、現れたドアを開けてみる。

鍵はかかっていなかった。

彼女は笑みを浮かべてカイルの寝室に入った。

ドアを閉めて、ろうそくをテーブルに置く。

公爵のためにしつらえられた、広々として立派な部屋だ。ドレスの留め金をはずしながら、アルフはぶらぶらと室内を歩きまわった。主《あるじ》が戻ってきたときに寒くないように、暖炉に火が入れられている。大きなベッドは青と金の布で覆われていた。彼女はにっこりしてドレスを床に落とした。壁にいくつかかっているのは、どれも緑の森林地帯の絵だった。巨大な木々と広大な青い空、そして見渡すかぎり建物ひとつない光景。彼はこんな場所を目にしたことがあるのだろうか？

アルフは一度もなかった。

肩をすくめてコルセットのステーをはずし、慎重な手つきで椅子にかけた。哀れな姿になったかかとの高い靴を脱いだところで、思わず舌打ちする。繊細な刺繍の施された布地は裂け、泥がこびりついて、靴は台なしになっていた。残念だ。シルクのストッキングにも泥が散っているものの、丁寧に洗えばこちらはまだ使えるだろう。シュミーズも。両方合わせれば、かなりの金額になるかもしれない。ロンドンでは中古の衣服が高値で売れるのだ。彼女はシュミーズを引きあげて頭から脱いだ。

裸になると、きれいな水の入った水差しが置かれた戸棚へ歩いていく。カイルは自分に仕えるためにこの部屋を出入りする使用人たちについて、考えたことがあるだろうか？　彼らがどこの出身で、何を願い、どんな夢を持っているか。そして彼らにも家族がいることに、思いをめぐらせる機会はあるのだろうか？

ほとんどの主人たちの場合はないだろう。でもカイルは……彼なら、考えたことがあるかもしれない。カイルはベルを受け入れ、母親の兄とその息子たちに金を与えた。実際のところ、彼は周囲の人々の多くを気遣い、面倒を見ているようだ。

アルフも含めて。

彼女は水差しの水の半分を洗面器に注ぎ、布を一枚取って体と顔を拭いた。髪を留めていたピンを引き抜き、くしでとかす。

それからカイルのベッドにあがり、上質のシーツの上で体を伸ばした。彼はアルフに、自分のために女性になってほしいと言った。そして彼女は勇気をかき集め、機転と知恵を働かせて、不屈の精神でそれをやりとげたのだ。

そして今は、女性になったことに対するご褒美が欲しかった。


ヒューは疲れ果てて自室のドアを開けた。もう夜明けに近い時刻だったが、手紙がとある既婚女性とダウリングとの情事を示すものだということ以外、何も発見できていなかった。それに、あの暗号は単純に数字と文字を置き換えたものではないようだ。

ため息をつき、彼は上着を脱いだ。暖炉のそばの椅子に上着を放り投げようとして、すでに何かが置かれていることに気づく。コルセットのステーだ。

少しのあいだ、ヒューはただじっとそれを見つめていた。あまりに疲れすぎていた。

それからドレスに気がついた。次にシュミーズ、泥だらけの靴、そして最後に、ベッドでぐっすり眠るアルフの姿に。茶色の髪が枕の上に広がり、くしゃくしゃになったシーツを押しさげて胸をあらわにした彼女は美しかった。

なんということだ。

ヒューがもっと善良な人間なら、彼女を起こして部屋から出ていかせるだろう。あるいは彼自身が出ていくか。

だがそうする代わりに、ヒューは服をすべて脱いだ。アルフが残しておいてくれたらしい清潔な水で顔や体を拭き、ベッドにもぐり込む。

「旦那」胸に引き寄せると、彼女がつぶやいた。

「眠るんだ」アルフの肩のやわらかい肌に唇をつけて、彼はささやいた。

「うーん」腕の中で彼女が身をくねらせる。かわいらしいヒップをヒューの下腹部に押しつけ、背中を胸にもたせかけた。安心したように、彼女の体から力が抜ける。

ヒューは片方の腕をアルフのウエストにまわし、もう一方の手で胸のふくらみを包んだ。そして彼自身も眠りに落ちていった。幸いにも、頭痛に悩まされることなく。


「アルフ」カイルの低い声に呼ばれ、夢の中から意識が浮上していく。

まぶたを開けると、そこは早朝の光が差し込む寝室で、彼女の上にかがみ込むカイルの姿が見えた。花が開くように、純粋な喜びが胸に広がる。アルフは首に腕をまわして彼を引き寄せ、唇を開いてキスをした。

カイルが頭をあげた。黒い目のまわりにしわが刻まれている。「ここにいてはいけない」

彼女はくすくす笑った。「わたしがおとなしく言うことを聞くと思う、旦那？」

眉をひそめた彼は厳しい顔になった。顎の無精ひげのせいで、海賊のように見える。いらいらしている海賊だ。「きみをいいように利用したくない」

「利用っていうのは」アルフは眉をあげた。「お金持ちが世間知らずな良家のお嬢さんにすることじゃない？」

カイルが顔をしかめる。

眉間にできた深い筋に、彼女は親指を押し当てた。「いったいどうして、わたしを育ちのいいお嬢さんみたいに扱うの？　心配したり、守ったりしなくちゃいけない相手だとでも？」カイルの答えを待たずに続けた。ふたりのこの関係が、いつまでも続くものではないと知っているからだ。おそらく一日か二日、一週間ももてば幸運だろう。高貴な生まれの彼の倫理観のせいで終わりにされてはたまらない。アルフのこれまでの人生で、多くのものが手に入ったためしはなかった。男性に関しては一度も。だから今回だけは、ほかの女性たちのように何かを――誰かを――自分のものにしたかった。喜びとやさしさを手に入れ、愛されるというのがどんなものか感じてみたい。

カイルの目を見て言う。「わたしは繊細な娘じゃない。自分の面倒を見られないレディでもないの。ゆうべ、ダウリング子爵の書斎に忍び込んだのは誰？」

「きみだ」

「男性と剣で戦って、勝負したことを相手に後悔させるのは？」

彼の口の端があがった。「きみだ」

「ダウリングが差し向けた追っ手からまんまと逃げおおせて、ついでにあなたを満足させたのは誰かしら？」

カイルはいやな顔をした。「きみだ」

黒い目を見つめて続ける。「このベッドでは、わたしはあなたと対等なの。つけ込まれることなんてない」

「経験はあるのか?」

「ないわ。だからこそ、したいのよ」アルフは指先で彼の下唇を撫で、カールした濃いまつげに縁取られた黒い瞳をのぞき込んだ。

カイルが目を閉じる。「くそっ」

腿に当たる彼のものが、かたく脈打っているのがわかった。これが欲しい。どうしてもカイルが欲しかった。

「いいでしょう?」アルフはささやき、短く刈った彼の髪に両の手のひらを這わせた。本当は心臓が口から飛び出そうなほど、どきどきしている。「ね?」

うなったかと思うと、カイルはいきなり彼女にキスをした。押し寄せる潮の流れに必死で耐えていたにもかかわらず、突如として波にのまれてしまったかのように。甘く、やさしくアルフの唇を開かせ、滑り込ませた舌を口の中でうごめかせる。カイルは彼女の上にのしかかった。大きくて熱い体を感じ、アルフは毛に覆われた彼の腿に自分の脚を絡ませた。太腿に熱いものが押し当てられる。

喉の奥から高い声が出た。彼の下で身をくねらせ、肌が触れあう感覚を味わう。あたたかい肌だ。じらすように、カイルの胸毛が彼女の胸の先端をこすった。もう一度感じたくて、背中をそらし、胸を突き出す。

ところがカイルはキスをやめて身を引いた。一瞬、彼がこのまま起きあがって部屋を出ていってしまうのではないかという、恐ろしい考えが頭に浮かぶ。けれどもカイルの唇は、彼女の顎の下へ移動しただけだった。そんなところが感じると、アルフは初めて気づいた。どうして今まで知らなかったのだろう？　自分以外、誰も彼女の首筋に触れなかったからだ。カイルのキスは喉を滑りおりていく。どうしようもなく体が震えて、彼女はつばをのみ込んだ。これから何が起こるのかわからない。こんな光景は、セントジャイルズの裏通りでは見たことがなかった。

これは愛しあう恋人たちのためのものだ。夫や妻の。お互いを知り、慈しみあっている者たちがすることだ。

カイルの舌に喉元のくぼみをたどられると、妙な気分になってすすり泣きがこぼれた。彼はアルフがまるで大切な何か——誰か——であるかのように触れてくる。とても美しいものだと言わんばかりに。

肌をかすめるキスが胸の先端を見つけた。その周囲をじらすように舌がさまよう。たまらずアルフが背中をそらして、自らを差し出すまで。

カイルの口が、かたいつぼみをとらえて吸いあげる。だが、すぐに反対側のそれに移ってしまう。

不満の叫びをあげたアルフの耳に、彼が小さく笑う声が届いた。突起に舌を這わせながら、もう片方の濡れた頂を指で弾く。

彼が腹部へ移動する頃には、アルフは息を切らせていた。大きな手がヒップを包み、舌がへそに沈む。さらに下へ行こうとするのがわかって脚を閉じようとしたが、カイルは当然のように腿をとらえて開かせた。広げた脚のあいだに身を横たえ、秘めやかな部分に顔を近づけたカイルが視線をあげた。「じっとして」

そして頭をおろして口を開き、彼女を含んだ。

驚愕のあまり体がこわばる。彼があんな……あんなところにキスをしている。

いつの間にか、アルフは自分でも聞いたことのない声をあげていた。人生でこれほどすばらしい感覚は初めてだ。カイルの舌が強く、ゆっくりと、円を描いて動く。頭がどうかなりそうだ。すべての中心となる脚のあいだで生まれた快感のうずきが、火花を放ちながらおなかに広がり、背筋を駆けあがっていった。彼が荒々しく舌を躍らせている、その場所から。

アルフは何も考えず、腹部に手を広げてチリチリする熱を感じ取ろうとした。最高の心地だ。息ができない。目も見えない。ただどんどん熱くなって、悲鳴をあげたくてたまらなくなる。

ふいに衝撃が襲い、彼女は背中を弓なりにした。舌を使って痛いほどに甘美な苦悩を与えながら、カイルは両手でアルフのヒップをしっかりつかんで支えた。

彼女が半分まぶたを閉じ、息をあえがせてぐったりしているあいだに、カイルは身を起こし、自分が制圧した体に沿って上へあがってきた。

「気に入ったか？」アルフの耳元でささやく。

ひどく満足げな声だ。

「わかっているくせに」今のことが現実の出来事とはとうてい信じられず、アルフは本当に自分の味がするかどうか、彼の唇を舐めて確かめた。

そして首に腕を巻きつけてキスを深めようとすると、かたいものが体に触れるのがわかった。

濡れた襞のあいだにカイルの熱を感じる。彼は体を引きあげ、こわばりの先端で感じやすいつぼみをこすった。

一度。二度。

アルフは達したばかりだ。刺激が強すぎる。

こらえきれずに、すすり泣きをもらした。

「これはどうだ？」カイルが彼女の顎に口をつけてささやいた。けれども呼吸がままならず、返事ができない。

それでも言いたいことは伝わったのだろう。彼はアルフの上で腰を動かし、彼女を身もだえさせた。

カイルと一緒に動きたくなる。

ところが彼はそれを許さず、アルフを押さえつけるようにして、もう一度こすった。やさしくキスをしながら。

甘く濃密な空気の中で、彼女は熱く濡れそぼっていた。

「それをちょうだい」アルフは言った。「お願いよ」

目を開けてカイルの顔を見ていると、彼は体を引いて腰の位置を少しさげ、秘部に分け入ってきた。

太いものが押しつけられる。熱い。とても熱い。

苦しくてたまらない。

けれども視線をそらさず、カイルの目を見つめ続けた。官能的な口元には笑みが浮かび、額には汗が光っている。彼は両肘をついて自らを支えた。

そしてもう一度突き入れ、押し広げるようにして進んだ。カイルが歯を食いしばる。

アルフは彼の腰に脚を巻きつけ、つま先で脚を撫でた。

カイルがぐっと動くと、腰がぴったり合わさってすべてが中に沈み、アルフは彼でいっぱいになった。

鼻から息を吸い込んだ彼の鼻孔がふくらむ。

彼女は頭をもたげてカイルの耳にささやいた。「わたしをめちゃくちゃにするつもり、旦那?」

「この小悪魔め」彼の息は荒い。

アルフは身構えた。カイルが自制心を失うかもしれないと思ったのだ。だが、彼はゆっくりと身を引いた。

やさしく。

そうして、またゆっくりと押し込む。

みだらと言ってもいい動きで。

これは性行為ではない。アルフが知っている、その言葉が表すものではなかった。

これは愛の交歓だ。

自分の上で慎重に動くカイルを見つめているうちに、こみあげてきた涙で目の奥が痛くなった。彼はとてもやさしい。まるでアルフが大切なものであるかのように。傷つけるのは耐えられないと言わんばかりに。

あまりにも甘く、あまりにも誠実で、夜空の星を見ても動かなかった心が開き、落ちていくのがわかる。このやさしさは危険だ。どんな歓喜の瞬間よりも。

壊されてしまうかもしれない。

彼が本気だとは信じられないから。ふたりのあいだのこの感情が、いつまでも続くとは思えないから。

だからカイルがふいに首をのけぞらせてアルフの中から抜け出したとき、彼女はほっとした。彼は胸の奥から低いうめきをあげ、自分のものを握りしめた。まぶたを閉じ、苦悶《くもん》の表情を浮かべて、アルフの腹部に精を放つ。

そのとき、彼女の人生に起こったもっともすばらしい出来事は終わってしまった。

16

　黒の王子が二一歳の誕生日を迎えたその日、父王は彼を呼びつけました。「息子よ、準備はほぼ整った」黒の魔術師は言いました。「しかし、力を完全なものにするために、おまえは最後にひとつ犠牲を払わねばならん。おまえの金のハヤブサの心臓を、わたしに差し出すのだ」

　黒の王子はまったく表情を変えませんでした。頭を垂れ、彼は言いました。「はい、父上」……。

『黒の王子と金色のハヤブサ』

　ヒューは悲鳴で目を覚ました。

　あわてて体を起こす。胸から飛び出るのではないかと思うほど、心臓が激しく打っていた。隣でアルフが悪態をつく声が聞こえた。

　そのとき、寝室のドアがいきなり開いた。

　子どもたちの新しい世話係のミリーを引きずりながら、タルボットが入ってくる。メイドは激しくすすり泣いていた。ふたりのうしろにはジェンキンズもいる。彼はベッドを一瞥《いちべつ》すると、アルフのシュミーズを拾いあげて彼女に渡した。

「話せ」タルボットがミリーを揺さぶった。「めそめそ泣くのをやめて、今すぐ説明するんだ」

「本当にすみません、旦那様！」メイドは床に膝をついて泣き叫んだ。「お許しください！」涙の筋がついた彼女の顔から、陰鬱な表情を浮かべるタルボットに視線を移したヒューは、内臓が凍りつくような感覚を抱いた。「何があった？」

アルフがヒューのむき出しの肩に腕をまわした。恐ろしい出来事が起こったかもしれないと身構えるこんな瞬間でさえ、彼女の存在は慰めを与えてくれる。

「わたし……わたしは……」ミリーはふたたび泣き崩れ、しどろもどろの釈明を始めた。

「旦那様」ジェンキンズがブリーチズを差し出す。

ヒューはそれを受け取って立ちあがり、全裸であることも気にせず身につけた。

「誰か説明しろ！」

「ピーターがさらわれたんだ」部屋の入り口にキットが立っていた。

時が止まったような衝撃を感じ、ヒューは長男を見つめた。

キットの顔は真っ青だった。片方の頰に長い引っかき傷があり、髪が乱れている。彼は……途方に暮れているように見えた。

黒い瞳がヒューの目をとらえる。「父上、ピーターが連れていかれちゃったんだよ」

彼は息を吸い込み、両腕を広げて言った。「ここへおいで」

少年は走って父親の胸に飛び込んできた。キットを抱いてベッドに腰をおろし、ヒューは深呼吸して頭を働かせようと努めた。

「何があったか教えてくれ」震える手で息子の巻き毛を撫でながら言う。

「ミリーがぼくらを朝の散歩に連れていった」キットが話しはじめた。「ぼくとピーターとプディングを」

「健康のためなんです。毎朝九時に」説明しようと必死になって、世話係が声をあげる。「いつもどおり、従僕もひとり連れていきました。旦那様、お願いですから――」

ヒューがにらみつけると、ミリーははっとわれに返って黙り込んだ。

キットはしばらく唇を結んでいたが、やがて震えながら息を吸って続けた。

「もうちょっとで家に着くっていうところで、プディングが猫を見つけて走りだしたんだ。ピーターはあとを追って角を曲がった。だけど、従僕とぼくが続いて角を曲がったときには、ピーターはもういなかった。プディングだけが馬車を追いかけようとしていた。その馬車は動きはじめていたけど、中にピーターが乗ってるのがわかった。窓から外を見ていたんだ」彼は涙でいっぱいの目でヒューを見あげた。「馬車を追いかけたかった。でも従僕に止められたんだ、父上。ピーティーを助けたかったのに」

ヒューは思わず長男を抱きしめた。その従僕が賢明にも息子の手を放さないでいてくれて、本当によかった。

「どんな馬車だったの？」そばからアルフがきいた。

「黒かったよ」キットが答える。

息子はアルフが父親のベッドにいることをおかしいと思っていないようだ。それだけ強い衝撃を受けているのだろう。

アルフがタルボットのほうを向いた。「その従僕は、ほかに何か言っていた？」

元擲弾兵は首を横に振った。「いや」

ヒューは目を閉じた。〈混沌の王〉の仕業に違いない。ダウリングの屋敷に侵入した翌朝早くにこんな事件が起こったのだ。偶然の一致とはとても思えなかった。昨夜はずっと仮面をつけていたにもかかわらず、エクスレイには名前で呼ばれた。声で気づかれたのだろう。くそっ、〈混沌の王〉について調べたせいでピーターが誘拐されたのだとしたら……。

彼は頭を強く振り、不快な思考を断ち切った。

今はそんなことを考えている場合ではない。頭がどうかなってしまう。

そのときライリーが部屋に現れ、静かに歩み寄ってきた。手紙を持っている。

「たった今、これが届きました。運んできた少年はまだ階下にいますが、事情は何も知らないようです」

ヒューは手紙を手に取ると、引き裂くように開けて中身を読んだ。

〝正午に、昨夜盗んだものをすべて、クルーの屋敷まで持ってこい。屋敷を襲撃しても無駄だ。息子はそこにいない。われわれの所有物を取り返したら、おまえを息子のもとへ連れていき、ふたりとも解放してやろう。寛大な申し出を拒まないほうがいい。さもないと、二度と息子に会えなくなるぞ〟

文末には、署名代わりに雑なイルカの絵が描いてあった。

ヒューは手紙をアルフに渡した。目を通しながら一度だけ鋭く声をあげたあと、彼女は黙り込んでしまった。

手紙に書いてある、ピーターと一緒に解放してやるという言葉は嘘だろう。〈混沌の王〉の手に落ちれば、ヒューはきっと殺される。その点で疑問の余地はない。ヒューは彼らの事情を知りすぎてしまったのだ。

息を吸い込んで吐き出し、考えをまとめようとする。「キット、歩道にいたとき、ほかに何か見なかったか？　いつもと違うことは？」

少年は眉根を寄せて考え込んだ。「なかった。でも、それならデイヴィッドおじさんにきけばいいよ」

ヒューはかたまった。「デイヴィッドおじさんだって？」

キットがうなずく。「歩道で会ったんだ。ぼくとピーターに手を振って、お茶とケーキがあるから一緒においでって言ってたよ。だけどミリーが、ぼくらには勉強があるから帰らなきゃならないって」

白熱した激しい怒りが体を駆けめぐる。ヒューは部下たちに目を向けて命じた。

「わたしの義弟をここへ連れてくるんだ。今すぐに」

四五分後、アルフは少年の服に身を包み、カイルとともに図書室に座っていた。タルボットとライリーによってデイヴィッドが連行されてくる。怒りか、うしろめたさか、あるいはその両方のせいか、彼の顔は赤く染まっていた。それでも、カイルの前では落ち着かなければならないと考えたらしい。

だが、その手段として偉そうに怒鳴り散らしたのはまずかった。

「従僕を送り込んできて、まるで債務者のようにぼくをここへ引きずってこさせるとは、いったいどういうことだ？」デイヴィッドが詰問した。

カイルは身じろぎもせず、暖炉のそばに立っている。あの恐ろしい手紙を読んでからの彼はやけに冷静で、それがかえって不気味だった。黒い目からあらゆる感情が消えている。顔には怒りも悲しみも浮かんでいなかった。

アルフはカイルのそばへ行きたいと思った。両腕をまわして広い胸に顔をうずめ、涙を流そうとしない彼の代わりに泣いてあげたい。面白くてかわいい小さなピーターは、必ず見つかると言ってあげたい。あの子はすぐに戻ってきて、プディングと遊んだり、キットとけんかをしたり、勉強や嫌いな料理に対して文句を言ったりするだろうと。

根拠はないが、アルフにはわかっていた。

彼らが相手にしている男たちは悪人だ。セントジャイルズの暗い森を歩きまわる怪物と同じくらい邪悪な〈混沌の王〉なら、すでに幼いピーターを殺しているかもしれない。恐ろしい光景が目に浮かび、彼女は唇に指を押し当てた。カイルは、多少は世の中というものを――この世には心のない人間も存在するということを――知っている人だ。

自分の息子がもう生きていないかもしれないと、彼は承知している。

それでもなお、まっすぐ立っているのだ。

アルフは目を閉じて顔をそむけた。小さな男の子のことを思い、その子の兄のことを思い、そして今回の出来事をなんとか切り抜けはするだろうが、途中で魂をなくしてしまうかもしれない男性のことを思って胸が痛んだ。

心臓が縮みあがり、走りだしたくなる。走って、走って、金髪の幼い男の子が傷つけられる姿を脳裏から消したい。

ああ、愛するというのはなんとつらいことだろう。

「何がしたいんだ?」デイヴィッドの大きな声が聞こえ、アルフはびくっとして目を開けた。

カイルの沈黙に不安をかきたてられ、我慢できなくなったらしい。

「なぜ口をきかない?」デイヴィッドが叫ぶ。「ぼくを無理やりここまで引っ張ってきておいて、質問もしないつもりか? なんの問題があるっていうんだ? いったい何が望みなんだ?」

「わたしの望みは」カイルがひどく静かな口調で返した。「息子だ」

「ぼくは――」

ついにカイルが動いた。すばやく三歩進み出ると、デイヴィッドのネッククロスをつかんでねじり、自分より小柄な相手がつま先立ちになるまで持ちあげた。

デイヴィッドが息を詰まらせ、カイルの手を引っかいて逃れようとする。

アルフはつばをのみ込んだ。カイルは義弟を絞め殺すつもり？　この部屋にいる誰も、彼を止めようとしないのだろうか？

カイルは手の力をゆるめたが、ネッククロスはつかんだままだ。デイヴィッドの顔の前に身を乗り出し、かすれた声で繰り返す。「欲しいのは、わたしの息子だ」

「やつらに殺される」デイヴィッドが言った。

「わたしなら殺さないとでも？」カイルは唇をゆがめて怒鳴ると、ふたたびネッククロスをねじりあげた。

「やめてくれ！」デイヴィッドは咳《せ》き込み、カイルが力をゆるめると息をあえがせた。「あの子を連れ去ったのは〈混沌の王〉だ」

「どこへ？」

「ぼ、ぼくは……知らない。教えてくれなかった。嘘じゃない！」

「〈混沌の王〉の誰だ？　誘拐の黒幕は誰なんだ？」

「ぼくは……その……わかった、やめてくれ！」デイヴィッドが目を閉じた。「エクスレイ伯爵。ダウリング。ほかにもいたと思う。本当に、ぼくが知っているのはそれだけだ。〈混沌の王〉は仲間にも正体を明らかにしない。そうやって秘密を守っているんだ」

カイルが目を細める。「仲間？」

「ああ……そうだ」デイヴィッドはごくりと音を立ててつばをのみ込んだ。「そう、ぼくも〈混沌の王〉のメンバーなんだ」

「血のつながった身内を裏切るほど、組織には忠実なのか」触れていると手が汚れると言わんばかりに、カイルはデイヴィッドを突き放した。「ちくしょう、おまえには良心がないのか？」

「良心？」デイヴィッドが喉に手をやってつばを吐く。「良心だと？　きみに切り捨てられなければ、ぼくだってあの子をおびき出す手伝いなんてしなかったよ。しかもあの子は、ぼくらが欲しかったほうではなかった。ピーターじゃなくて、クリストファーを誘拐する予定だったんだ。きみにとってはピーターなんてどうでもいいだろう？」

アルフは眉をひそめた。デイヴィッドは頭がどうかしているのだろうか？

カイルは義弟をにらみ続けている。「ピーターはわたしの息子だ」

デイヴィッドが首をのけぞらせて笑った。「いいや、違う。それはありえない。キャサリンが教えてくれたんだ」

「キャサリンが何を話したとしても、そんなことはどうでもいい」カイルは抑制のきいた口調できっぱりと言った。「自分が愚か者だからといって、わたしも同じだと思っているのか？　ピーターがわたしの血を引いていないことは、あの子が生まれる前から知っている。罪のない赤ん坊を――血肉を分けたわが子にとっての弟を無視するか、それとも自分の子どもとして育てるか、わたしには選択肢があった。そして後者を選んだ。心から望んで。ためらいなどなかった。ピーターは今も、これからも、ずっとわたしの息子だ。キャサリンが誰と寝てあの子を宿したかは重要ではない。ピーターはわたしの息子なのだから」

アルフはまばたきして涙をこらえた。カイルのピーターに対する愛情の深さには驚かされるばかりだ。

「重要に決まっている」貴族らしい顔立ちに嫌悪と困惑をにじませ、デイヴィッドが唇をゆがめてカイルをにらみつけた。「どんな理由をつけて正当化しようとも、きみの子じゃないのは事実だ。なぜこんなつまらないことで騒ぎたてるんだ？　よその巣に生みつけられた、ちっぽけなカッコウ――」

カイルの拳がまともに顎に入り、デイヴィッドは床に倒れ込んだ。

ジェンキンズが眉をあげ、かがんでデイヴィッドを確認する。「気を失っているようです」

「そいつを片づけろ。どこか逃げられない場所に閉じ込めておくんだ」カイルは頭を振って続けた。「手紙で指示されたとおりに書類を用意してくれ。クルーの屋敷へ行かなければならない」

タルボットがデイヴィッドを肩に担ぎ、ジェンキンズとライリーを従えて部屋を出ていった。

「やつらはあなたを殺すつもりよ」アルフは口を開いた。

「そうだろうな」カイルは指の関節を凝視している。デイヴィッドを殴ったときにけがをしたらしく、出血していた。「だからといって、成功するとはかぎらない。あの子はわたしの息子なんだ」

「わかってる」静かに言う。「あなたのハンカチを貸して」

ハンカチを受け取ったアルフは立ちあがってあたりを見まわし、部屋の隅に置かれているブランデーのデカンターを見つけた。ハンカチをその酒で湿らせて、また彼のもとへ戻る。裂けた皮膚にそっとハンカチを当てる彼女を見ながら、カイルが言った。

「あの子はまだ小さい。ひとりきりでおびえていると思うと耐えられないんだ」ごくりとつばをのみ込む。「傷つけられているかもしれない」

カイルを見あげ、アルフは彼の頬に手のひらを添わせた。驚嘆せずにいられない。男性は——とくに貴族の男性は血筋を重視する。血統が重要なのだ。自分の血を分けた子どもであるかどうかが。セントジャイルズでさえ、〝寝取られ男〟は男にとって最悪の呼び名だ。

でもカイルはすべてを承知のうえで、妻の産んだ不義の子を自分の息子として育ててきた。それればかりか、息子たちへの態度に偏りはまったく見受けられない。デイヴィッドが真実を口走らなければ、アルフはピーターにキットと違う背景があるとは想像もしなかっただろう。

カイルがため息をつき、身をかがめて彼女と額を合わせた。「やつらがわたしをどこへ連れていくのか、部下たちにあとをつけさせる必要がある。きみを危険な状況に巻き込みたくはないが、ダーリン、屋根の上にあがれるのはきみしかいないんだ。見つからずに追いかける唯一の方法かもしれない。わたしのためにやってくれるか？」

アルフは彼にやさしくキスをして、きゅっと口をつぐんだ。「もちろん」

「ありがとう」

彼女はカイルを見つめた。決意をかためた黒い目を、無精ひげの生えた海賊のような顔を、罪深いまでに豊かな唇を。この男性は、血のつながらない息子のために命の危険を冒そうとしているのだ。

彼を愛している。

愛しているからこそ、失うつもりはない。


ヒューは息子たちの部屋の外で足を止め、大きく息を吸ってから中に入った。

キットはベッドにいた。そばで子犬がぐっすり眠っている。ヒューは犬に視線を向けた。本来ベッドにあげるべきではないが、今日ばかりは息子を叱るつもりはない。

この子にとって、父親と接する最後の記憶になるかもしれないのだから。

「父上？」キットは彼が部屋に入ってきたことに気づいていたらしい。

ヒューは笑みを浮かべようとしたが、今はそれすらも難しく感じられた。代わりに息子のベッドに腰をおろす。

「ピーターを連れ戻しに行くの？」キットがきいた。

「そうだ」ヒューは答えた。「おまえには知っておいてほしい……」咳払いして手を伸ばし、息子の黒い巻き毛を撫でる。今朝はまだきちんと髪をとかしていなかったようだ。「わたしがおまえを愛していると、そしてピーターを愛していると知っておいてくれ」

キットが眉をひそめた。「それなら、どうしてぼくたちを置いていったの?」

ヒューは目をしばたたいた。胸の奥が引き絞られるように痛む。まさか……いや、キットが疑問に思うのも当然だ。だが、よりによって今、問われるとは。これからピーターを取り戻しに行かなければならないのに。

それに……ああ、ちくしょう、今を逃せば、もう二度とこの質問に答える機会はないかもしれない。

小さな男の子にありのままを告げることは不可能だ。「おまえの母上とわたしはけんかをした。意見が合わず、一緒に暮らすことができなくなった。だが、おまえたちふたりのことはずっと愛していたよ」

まだ眉根を寄せているものの、キットはうなずいた。もつれた髪のあいだから父親を見あげる。「二度と置いていかないで」

咳払いしてようやく出した声は、それでもかすれていた。「ああ、二度としない」

この約束が嘘になっても、キットは許してくれるだろうか? 今夜、ピーターを連れて戻ってこられなくなったとしても。いや、この子との約束を守るために全力を尽くそう。生きて戻ってきて、初めからずっとそうするべきだったように、父親としての役目を果たすのだ。

ヒューはきつく目を閉じ、もはや信じているかどうか確信が持てない神に祈った。そして息子の額にキスすると、ベッドから立ちあがった。

キットは泣いていた。勇敢にも、必死で隠そうとして唇を引き結んでいるが、こみあげてくるすすり泣きで体が揺れていた。

一瞬だけ、息子の頭に手を置く。ヒューの指も震えていた。彼は背を向け、ドアのほうへ歩きだした。

しかし、ノブに手をかけたところで足が止まった。息を吸い込み、生きて戻ってこられるよう神に祈る。男の子は父親なしで育つべきではない。それは彼自身が体験してわかっていることだ。

けれども、ヒューはその思いを心の奥の片隅に押しやった。今は次男を腕に抱いて、生きてこの状況を切り抜けることに集中しなければならないのだ。

キットの部屋の外にはベルとライリーがいた。

まずベルに目を向ける。「息子のそばにいてくれるか、ベル?」

「はい、閣下」目の縁が赤くなっていたが、ベルはしゃんと背筋を伸ばして答えた。

「頼んだぞ」ヒューは彼のためにドアを開けてやった。

次にライリーと視線を合わせる。「わたしの代わりにあの子を守ってくれ」

元兵士は拳銃二丁と剣を腰につけていた。「わかりました。命をかけてお守りします」

ひとつうなずくと、ヒューは向きを変え、玄関広間まで階段を駆けおりた。そこではタルボットとジェンキンズ、そしてアルフが待っていた。

ひとりずつ順番に目を向け、アルフのところでしばらく視線をとどめる。こんなときでさえ、彼女の美しい顔を見つめてしまう。「忘れないでくれ。ピーターの所在が明らかになるまでは、何が起ころうと姿を現すな」

三人がうなずいた。ヒューは手を振り、男ふたりに屋敷の裏手へまわるよう合図した。彼らはそれぞれ別の方法で、主人の馬車のあとをつけることになっている。

ヒューはアルフに向き直った。「約束してくれるな?」

彼女が頭を傾ける。「もちろん」

思わずアルフの両肩をつかみ、小さく揺すった。彼女はひたむきで熱いところがあるうえに、ヒューに対して明らかに愛情を抱いている。「やつらはわたしを打ちのめしたり、殺そうとしたりさえするかもしれない。だが、きみは絶対に介入するな。今回の目的はただひとつ、ピーターを救出することなんだ。わたしがあの子のもとへたどり着く前にきみが姿を見せれば、すべてが無駄になるだろう。われわれはピーターを失うことになる」

大きな茶色の目に真剣な色を浮かべ、アルフが顎に力をこめた。ヒューはその瞳の中に初めて、彼女がこれまで生き抜いてきた年月を見た気がした。

「わかってる」両の手のひらで彼の頬を包みながら、アルフが言った。「あなたの息子は必ず無事に取り戻す。わたしたちで」

「気をつけるんだぞ」ヒューは強い声で言うと、彼女に激しくキスをした。

そして背を向け、玄関から外に出た。

クルーの屋敷までの道のりはやたらと長く感じられた。馬車の窓から外をうかがったが、部下やアルフの姿は見えなかった。

それはいいことだ。ヒューは自らに言い聞かせた。彼から見えるということは、見張っている〈混沌の王〉の手の者にも見られる可能性があるのだから。

馬車がようやく止まり、ヒューは紙ばさみに入れた書類を脇に抱えて外へ出た。クルーの屋敷へ続く階段をのぼってノックする。

ドアを開けたのは、不安げな顔をしたダウリング子爵だった。「ひとりだろうな？」

ヒューはうなずいた。「息子はどこだ？」

その問いかけを無視して、ダウリングはヒューの背後の通りをうかがっている。

「中へ入れ」

ヒューは屋敷に足を踏み入れた。たちまち両側から男が現れて腕を取られたが、抵抗はしなかった。男たちが彼の体を探り、コートのポケットから短剣を見つけて取り出しているあいだに、ダウリングが紙ばさみをひったくった。

彼はヒューの右側にいる男に向かってうなずいた。

廊下を通って屋敷のさらに奥、居間へと連れていかれる。

部屋ではエクスレイ伯爵が紅茶を飲みながら待っていた。以前にも増して、死人のような外見だ。

彼が顔をあげて言った。「書類は持っていたか?」

ダウリングが前に進み出て、紙ばさみを差し出す。

「息子はどこだ?」ヒューはもう一度きいた。

書類から視線をあげもせず、エクスレイが指をパチンと鳴らした。

ヒューをつかんでいた男のひとりが、いきなり側頭部を殴りつけてきた。

たまらずくずおれて膝をつく。耳鳴りがした。床に置いた片手を支えに立ちあがり、伯爵をにらみつけた。

「すべてそろっているようだ」しばらくして、エクスレイが物憂げな口調で言った。ようやく顔をあげてヒューを見る。「きみの息子は……無事だ」彼は笑みを浮かべた。「少なくともしばらくのあいだは。だが逃げようとしたり、われわれに危害を加えようとしたりすれば、無事ではいられなくなると言っておこう。わかったかな?」

「書類は渡したじゃないか」ヒューは冷静に返した。「わたしの望みはピーターを取り戻すことだけだ」

「なるほど」エクスレイが男たちに顎で合図した。

たちまちヒューの頭に頭巾がかぶせられた。彼はもがくまいとした。どんな抵抗も見せてはならない。しかし、それは難しかった。体の前で両手を縛られたのだ。

男たちはふたたびヒューを引っ張って屋敷内を歩かせ、裏口と思われるドアから外へ連れ出した。においからして厨房のドアだろう。そこから庭園を通って厩舎へ。引き立てられながら、部下たちとアルフがこの姿を見ていてくれることを願う。厩舎には馬車があり、ヒューは乱暴に中へ押し込まれた。

ガタンと揺れて動きだしたものの、馬車は五分もしないうちに止まった。緊張するヒューの体はドアから押し出され、地面に足が着く間もなく別の馬車へと移された。二台が横並びに止められていたに違いない。

次の馬車がすぐさま動きだす。

部下たちは乗り換えに気づいただろうか？

ヒューは息を吸い込んで頭をめぐらせ、耳を澄ませて、ロンドンのどのあたりにいるのか突き止めようと努力した。

やがて、またしても突然馬車が止まり、彼はさらに別の馬車へと移された。

今度は腐った魚のにおいがする。川か？　波止場へ向かっているのだろうか？

三度目に馬車が停止し、ヒューはまた立たされるのだろうと身構えた。

「ちょっと待ってくれ、公爵」

エクスレイの声がしたかと思うと、頭巾の上から口と鼻を押さえられた。別の手が腕と脚を抱える。

ヒューはもがいた。息ができない。おとなしく従うよう警告されていてもこらえきれない、本能的な反応だった。

エクスレイの笑い声が響き渡る。体が投げ出されて肺から空気を奪われたところで、ヒューは悟った。失敗だ。
失敗したのだ。
次の瞬間、彼は意識を失った。

17

馬で城を出発した黒の王子は、遠く離れた場所まで来ると、金色のハヤブサの脚から鈴付きの足輪を切り落としました。そして彼女を宙に放りあげて叫んだのです。「行け！」ハヤブサは空を旋回し、王子の腕に戻ろうとしました。けれども彼は、ハヤブサが近づいてくるたびに小石を投げ続けました。やがてハヤブサは悲しげな鳴き声をあげ、飛んでいってしまいました。

ハヤブサの姿が見えなくなるまで見送ると、王子は父王のもとへ帰り、血が滴る鶏の心臓を差し出しました。

黒の魔術師は笑みを浮かべて言いました。「よくやった、息子よ」……。

『黒の王子と金色のハヤブサ』

失敗した。

アルフはバルコニーの屋根から滑りおりて木箱の山に移ると、そこから敷石に飛びおりた。

屋根の上から追い続けてきた馬車の様子を必死にうかがう。二頭の黒馬が引く馬車。馬の一頭は片方の耳が半分欠けていた。この馬車はカイルが放り込まれた二台目の馬車だった。そ れが今は停止している。馬たちは立ったまま頭をさげてまどろみ、御者はパイプをくゆらせ ていた。背後にまわって空っぽの車内を目にしたとたん、彼女は最悪の恐れが現実になったことを確信した。

カイルを見失ったのだ。

向きを変えて人の多い通りに目を凝らす。カイルは頭巾をかぶせられていた。どうにかして馬車を離れたのに、見逃してしまったのだろうか？　途中の建物のどれかにカイルを押し込んだ？　馬車が通ってきた道筋を引き返すべきなのか？

だけど、これも策略だったら？　また別の馬車に彼を移したのだとしたら？　それとも、荷馬車に乗せて上から毛布をかけられていたら？　かなり遠くまで運ばれてしまっていたとしても、おかしくないだろう。

「ちくしょう！」

アルフは来た道を走って戻りはじめた。タルボットかジェンキンズが、何か気づいたかもしれない。

けれどもその望みは、角をまわったところで粉々に打ち砕かれてしまった。タルボットが持ち主に悪態をつかれながら、荷車の覆いの下をのぞき込んでいたのだ。

振り返った彼はアルフに気づき、近づいてきた。「公爵がどこにいるかわかるか？」

彼女は首を横に振った。「二回目に乗せられた馬車を見失ってしまって」

「ジェンキンズやおれよりましだ」タルボットが苦々しげに言う。「ふたりとも、空だと気づかずに最初の馬車を追い続けていたんだ」

そこへジェンキンズが駆け足でやってきた。額に汗をにじませ、険しい顔をしている。

「どこにもいない。十字路で全部の方角を調べたんだが。馬車は一台も見かけなかった。見失ってしまったようだ」

アルフは目を閉じ、必死で頭を働かせようとした。「やつらが彼を連れていくとしたら、どこへ？」

「わからない」タルボットが返す。

「いずれにしろ、ここに立っていても仕方がない」両手を腰に当て、アルフはうなるように言った。心を決める。「カイル・ハウスへ戻ってライリーに相談しよう。ベルと従僕たちをセントジャイルズへ向かわせてもいい。案内を頼める人間を何人か知っているから。少なくとも何か情報を手に入れられないか、やってみないと」

「いい考えだ」ジェンキンズが足早に歩きはじめる。男ふたりに遅れまいと、彼女は小走りであとを追った。「もう一度、暗号を見直してみるよ。エクスレイが、書類を盗まれたことのほうに激しく反応したのが奇妙に思える。あの暗号以外の書類は、とくにまずいものには見えなかったのに」

アルフはうなずいた。「レディ・ジョーダンにも連絡するべきだと思う。人数が多いほうが、意見もたくさん出るだろうし」

ところがカイル・ハウスへ帰り着いてみると、アイリスはすでに図書室で彼らを待っていた。部屋に入っていったアルフと元兵士たちを見あげて口を開く。「ミスター・ライリーが教えてくれたことは本当なの？　ピーターが……」

アルフはうなずいた。「ええ。カイルは書類を持ってエクスレイのところへ行ったの。やつらは彼を連れ去り、わたしたちがあとを追ったんだけど……」首を横に振る。「見失ってしまって」

「まあ」アイリスは呆然として、カイルの椅子に腰をおろした。顔が真っ青だ。「なんてこと」

「彼がどこへ連れていかれたか、見当もつかない」自分が役立たずに思えて、アルフは落ち着かない気分だった。「ピーターの居場所も」

アイリスがはっとしたように顔をあげた。「わたしが手伝えるかもしれないわ」ポケットを手探りする。

「どういう意味ですか、マイ・レディ？」タルボットがきいた。

「暗号を解いたのよ」アイリスはポケットから暗号の写しを引っ張り出した。「かなりの難問で時間もかかったけれど、今朝の七時頃にふと、ポリュビオス（ギリシアの歴史家）と彼の考え出した暗号表を思い出したの。あとは簡単だったわ」

彼女は二列の数字の横に自分で書いた、奇妙な小さい図表を示した。

	1	2	3	4	5
6	A	B	C	D	E
7	F	G	H	I/J	K
8	L	M	N	O	P
9	Q	R	S	T	U
0	V	W	X	Y	Z

「わかる？　それぞれの文字はふたつの数字で表されるの。たとえばAは61よ。CATなら636194になるわ。巧みな暗号よね」暗号を写した紙から顔をあげたアイリスは、どうやら全員が――もしかするとジェンキンズ以外は――ポリュビオスが何者かわからないらしいと気づいたようだ。話している内容は言うまでもなく。

彼女は咳払いをして続けた。「つまり、これは名前のリストだったの。でも、最後の二列は違うわ。ほかの数字より長いでしょう？」

「そうね」アイリスの肩越しに紙をのぞき込んで、アルフは言った。

アイリスがにっこりする。「住所よ」

「ああ」アルフは息を吸い込んだ。ふいに希望が胸にわいてくる。顔をあげた彼女はタルボットと視線を合わせた。「馬車を準備させて」

「承知した！」大柄な男はすでにドアへ向かっていた。

次にアルフはジェンキンズに向き直った。「キットの護衛に従僕を三人つけて。ライリーも一緒に行ってもらう必要があるから。それから、わたしたち全員に武器を」

ジェンキンズが眉をあげる。「わ、わ、わたしたち？」

彼女はうなずいた。「わたしも行くわ」

「きみが危険に身をさらすことを公爵がお望みになるかな」ジェンキンズが懸念をあらわにする。

「文句があるなら、救出が成功したあとで、彼が自分でわたしに言えばいい。そうでしょ？」

止めようとするアイリスの声を無視して、アルフは図書室を出て階段を駆けのぼった。短剣は隠し持っているけれど、剣は使用人用の部屋のベッドの下に置いたままなのだ。

五分後、彼女は剣を身につけて階段をおりた。アイリスとカイルの部下たちは廊下に集まっていた。

ライリーが真剣な目でアルフを見る。「それの使い方を知っているのか?」

彼女は顎をあげて返した。「当たり前よ」

三人の男たち——全員が元兵士でアルフより年上——が互いに視線を交わす。やがてジェンキンズが口を開いた。「いいだろう」

アルフはアイリスに向き直った。「国王の個人秘書のコペルニクス・シュラグに連絡して、何が起こったか知らせて。それと、〈混沌の王〉がカイルを連れ去ったと思われる場所のことも」

「すぐに馬で向かわせるわ」アイリスが請けあった。それから感極まったようにつけ加える。「ああ、お願いだから気をつけてちょうだい」

彼女はアルフをぎゅっと抱きしめた。

アイリスを抱きしめ返すと、ほのかにバラの香りがした。「わたしたちがいないあいだ、キットをお願いね」

「もちろんよ」うしろにさがったアイリスの目は涙に縁取られていた。「さあ、行って」

一行は玄関を出て階段を駆けおり、馬車に飛び乗った。ジェンキンズとタルボットが並び、その向かいの席にアルフとライリーが腰をおろす。

馬車はガタガタと音を立てて動きだした。

緊張をみなぎらせて座りながら、アルフは窓から外の通りを見つめた。アイリスが解き明かしたのは、街の東部にある川のそばの住所だった。はしけを使うべきだったかもしれない。エクスレイのほうが先んじているのだ。もし間に合わなかったら……。

だが、今さらとやかく言っても仕方がない。計画を立てたら、それに従うまでだ。

馬車に乗っているほかの面々に視線を向ける。ライリーは脚を上下に揺すっていたが、アルフと目が合うとすばやく笑みを浮かべた。ジェンキンズは毅然《きぜん》としている。タルボットは目を閉じて座席の背に頭を預け、何かつぶやいているようだ。

「仕事に取りかかる前にはいつも、ああやって祈るんだ」頭を傾けてタルボットのほうを示し、ライリーが小声で告げた。「信心深いんでね」

「そう」アルフはうなずいた。指は長剣をもてあそんでいる。

「セントジャイルズの亡霊はきみだろう？」

彼女は眉をあげ、横目でライリーをちらりとうかがった。

アイルランド人の男は、馬車の動きに体を揺さぶられながらにやりとした。

「公爵は最初から、きみのとりこだったよ」

向かいの席からジェンキンズの咳払いが聞こえた。

ライリーが反応する。「なんだ？　事実だろうが」

ジェンキンズはため息をついた。「ああ。たしかにそうだな」ふたたび咳払いをして続ける。「きみがセントジャイルズの亡霊だと気づいて、われわれはみんなとても喜んだんだ。本当に」

アルフは唇を噛んでうつむいた。経験豊かな元兵士たちの前で泣きたくなかったのだ。ちゃんと戦えると彼らに断言したあとで、涙は見せたくない。それでも彼女はどういうわけか、彼らの言葉に、受け入れてもらえたことに、心を動かされていた。

そして、彼らの内に自分の居場所があるのかもしれないと気づいた。カイルとその息子たちのところに。カイルの人生に。彼のベッドに。もしかすると心の中にも。

ネッドの忠告を無視して、他人を自分に近づける勇気を持てさえすれば。ほかの誰かを頼る勇気を持てさえすれば。

カイルとピーターを救い出すことができたなら。

アルフは深く息を吸って背筋を伸ばし、気持ちを引きしめた。カイルとピーターを無事に救出できなければ、カイル・ハウスに、あるいはセントジャイルズにさえ、戻っても意味がない。彼女には何もなくなるのだから。

だから、絶対に成功しなければならないのだ。

息が詰まる。ヒューは必死で吐き気をこらえた。まだ頭巾をかぶったままだった。今、胃の中のものを吐き出せば、窒息してしまうかもしれない。川の上にいるらしく、オールが水をかく音が聞こえ、体が揺れるのを感じた。

それに腰と肩が濡れている。

船の底に横たわっているのは間違いなさそうだ。

そのとき、船が音を立てて木材にぶつかる衝撃を感じ、誰かに脇腹を蹴られた。

「起きろ」

ヒューはぎこちない動きで転がって膝をつき、立ちあがった。乱暴な手に両側から肘をつかまれ、船の外へ連れ出される。少なくとも、テムズ川に沈めるつもりではないらしい。今はまだ。

いったいどれくらい意識を失っていたのだ？　どれほど遠くまで川を移動したのだろう？　川から岸へ続く石段を、よろめきながらのぼる。砂利道を進み、さらに階段をあがって建物の中へ入った。

「ようこそ、カイル公爵ヒュー・フィッツロイ」エクスレイの声が響いた。「〈混沌の王〉について知りたがっていたようだな。われわれのメンバーについて。活動について。秘密の、聖なる儀式について」

見張りのひとりの手によって頭巾がはずされる。

ヒューは目をしばたたいた。彫刻が施された石の柱が平行に並んでいる様子からして、かつて教会だった場所にいるらしい。しかし天井には大きな裂け目がいくつもあり、ギザギザに裂けて黒ずんだ梁の向こうに青空が見えた。

エクスレイは荒削りな石の祭壇のようなものの前に立っていた。明らかに、教会にもともとあったものではない。隙間から差し込む太陽光を浴びた彼は、まるで神の恩恵を与えようとするかのように両手を掲げていた。彼とヒューの周囲を円形に取り囲んでいるのは、黒いローブを着て顔をすっぽり覆う動物の仮面をつけた男たちだ。一〇人以上はいる。

エクスレイが顔をゆがめ、悪霊を思わせる笑みを浮かべた。「望みがかなってうれしいだろう？」

手首を縛るひもがゆるまないか、引っ張ってみる。「息子はどこだ？」

伯爵の笑みがわずかに薄れた。「口を開けばそればかりだな。言っておくが、ここでのきみは重要な存在ではない」ふたたび両手をあげ、声を大きくする。「〈混沌の王〉たちよ、よくぞ集まった！　われわれは苦難の冬を、試練のときを耐えてきた。誰よりも強く、聡明《そうめい》で、情け容赦のない者だけが、わが組織を率いるのにふさわしい」

エクスレイは言葉を切って聴衆を見つめた。唇の両端があがる。「アーロン・クルー卿は、自らに組織を導く能力があると考えていた。しかし、愚かにもカイル公爵夫人を殺害するという失態を演じ、そのせいでわれわれに詮索の目を向けさせてしまった」

仮面をつけた人々が、口々に不満の声をあげる。

伯爵は片方の手をあげて制した。「心配は無用だ、わが同志たちよ。クルーはすでに片づけた。もうひとり、わたしの統率力に異議を唱えようとしたチェイスと同様に。なぜならわたしが――わたしこそがきみたちの正当なリーダー、ディオニソスだからだ！」

喝采を浴び、エクスレイが小さくお辞儀をする。「同志たちよ、今日は祝いの日だ。新しいディオニソスの誕生を祝し、わが敵を破滅に追い込んだことに祝杯を挙げようではないか。われわれは全能なのだ。公爵でさえ――国王の息子でさえ、われわれをひざまずかせることはできないだろう！」

この男は正気を失っている。

エクスレイが指を鳴らすと、ローブを着てモグラの仮面をつけた男がピーターを連れて輪の中に入ってきた。

よかった。生きている。こみあげてくる感情に喉が詰まった。

だが、ピーターは違うようだ。

「父様！」少年が大きな声で叫ぶ。「父様！　父様！　父様！」

モグラの仮面の男は、小さな子どもがこれほど強い反応を見せるとは思っていなかったに違いない。身をよじったピーターが男の手を逃れて父親のほうへ走ってきた。

ヒューは床に膝をつき、縛られた腕のあいだに息子の頭をくぐらせて抱きしめた。

ピーターは顔を濡らして泣きじゃくっている。

モグラの仮面の男が、ヒューから引き離そうとして少年の肩をつかんだ。

「汚らしい手を息子から離せ！」ヒューはうなって身を引いた。ピーターを抱きあげて胸に押しつける。

「おやおや、公爵」エクスレイがわざとらしくなだめるように言った。「愚かなまねはやめて、そのかわいらしい子を彼らに渡したまえ。結局はそのほうがずっと楽だ。きみたちふたりにとって」

ヒューはエクスレイに目を向けた。そして伯爵のうしろにある、まがい物の祭壇を見た。彼はピーターを確保した。それなのに、アルフも部下たちも姿を現さない。

つまり彼らはヒューを見失ったのだ。

助けは来ない。

そしてヒューは、〈混沌の王〉が幼い子どもに何をするか知っている。

ピーターを渡すわけにはいかない。だが、逃げることもできなかった。

自力でなんとかしなければ。

ヒューは息子の濡れた顔に頭を寄せ、耳元でささやいた。「愛しているよ、ピーター」

彼は身を低くして、モグラの仮面の男に突進した。

攻撃されるとは予想もしていなかったらしい男の腹を肩と頭で突き、地面に押し倒す。おびえたピーターが悲鳴をあげた。すばやく転がって息子に覆いかぶさったヒューに、ふたりの男がのしかかってきて殴りつけた。彼はうめき、ピーターを守りながら可能なかぎり肘と脚で応戦した。ローブの男たちの輪の中から、どうにか抜け出さなければならない。

誰かの足が頭に、それから脇腹に当たった。ヒューはうなり声をあげ、片方の腕でなんとかピーターを抱えると、もう片方の肘と両膝をついて這い出した。

三人の男を引きずったまま。

そのとき、急に体が自由になった。

連続して二発の銃声が響き渡る。

ぎくりとしたヒューは、もう少しで顔から床に突っ込みそうになった。しかし、エクスレイがよろめく瞬間は見ることができた。驚きに目を見開き、うしろ向きに倒れる彼の胸に深紅の染みが広がっていく。

なんということだ。ようやく助けが来たらしい。

にやりとしながら拳銃をしまって剣を抜くライリーの姿が目に入った。集まっていた〈混沌の王〉のメンバーは叫び声をあげ、全員ではないものの、戦っている者もいた。突然の展開に仰天したのか、立ち尽くしている者も多い。

ヒューの顔に笑みが浮かんだ。

彼はピーターにかがみ込み、頬にキスをした。「よく聞くんだ。うつぶせになって手で頭を覆い、目を閉じていなさい。わかったか?」

少年はすぐさまぎゅっと目をつぶった。「うん、父様」

ヒューは輪にした腕の中から息子の体を抜くと、かたく握った拳をモグラの仮面をつけた男の側頭部に打ちつけた。それから、まだ背中にしがみついていた男を振り落として喉を肘で突き、息を詰まらせた相手の頭に拳を振りおろした。

これでふたり倒した。

三人目に取りかかろうとうしろを向くと、そこにはすでにジェンキンズがいて、男を棍棒で殴り倒していた。「坊ちゃまはご無事ですか？」

「ああ」ヒューは返した。「できるだけ早くここを出れば大丈夫だろう」

灰色の髪の男が冷静にうなずく。「任せてください」

ヒューはよろめきつつも起きあがり、うつぶせのピーターの体を守るために前に立った。血の滴る剣を振りまわして、黒いローブをまとった集団に切りかかっていくタルボットの姿が視界に入る。

そこへアナグマの仮面をつけた男が向かってきた。ヒューは肩を落として身構え、相手の攻撃を受け止めた。ふらついた男の顔から仮面が落ちる。その後頭部をつかんで目を合わせ、ヒューは男の鼻に自分の額を打ちつけた。

アナグマ男が床にくずおれる。

顔をあげたヒューの目が、ようやくアルフをとらえた。彼女は優雅な動きで、自由自在にくるくるまわって戦っていた。両手に持った剣の片方で攻撃を防ぎ、もう一方で突いて容赦なく、そして正確に敵をなぎ倒していく。

「そろそろ出たほうがいいでしょう」ジェンキンズが言った。

ヒューはピーターを抱きあげてしっかり抱えた。「まだ目を閉じているか？」

「うん、父様」

頭を低くして、ジェンキンズとともにアルフのもとへ駆け寄る。

「こっちへ、旦那」アルフが裏口のドアを指し示した。

退却する彼らを、タルボットとライリーが援護する。

彼らは走った。ヒューは抱えている息子が彼の腰に脚を巻きつけ、胸に顔を押しつけていることに気づいた。このわずかな重みをまた感じられるのは、なんと幸せなことだろうか。

教会の廃墟の外に馬車が止まっていた。彼らがそこにたどり着くと同時に、一〇名以上の騎馬兵士を引き連れた別の馬車が、車輪とひづめの音を響かせてやってきた。

「カイル！」馬車の開いた窓から、コペルニクス・シュラグが手を振って合図した。灰色のかつらがわずかにずれている。「ああ、カイル！　きみも息子も無事か？」

「ああ、大丈夫だ」ヒューは答えた。「だが、よければそちらの兵士たちに、この教会の中にいる〈混沌の王〉の残党を片づけてもらいたい」

シュラグはひどくうれしそうだ。「もちろんだとも」

ヒューは自分の馬車に向き直り、手を縛っていたひもをタルボットに切ってもらった。部下たちは馬車の外によじのぼり、彼とアルフはピーターを連れて中に乗り込む。

馬車がガタンと揺れて動きだした。

「ピーター？」胸にしがみついていた息子を離して顔をのぞき込む。「大丈夫か？」

少年はすすり泣き、息を吸い込んだ。「デイヴィッドおじさんがお菓子を買ってくれるって言ったんだ。だけど、家に連れて帰ってくれなかった、それからおじさんはいなくなっちゃって、ぼくだけが悪いやつらのところに残された。デイヴィッドおじさんなんて、もう嫌いだ！」

「わたしもだよ」ヒューはため息をつき、汗でべとついている息子の顔にキスをした。「悪いやつらにひどいことをされなかったか?」

ピーターが顔をあげ、唇を震わせながら大きな青い目で父親を見る。「あそこへ連れていかれるときに引っ張られて、腕が痛かった」

ヒューは目を閉じた。彼らがこの子に加えた危害がそれだけですんで、本当によかった。息子の顔に手を当てる。「悪いやつがおまえを傷つけるようなことは、もう二度とない」

完全には確信が持てないようで、ピーターが眉をひそめた。「絶対?」

ヒューはうなずいた。

「よかった」ふたたび父親の胸に頭をもたせかけた少年は、視線をめぐらせてアルフを見た。

「月の歌を歌ってくれる?」

彼女は何度もまばたきをしてから微笑んだ。「もちろん」

アルフが月と、愛する誰かに会う歌をハスキーな声で歌いはじめると、ピーターはため息をつき、汚れた親指を口に突っ込んだ。いつもだったら、やめなさいと注意するところだ。

だが、今日は勘弁してやろう。

代わりにヒューは片方の腕に息子を抱き、もう一方をアルフにまわして、ふたりを胸に引き寄せた。

18

　それ以降、黒の王子は父王と並んで馬を走らせるようになりました。寡黙に、いかめしく、人々に恐れられながら。ときおり、彼が何かを探すように空を見あげていても、そのことに気づく者は誰もいませんでした。黒の魔術師さえも……。

『黒の王子と金色のハヤブサ』

　アルフが部屋の入り口から見ていると、カイルはまずキットの頭に軽く手を置き、それからピーターの背中に触れた。
　子どもたちの寝室は埋《うず》め火の明かりがあるだけで、小さめの暖炉で燃えさしがやわらかくあたたかな光を放っていた。今日一日の騒ぎで疲れているにもかかわらず、ふたりはなかなか寝つけなかった。カイルは本を読んでやり、アルフもセントジャイルズで過ごした子ども時代の話を、かなり大幅に手を加えて話してやった。
　今、彼らは同じベッドで一緒に丸くなって眠っている。子犬のプディングはピーターのお尻にぴったり寄り添い、まるで小さな毛の塊のように見えた。その光景を目にして、アルフの顔に笑みが浮かんだ。ピーターが子犬をベッドに入れても、カイルは何も言わなかったことを思い出したのだ。

けれどもふたたびカイルに視線を向けたとたん、アルフの笑みは薄れた。彼の部下たちは階下で、半ダースものワインのボトルを手に、まだ勝利を祝っているだろう。ところがカイルは、時間が経過するにつれてどんどん無口になっていった。彼の気分の変化が理解できず、アルフは不安な気持ちになった。うれしくないのだろうか？　少なくとも安堵《あんど》はしたはずでは？　ピーターは無事だった。エクスレイ伯爵は死んだ。廃墟の教会での儀式に参加していた〈混沌の王〉のメンバーは全員が、死んだか、あるいは負傷してシュラグと彼の兵士たちにとらえられた。

カイルは約束どおり、自分の務めを果たしたのだ。〈混沌の王〉を破滅に追い込んだ。もう少しで殺されかけた彼自身だけでなく、殺害された妻の復讐も果たしたと言える。

だから喜んでもいいはずなのだ。

それなのに、彼は浮かない顔をしていた。

アルフはカイルを見つめた。一国の王と女優とのあいだに生まれた貴族の男性。自分と体を重ねた男性。並んで戦い、アルフが心の奥に抱えていた恐怖に向きあわせ、乗り越えさせてくれた男性。

彼女が愛している男性。

もう少しで失うところだった男性。

今も理解できずにいる男性。沈んだ顔をしている理由を読み取れない相手でも、全身全霊で愛することが可能だなんて不思議なものだ。

そう考えたところで、アルフは悲しくなった。「ベッドへ行く?」

カイルが視線をあげて彼女を見る。

「ふたりとも、もう大丈夫よ。今夜はここに寝かせておいて問題ないわ。世話係たちが隣の部屋にいるし、従僕ふたりが見張りに立っているから」

彼は顎の筋肉をこわばらせてうなずくと上体を起こし、アルフのほうへ歩いてきた。一緒に階段をおりるあいだも、カイルは無言だった。でも追い払われはしないので、アルフはそれで満足することにした。

彼が自室のドアを開け、まるでちゃんとしたレディを相手にするように、脇によけてアルフを先に通そうとする。

それがおかしくて、指先で彼の胸をなぞりながら横を通り過ぎた。「ありがとう、旦那」

ところが室内にジェンキンズがいることに気づき、彼女ははっとして足を止めた。ジェンキンズは湯気のあがる銅製の浴槽のかたわらで、布の山を抱えている。

ふいに疑問がわいてきた。当たり前にとらえすぎていたのかもしれない。アルフは今夜も、これからもずっと、このカイルの部屋で彼と一緒に過ごしたかった。彼もそう望んでいると思い込んでいたけれど、はっきり声に出して告げられたわけではない。

もしかすると、読み違えていたのかも。

「今夜はもう手伝ってもらわなくてもよさそうだ、ジェンキンズ」背後からカイルの声がした。「ライリーやタルボットのところへ行って、一緒に祝杯を挙げるといい。だがくれぐれも、ベルにはワインをグラスに半分以上は飲ませるんじゃないぞ」

「かしこまりました」元兵士はお辞儀をすると、アルフに微笑んでみせてから布を椅子にかけ、部屋を出ていった。

カイルが咳払いして浴槽を示した。「きみのために用意させた」

彼から浴槽に視線を移しながら、アルフの心臓は塩をかけられたカタツムリのようにしぼんでいった。「わたし……におう？」

「そうじゃない！」カイルが髪をかきむしる。「わたしはただ……くそっ、今日のような一日のあとでは、きみが風呂に入りたいんじゃないかと思っただけなんだ。必要ないというなら——」

彼は途中で言葉を切った。おそらくアルフが横を通り過ぎて、浴槽の中をのぞき込んだからだろう。浴槽には白い布が敷かれ、透明で熱い湯が張られていた。こういう風呂に入るのは初めてだ。

彼女はコートを脱いで、椅子の上に放り投げた。

「その……」うしろからカイルが声をかけた。「わたしは外に出ていようか？」

ちらりと彼を見る。「どうして？」

「そのほうが、人目を気にせずにゆっくりできるだろう」

肩を揺すってベストを脱ぎ、笑みを噛み殺した。「どうして?」

カイルが首を横に振ってため息をつく。「さあ、わからない」

そのあと彼は無言になり、手早く残りの服を脱ぐアルフをじっと見つめていた。誘惑するように悩ましい仕草で脱ぐべきだったかもしれないが、彼女は立派なレディでも高級娼婦でもない。ただのアルフだ。それに、初めての風呂に早く入りたかった。

期待に身を震わせながら一糸まとわぬ姿になると、あたたかい浴槽の両側に手を置いた。優雅な入り方があるのかもしれない。けれどもアルフは思いきりよく、浴槽の縁をまたいで中に入った。

ああ、気持ちいい! 熱い湯が全身を包み、肩に打ち寄せて、体を芯からあたためてくれる。宮殿で暮らす王妃はきっと、いつもこういう気分を味わっているに違いない。カイルならぎりぎり座れる大きさの浴槽だが、アルフだと膝を立てた状態で頭を完全に浸すことができそうだ。

鼻をつまんで息を止め、そのとおりにやってみた。湯が耳や口や目に押し寄せてきて、まるで自分だけの小さな洞窟にいるようだ。何も見えず、何も聞こえない。ただぬくもりがあるだけ。

でもそのうち息が苦しくなり、ザバッと水面に顔を出した。湯をはね飛ばし、笑い声をあげながら。

カイルはコートを手に持っていることも忘れた様子で、黒い目に奇妙な光をたたえてアルフを凝視していた。やがてコートが放り出されて床に落ちた。だがそちらを一瞥もせず、彼はベストのボタンをはずしはじめた。

アルフはちらりと彼を見て肩をすくめ、浴槽のそばの小さなスツールに置かれた石けんに手を伸ばした。真っ白で上等の、すてきな石けんだ。両手で包んで鼻に近づけると、高級な花の香りがした。アルフは石けんを湯につけ、クリームのような泡を立てた。彼女がときどき使う、灰汁《あく》と獣脂をまぜた安物とは違う。こういう石けんは王妃にこそふさわしい。彼女はため息をついて、顔や腕に石けんを滑らせた。

カイルは黒い毛のある上半身をあらわにして、ブリーチズに取りかかっている。

アルフの体に震えが走った。

「ネッドとわたしはいつも、こういうのを夢に見ていたの」足の指を洗いながら、静かに口を開いた。「浴槽を満たすたっぷりのお湯に、混ぜ物のない白い石けん」

「そうなのか？」カイルは洗面器に湯を注いでいる。そこに布を浸し、自分の体を手際よく拭きはじめた。「ほかにはどんな夢を？」

「そうね、あらゆるものを夢見たわ」石けんをつけた布で膝の傷をこする。ぴりっとした痛みに、アルフは思わず息をのんだ。「ローストした肉やミートパイ、グレービーソース、それにケーキがいっぱいに並んだテーブル。足にぴったりで、穴が開いていない靴。あたたかいコート。ベッド」最後の言葉を口にする頃には声がかすれてしまい、頭を振った。今夜は悲しいことを考えたくない。咳払いをして続ける。「一〇歳くらいのとき、ネッドとわたしは美しいマフをつけたレディを見かけたの。深い赤色で――ものすごくきれいな色だった！手を入れる穴の周囲に、金の糸で刺繡がしてあったわ。それから何年も、そのマフを夢に見た。わたしなら一面にスミレの花を刺繡した、なめらかなシルクにするのにと思いながら。目を覚ましたまま横になって想像し続けていたら、実際に触れそうなくらい、頭の中のマフが本物らしく思えてきたの」当時のことを思い出して、アルフはため息をついた。カイルに視線を向ける。「あなたも小さい頃、夢に見たものがあった？」

彼は水を滴らせて洗面器から顔をあげ、布に手を伸ばした。「いや。必要なものはすべて持っていたから」

「だけど……」鼻にしわを寄せて考え込みながら、カイルを見つめる。彼は教養のある男性だ。国内でも最高の学校で教育を受けた貴族。それなのに、この件に関しては彼女の知識のほうが豊富なのかもしれない。「だけど夢に見るのは、必要なものではなくて、あなたが望むものじゃないの？」

彼がアルフを見た。「必要以上のものは望む理由がないだろう？」

「どうかしら」やさしく返す。「でも。夢って、そういうもののように思えるわ。結局のところ、セントジャイルズの通りを走りまわっていた子どもの頃のわたしに、マフは必要ではなかったもの。食べ物や、底に穴の開いていない靴、ちゃんとしたベッドが必要だったのとは違って。たとえ刺繡入りの立派なマフがあっても、売る以外にどうしようもなかったと思う。だけど問題はそこじゃないの。きれいなマフはけっして手に入らないとわかっていたけど、だからといって夢を見られないわけじゃない。どうしようもなく寒い夜の暇つぶしよ。自分が持っていない、もっといいもののことを考えて希望を抱くの」そう言って、彼女はカイルを見た。彼はとても強く、信念を曲げない人だ。これまで気弱になったり、不安を覚えたり、悲しくなったりしたことはあるのだろうか？「必要ではないけれど、胸が高鳴るほど欲しいものを夢にも見られないなら、ただ横たわって死ぬのを待っているのと同じだと思う。パンや靴やあたたかいベッドより価値があるものは存在するわ」

アルフをどう理解していいのか判断がつかないというように、カイルは困惑した様子で彼女を見ていた。「きみにとってはそうなのかもしれない。だがわたしにとって、必要以上のものを、手に入らない何かを切望するということは……」声が次第に小さくなり、彼は視線を落としてブリーチズのボタンをはずしはじめた。「それは……不満につながるんだ。不幸に」

鼓動が速まり、皮膚のすぐ下で心臓が脈打つのがわかった。とらわれて逃げ出そうと羽ばたく鳥のように。「だけど、あなたが切望するものが手に入るとすれば、それなら……」

顔をあげたカイルはきつく眉根を寄せていた。「マフが手に入ることはありえなかったと、きみが言ったんだぞ」

悲しい小さな笑みが唇に浮かぶ。「まだマフの話をしていたとは知らなかったわ」

彼は何も言わなかった。

でも、それがカイルの返事ではないだろうか？　胸の内に激しい痛みを感じ、アルフは息を吐き出した。

ブリーチズと下着を脱いだ彼は、裸で戸棚のほうへ歩いていく。

その姿を、彼女は手のひらで泡立てた白い石けんを髪につけながら見つめた。カイルは見事な背中をしていた。幅が広く筋肉質で、引きしまったウエストに向かって細くなっている。彼と出会うまで、アルフは男性のヒップをこれほどじろじろ見たことがなかった。急いでいないとき、カイルはゆったりと独特の歩き方をする。とても男性的で、うしろから見ている者の——女性の——目を引きつける歩き方。紳士に長いコートを着る習慣があるのは残念だ。体の中で最高の部分が隠れてしまう。

アルフは浴槽にもたれかかり、湯に頭を浸して髪をすすいだ。体を起こすと、カイルがすぐそばで乾いた布を広げて待っていた。

「もういいか？」彼がぶっきらぼうに尋ねる。

下腹部のものは半ば頭をもたげていて、装っている態度ほどアルフに興味がないわけではないとわかった。それに彼だって、いつまでも不機嫌ではいられないだろう。

だからアルフは彼女への好意を隠しきれていない彼の下腹部に免じて、微笑みかけることにした。「ええ」

浴槽の中で立ちあがり、支えてもらいながら外へ出る。けれど、体を拭いてくれようとするカイルを制し、首に腕をまわしてキスをした。

「わたしまで濡れてしまうじゃないか」唇を合わせたまま抗議したものの、彼はそれを気にする様子もなくキスを深めていく。

時間をかけて口の中をじっくり探られているうちに、アルフは体を拭くことなどすっかり忘れてしまった。滴った水で床が濡れていることも。明日のことも、この部屋の外の世界のことも。

滑るように触れてくる舌のほかは、すべてを忘れ去った。カイルの両手が彼女の顔を包む。濡れた胸の先端をかすめる胸毛がちくちくした。熱を帯びた腿に脚のあいだをこすられ、アルフは息をのんだ。ゆったりしたキスはまだ続いていて、開いた口の中に彼の舌が侵入してくる。官能的で甘美な、大胆で徹底的なキス。

「ああ、きみが欲しくてたまらない」顔をあげたカイルがささやいた。「どんなに努力しても我慢できないんだ」

アルフの下唇を噛んだかと思うと、彼は頭を傾けて角度を合わせ、ふたたび舌を差し入れてきた。

包まれていると感じる。守られていると。

慈しまれていると。

彼女を布で包んだカイルが身をかがめた。いきなり抱きあげられ、アルフは驚いて息をあえがせた。

そんな彼女を見て、カイルが美しい唇の両端をわずかにあげる。この瞬間がいつまでも続くことをアルフは願った。たとえ不可能だとわかっていても、いまだに願わずにはいられない。

カイルはまるで大切なものであるかのように、彼女をそっとベッドに横たえた。アルフは彼を見あげて微笑み、手を差し伸べた。

「髪が濡れているな」

「気にしないわ」本気でそう思っていた。

「風邪を引くぞ」彼はかがみ込み、眉間にしわを刻みながら、アルフの髪をぬぐいはじめた。

「放っておくと、もつれてしまう」

「いつからメイドになったの、旦那？」

カイルは顔をしかめて体を起こすと、部屋を横切って戸棚のところへ行き、くしを持って戻ってきた。「なぜヒューと呼ばない？」ベッドのアルフの隣に腰をおろす。

アルフはまばたきをして見あげた。髪をすいてもらうために起きあがる。

「呼んでほしいの？」

髪を引っ張らないように、彼はそっとくしを動かしはじめた。「わたしのベッドの中ではそうしてほしい」

彼女は息を吸い込み、慎重に言った。「わかったわ。それなら、わたしと愛を交わしてくれる、ヒュー？」

彼がくしを放り出す。「ああ、もちろん」

カイルはヘッドボードにもたれて座り、アルフを膝の上に引っ張りあげた。彼女は脚の置き場所に迷ったが、ヒューに促されて彼の腿をまたぎ、上にまたがる格好になった。

まじめな顔でヒューを見おろし、彼の顔を手のひらではさむ。セントジャイルズで出会った最初の夜に——アルフがセントジャイルズの亡霊となり、ヒューが追いはぎの集団と戦っていたあの夜に——彼が負った傷はほぼ治りかけていて、額の上の隅にピンク色の薄い跡が残るばかりになっていた。ひと月もすれば、ほとんどわからなくなるに違いない。

この傷が完全に癒えるまで、ここにいられるだろうか？

アルフは頭をさげて傷跡にキスをした。それから眉のあいだの、彼が顔をしかめたときにいつも溝ができる場所に。今夜の戦いで痣ができた高い頬骨に。いたずらっぽく上を向いていることの多い、魅力的な唇の端に。

ヒューが顔の角度をわずかにずらすと、唇が重なった。アルフはそこを通じてヒューの痛みを、欲求を、そして彼には夢見ることのできない希望を自分の中に引き受けた。

腰を浮かせ、膝を震わせながら、ヒューの脚のあいだのこわばりの上でバランスを取る。彼を迎え入れ、永遠にとどめておきたかった。今夜を終わらせないために。

「大丈夫だ」かすれた声で、ヒューがささやく。

彼は片方の手をアルフのヒップに当てて支え、親指で肌をさすりながらキスをした。

涙がこみあげてくるのがわかり、ぎゅっと目を閉じる。泣く姿を見せたくない。セントジャイルズのアルフはもろさを見せたり、おびえたり、哀れみの対象になったりしないのだ。

ヒューの手のひらが胸のふくらみに触れる。その感覚に気をそらされるのが、今はありがたかった。先端をつまれたとたん、甘美な歓びが彼女の体を貫いた。

息をあえがせてキスをほどくと、彼女をじっと見つめているヒューと目が合った。

「まだ痛むか？」彼が尋ねた。思わず顔を覆いたくなる、親密な問いかけだ。

「いいえ」本当は少し痛みが残っていたが、嘘をついた。ヒューと過ごす夜を諦めるほどの痛みではなかったから。「あなたが欲しいの」

彼はまるで苦痛をこらえるように目を閉じたかと思うと、アルフの腿にぐっと腰を押しつけてきた。彼女はヒューのものを見おろした。なんとすばらしい光景だろう。太くてたくましく、脈打って張りつめている。

「ここにおいで」その声に観察は中断させられた。

彼はアルフの体を引きあげ、胸のつぼみを歯ではさんだ。

はっと息をのみ、半分閉じたまぶたのあいだからヒューを見つめる。白い胸に赤い唇が吸いつく光景が、みだらな気持ちをかきたてた。

彼が目を開け、黒い瞳をきらりと光らせて見あげてくると、アルフはじっとしていられなくなった。何かを求めて腰が勝手に動いてしまう。

ヒューは片方の膝を立てて彼女の脚のあいだに割り込ませ、襞にぴったりと押しつけた。

ああ、気持ちがいい。

目を閉じて、彼の膝の上で体を滑らせる。頭をあげたヒューが、濡れた胸の先端に息を吹きかけた。

アルフの口からすすり泣きがこぼれる。

ここがこれほど敏感だとは知らなかった。長いあいだ女性の部分を覆い隠し、正体を隠して生きてきた自分が、今は裸でヒューと一緒にいる。

まるで皮膚が新しくなって、生まれ変わったみたい。

彼女は体の脇に指を走らせた。肌がチリチリして、火花が散っているようだ。脚のあいだに濡れたうずきを感じた。胸のつぼみをきつく引っ張る、ヒューの唇の感触も。

やがてアルフは大きく声をあげ、首をのけぞらせた。彼の膝の上で脚が開く。巨大な手にとらえられ、命を注ぎ込まれているように感じた。希望と、夢と、少年として生きていたときには自制していた、あらゆる感覚が体内に満ちていく。

ヒューの手がしっかりつかんでくれなければ、ベッドにくずおれていたかもしれない。でも、彼は支えてくれた。アルフは目を開けてヒューを見た。黒い目が激しく燃え、唇が開いている。

彼女を求めているのだ。

「わたしにのってくれ」ヒューがざらつく声で言った。

意味がよくわからず、彼女は目をしばたたいた。けれども彼は気にする様子もなく、アルフの脚をさらに開かせると立てていた膝を伸ばし、彼女を自分の上におろしていく。

ああ、前から大きいとは思っていたけれど、今の誇らしげな姿とは比べものにならない。ずっしりと重たげで完全に立ちあがり、太く張りつめている。心ゆくまで見ていたかった。

じっくりと眺め、手や舌でも感じてみたい。

だが、ヒューには別の考えがあるようだった。

彼は自分のものを手でつかみ、アルフの脚のあいだにこすりつけた。「腰をおろすんだ」秘部の入り口に彼を感じる。大きく、そのときを待ち構えている彼を。彼女はわずかに体を前に倒してヒューの肩に両手を置き、視線を合わせた。

目をのぞき込みながら腰を沈めていくと、彼が突き入ってくるのがわかった。

ヒューの鼻孔が広がり、まなざしが揺れる。「もっと」

アルフはうなずき、体をさげていった。かたくて熱いものが繊細な襞を通り過ぎ、奥まで入ってくる。動いているのは彼女のほうなのに、まるで……奪われているかのようだ。

そう気づいたアルフは視線をあげて彼の目を見つめた。体の中心で欲望が脈打っている。ヒューのために自分が潤っているのが、においでわかった。

「もう少しだ」彼がささやき、アルフの胸の先端を親指で弾く。

衝撃で体がびくんと跳ね、その動きのせいでもう数センチ沈んだ。ヒューの顔にかすかな笑みが浮かんだ気がする。

それに触発された彼女は顎をあげると、思いきって残りの距離を詰め、ヒューを完全にのみ込んだ。

「いい子だ」ヒューが荒々しく唇を重ね、下から突きあげた。

アルフの口からうめきがもれる。先ほど達したせいで、まだ過敏になっているのだ。彼の舌と高ぶりが突き入ってくるたびに肌の上で火花が散り、痛いほどの快感をもたらした。もう止められない。自分でも抑えがきかず、彼女は下から攻め入ってくるヒューに、ただ必死でしがみついた。

彼は何度も何度も突き進んでくる。

そして両方の親指をアルフの脚のあいだに差し入れ、うずく真珠のまわりに円を描いた。たまらず拳を口に押し当てて悲鳴をあげる。

次の瞬間、ヒューが低い声でうなり、彼女の体を持ちあげて自分のものを引き抜いた。おなかや腿に熱いほとばしりを感じる。しばらく動くことができず、アルフは激しく上下する彼の胸に頭をつけてもたれかかっていた。ヒューも彼女の肩に顔を伏せている。やがて彼はアルフをそっとベッドに寝かせてから起きあがった。

目を閉じてぼんやり横たわっていると、ヒューが湿らせた布で腹部や脚を拭いてくれるのがわかった。アルフはまぶたを開けて彼を見つめた。公爵が自分の放出したものを始末しているなんて。

いいえ、ここにいる彼はひとりの男性だ。そして彼女もまた、ひとりの女性にすぎない。ベッドに入ってきたヒューにすり寄ると、体に腕がまわされた。

少なくとも、アルフは夢を見ることができる。

19

白の魔女を打ち負かした一二回目の記念日に、黒の魔術師は白い城の廃墟で盛大な祝いの宴を催しました。彼は魔女が死んだ、まさにその場所に息子とともに立ち、集まった人々に向かって両手を広げて、勝ち誇った姿を見せました。ところがそのとき、突然魔法の炎が現れ、黒の魔術師と黒の王子を取り囲んだのです。白の魔女が死の間際に残した呪いが、とうとう成就したのでした……。

『黒の王子と金色のハヤブサ』

ヒューは穏やかな気分で目覚めた。窓の外に太陽が見え、腕にあたたかな胸のふくらみが当たっている。最初に心に浮かんだのは喜びだった。

だが、すぐに恐怖が取って代わる。

これまでの人生で、喜びを感じたことがなかったわけではない。かつてはキャサリンに恋をしていると思って幸せな気分になっていた。ところがそのあとに続いたのは怒鳴りあう口論、かつてないほどの怒り。そして彼は自分の国から、家から、家族から離れざるをえなくなったのだ。

顔を横に向けてアルフを見る。彼女は繊細な頰にまつげを伏せ、ピンク色の唇をわずかに開いて眠っていた。頭のあたりでもつれた髪が、閉じられたまぶたにかかりそうだ。

ヒューは彼女を起こさないよう気をつけながら、そっとその髪をよけてやった。

アルフとキャサリンに似たところはひとつもない。外見も、気性も、身分も。アルフがかわいらしく、頭の回転が速くて生意気な一方で、キャサリンは優雅で謎めいた美しさの持ち主だった。アルフにからかわれると、ヒューは思わず笑ってしまう。

けれどもキャサリンのからかいは、決まって性的な交わりか、あるいは激しい口論に行き着いた。

もちろん、ヒューと釣りあっていたのはキャサリンのほうだ。彼女は貴族の家柄に生まれ、公爵とはいかないまでも、爵位を持つ人物の妻となるべく育てられた。舞踏会の開き方や、外国の要人との会話の進め方、紅茶のいれ方を教えられてきたのだ。

そのどれもアルフは知らない。彼女はただ、ヒューに喜びをもたらしてくれる。

しかし、まさにそれが彼の背筋を不安でぞくりとさせるのだ。こんな気持ちでいるときの自分が信じられなかった。

かといって、手を引くこともできない。いったんはアルフと距離を置こうと努力したものの、結局のところ失敗した。

彼女がため息をついて枕の上で頭を反転させ、丸めた手を頰に当てた。

アルフが欲しい。体だけではない。彼女の笑い声が聞きたい。目を輝かせて、こちらをからかってほしい。旺盛な食欲であっという間に食事を平らげたり、ジャムに夢中になったりする姿が見たい。息子たちを抱きしめ、子どもにはあまりふさわしくない話をしてやってほしい。世の中を皮肉な目で見たり、無邪気に驚いたりしてほしい。夜も昼も、自分の隣で駆けまわっていてほしい。ふたりで剣を交え、そのあと、まだ息も整わないうちに愛しあいたい。

いつもそばにいてほしい。

しかしヒューは、自分の欲しいものを信じることができなかった。

物音を立ててしまったのか、アルフが目を開けて彼を見あげた。

ピンク色の唇がやわらかく弧を描く。「ヒュー」

「アルフ」彼はかがみ込み、どうしても我慢できずにキスをした。アルフはあたたかく、しっとり潤っていて、女性らしい香りと彼自身のにおいがした。たちまち下腹部が反応する

──もっとも、起きたときからずっとその状態なのだが。腰の位置を変え、彼女の腿の上にその部分を滑らせた。

ヒューが頭をあげると、彼女の笑みが広がった。頰に当てていた手が上掛けの下にもぐり込む。行き先は明らかだ。

彼はアルフの手首をつかんで止めた。

美しい笑みが消える。「どうしたの？」

ヒューは咳払いをして言った。「シュラグと話をしなければならないんだ」

「こんなに朝早くから？」彼女が窓に目をやった。ヒューに視線を戻し、あいまいに微笑む。「上流階級の人たちは、お昼前には起きないものだと思っていたんだけど」

アルフを不安にさせたくはないが、彼には考える時間が必要だった。

彼女と一緒に裸でベッドにいては、とても頭を働かせられない。「起きる者もいるんだよ」ヒューはアルフを放し、寝返りを打ってベッドの端へ移動した。「本当なら昨日のうちにシュラグに会って、〈混沌の王〉に関する報告書や、アイリスが解いた暗号と名前のリストを渡すべきだったんだが、ピーターとキットのそばを離れたくなかった。夜明けとともに彼からの使者がやってきて、うちのドアをうるさく叩かなかったのが不思議なくらいだ」

立ちあがって服を着はじめる。「料理人に朝食を用意させよう。ここで食べてもいいし、食堂へ行ってもいい。きみの好きなように」

ああ、ひどく堅苦しく聞こえる言い方だ。口にしている途中で気づいたものの、止められなかった。

アルフが体を起こし、両脚を抱えてベッドに座った。何も言わない。

ヒューは眉をひそめた。不安を覚えながらベストを身につける。彼が不在だと、アルフは退屈するだろうか？　屋敷には子どもたちや部下がいるが、一緒に過ごす相手としてはつまらないと感じるかもしれない。もちろん、外出してもかまわないのだが。

そこまで考えたところで、ヒューはあることを思い出した。

部屋を横切って重厚な戸棚に近づき、ポケットから鍵を取り出して、一番上の引き出しを開ける。

中には硬貨を詰めた袋が入っていた。それを手にして振り返る。「きみにはこれくらいの借りがあると思う。もともと依頼した以上の仕事をしてくれたし、二度目の支払いは、まだしていなかった」

口元にかすかな笑みを浮かべ、ヒューはアルフに袋を渡した。この金を何に使うつもりだろう？　戻ってきたら教えてくれるだろうか？　それとも大事に貯めておくのか？

「ありがとう、旦那」アルフがぶっきらぼうな口調で返した。うつむいて、膝に抱えた袋に視線を落としているので、どんな表情をしているかはわからない。

「どういたしまして」ヒューはそう言うと、ドアへ向かった。「きみのおかげで息子の命が助かった。そのことは絶対に忘れないよ、アルフ」

「あなたに関することはなんであれ、簡単に忘れられそうにないわ、旦那」彼女がうしろから声をかける。

ヒューは振り返った。

ベッドの上で、アルフは背筋を伸ばして彼を見つめていた。上掛けが膝の上にたまり、胸のふくらみがあらわになっている姿は、まるでアマゾンの女戦士だ。

ためらいが生じる。これはまずい。ヒューはアルフのもとへ、あたたかいベッドへ戻りそうになった。だが、もう着替えてしまったのだ。それにシュラグの件は嘘ではなかった。国王の個人秘書は昨日、状況の説明を求めて二度も急ぎの手紙をよこしてきた。ヒューは頭を振った。戻ってきたときには、この落ち着かない気分から抜け出せているかもしれない。「では、もう行くよ、アルフ」

「じゃあね、旦那」

振り返らずに部屋を出た。もう一度彼女の姿を見れば、次は誘惑に抵抗できる自信がなかったのだ。

そのまま歩いて宮殿へ出向き、この三週間の出来事をすべてシュラグに説明して、たっぷり三時間ほど退屈な時を過ごした。

報告が終わると、国王の個人秘書は椅子の背にもたれ、明らかに満足そうな様子でうなずいた。「部下に命じて、このリストの名前と、教会で逮捕した紳士たちを照合させよう。今の時点で言えるのは、すでに死亡を確認したか、投獄した者たちがほとんどで、知らなかった名前はごくわずかだということだ。〈混沌の王〉は終わったと考えて差し支えないだろう」

「ああ」ヒューは言った。「やつらはおしまいだ。ダイモアの関与は確認できなかったが、率いる仲間がいなくては何もできないだろう。ほかはたいしたことない」冷ややかな笑みを浮かべて席を立つ。「それに、ダイモアについてはこれからも目を離さないつもりだ」

「ありがとう、公爵」シュラグも立ちあがった。「今回の結果に陛下は大変喜んでおられる」ためらうように、いったん言葉を切ってから続ける。「まだ旅に興味はあるか？　きみほどの才能の持ち主には、すぐにでもウィーンで任務についてほしい。レディ・ジョーダンと結婚するならとくに。知的で洗練された妻は、外交官にとって非常に有用な道具になりうるだろう」

ヒューは口元を引きしめた。「あいにくレディ・ジョーダンからは、もはやわれわれはお互いにとってふさわしくないと言われたよ」

「本当に？」シュラグの濃い眉が、かつらに届きそうなくらい上にあがった。「それは残念だ。だが、案ずる必要はない。同じくらい家柄のいいレディはほかにもいるだろう。きみのことだから、新しい公爵夫人にはきっと、ヨーロッパの宮廷に溶け込める女性を選ぶに違いない」

口を開きかけたものの、ヒューは思い直した。シュラグの描写はまさに、彼がアイリスとの結婚を考えていたときに理想としていた女性の姿だ。社交界の一員。良家のレディ。屋敷を任せられる人間。邪魔にならない存在。痛みも情熱も、けっしてかきたてない相手。けれど頭でも、心でも、腹の奥底でも、もうそんな女性は欲しくないとわかっている。求めているのはアルフだ。

ほかの誰でもない。

ひとつ息をつき、ヒューはシュラグを見た。「大陸へは行けない。息子たちが幼いあいだは無理だ。しばらくのあいだはイングランドにとどまるつもりだよ」

「残念なことだ」シュラグは大きなため息をついたが、すぐに顔を輝かせた。「しかし、きみにふさわしい任務は国内にもあるはずだ」

「かもしれない」あいまいに返事をする。息子たちとゆっくり過ごしたいというのが本音だった。

アルフとも。

ヒューは息を吸い込んだ。アルフのいない未来も、彼女のいない家族も考えられない。たとえ舞踏会の開き方も、正しい紅茶のいれ方も知らない女性だとしても。アルフは彼とピーターとキットで作る家族の一部なのだ。

これからの数年は、彼女にそのことを納得させるために費やしたい。ロンドンじゅうを駆けまわって、秘密組織を壊滅させるよりも。

ヒューはシュラグに会釈して、いとまを告げた。

外はよく晴れたいい天気で、早くアルフと息子たちのもとへ帰りたくなり、彼は屋敷へ向かって足早に歩きはじめた。アルフがまだ家にいるなら、今日は息子たちを勉強から解放してやってもいいかもしれない。みんなで馬車に乗ってどこかへ出かけるか、あるいは図書室でくつろいで、プディングと遊ばせてやるか。

玄関の階段を駆けあがるヒューの顔には笑みが浮かんでいた。

帽子とコートを執事に渡しながら尋ねる。「アルフはまだいるか？」

「いいえ、旦那様」コックスが答えた。「ミス・アルフは数時間前に出ていかれました」

がっかりして、思わず顔をしかめる。「馬車で？」

「徒歩で――」

くそっ。馬車は自由に使っていいと話しておくべきだった。

ところが執事の言葉はまだ終わっていなかった。「――バッグをお持ちになって」

すぐには意味がのみ込めず、ヒューはコックスを凝視した。バッグ？　どうしてアルフがバッグを持っていくんだ？

彼は階段へ向かったが、どういうわけか体に緊張が走り、いつの間にか走りだしていた。最上階にある、使用人の区画へ。

廊下を大股で進み、アルフが使っている部屋のドアを勢いよく開ける。

ベッドがきちんと整えられた室内には誰もいなかった。

念のために小さな戸棚を調べながら、ヒューの呼吸は速まっていった。階段をおりて自分の部屋へ向かう。

寝室に飛び込むと、そこにいたジェンキンズがぎょっとして言った。

「旦那様？」

ヒューは元兵士を無視して室内を見渡した。アルフの痕跡は何もない。

呼吸は今や、胸が大きく上下するほど荒くなっていた。そもそも彼女の持ち物はたいして多くなかったはずだ。今、着ている服。セントジャイルズの亡霊の衣装。今朝渡した、金の入った袋。ほかに何かあっただろうか？

思い出せない。

うろたえても仕方がない。もしかすると、外出しているだけかもしれないのだ。アルフはひとりで行動することに慣れている女性だ。もし彼女が戻ってきたら……いや、戻ってくるに決まっているが、そのときはこれまでの習慣を変えるよう、しっかり言い聞かせよう。少なくとも、どこへ行くつもりか、いつ戻る予定か、誰かに告げてから出かけるようにと。

それまで待っているしかない。

そして、ヒューはそうした。

日が暮れて、夜になるまで。

しかし真夜中を告げる時計の音が聞こえる頃には、彼も認めざるをえなくなっていた。アルフは出ていったのだ。

もはやこの世界に居場所はない。

アルフは両腕で自分の体を抱きしめながら角に立っていた。持っている唯一のドレスを身につけて。アイリスのメイドのものだった青いドレスだ。どうしてこれを着たのかわからない。女の姿でセントジャイルズへ戻るのは賢明ではないのに。でも今朝、着替えをすませたときの彼女は、思慮深い状態とはとても言えなかった。

考えられたのはただ、終わったのだということだけ。カイル――ヒュー――はお金を渡してアルフを追い払った。ふたりの協力関係はもう終了したと考えていることを、そうやって彼女に知らしめたのだ。彼女はとにかく逃げ出して、傷を舐めたいと思った。

そして実行した。バッグを手に、一日じゅうロンドンの街を歩きまわった。

問題は、アルフがセントジャイルズでは少年として暮らしていたということだ。ねぐら。お金を稼ぐ手段。生き方。最高の人生とは言いがたいけれど、それでも彼女の、自分だけの人生だった。

だがヒューが現れて彼女を拾いあげ、目をのぞき込んで揺さぶった。もっと多くを望めるのだと。アルフは裏返しにされ、ひっくり返されて——今では女性になった。

女として生きていく方法がわからない。体を売ることは別だが、それはしたくなかった。痛む足を引きずって歩きだす。疲れた。それに暗くて寒い。横になる場所が欲しい。そうすれば頭を働かせることができるだろう。

自分はもう、以前とは違う人間になってしまったのだろうか？　この数週間、アルフはドレスを着ていただけでなく、希望を持ち、笑い、抱擁を返してくれる小さな男の子たちを抱きしめて過ごした。まるで彼女の心が暗い箱にひと粒だけ入った小さな種で、それにヒューと男の子たちが明るい光を当ててくれたかのようだった。たっぷりの愛情を感じた彼女の心は箱の外までぐんぐん成長し、今ではもう小さすぎる箱の中へ押し戻せなくなってしまった。感じたことを忘れようとするのは難しい。ほかの人がくれるぬくもりや慰めを忘れるのも簡単ではない。

ふたたび、ひとりになるのも。

かつてはひとりきりのほうが楽だと思えたのに不思議だ。いや、そのときも本当は自分自身をあざむいていたのかもしれない。自らの力だけで生きていくのは、けっして簡単ではなかったのかもしれない。安心して寄りかかれる、あたたかくてたくましい肩を手に入れ、そして失って初めて、どうしようもない孤独を感じているのだ。

小石につまずいたアルフは、ふと顔をあげた。

いつの間にかセント・ハウスへ来ていたようだ。

屋敷の窓は暗いが、玄関に据えられたふたつのランタンには明かりが灯されていた。

彼女はつばをのみ込んだ。セントジョンと妻が赤ん坊と一緒に子ども部屋にいるところをのぞいて以来、ここへ来るのは初めてだ。何週間も前に剣の手合わせをしたあとで逃げ出してから、セントジョンとは話をしていない。

でも、彼は親切な人だ。それにアルフには、ほかに行く場所がなかった。

玄関に近づいてドアをノックする。誰かが応答してくれるのを、冷たい風に震えながら待った。もう真夜中を過ぎている。出てきてくれないかもしれない。

けれどもそのとき隙間の向こうに明かりが見え、ナイトキャップをかぶってコートを着た、不機嫌そうな顔の年配の使用人がドアを開けた。「どなたです?」

「ミスター・セントジョンはいますか?」口に出したとたん、なんて愚かな質問だろうと気づいた。

「いいえ」執事の答えを聞き、アルフの気分は落ち込んだ。「晩餐会から、まだお戻りではありません」

「誰なの、モールダー?」女性の声がした。

アルフはすぐさま立ち去ろうとしたが、動きだすのが遅かったようだ。

「待って！」セントジョンの妻、レディ・マーガレットだ。ピンクの部屋着をまとった、出産間近らしい大きなおなかをしたその女性は険しい顔をしていた。「逃げないで、アルフ」

驚いて振り返り、相手を見つめる。「レディ・マーガレット、どうして――」

レディ・マーガレットが前に出てきてアルフの手首をつかんだ。「入って」そう言うと、彼女を玄関の内側へ引っ張り込む。「どうして名前を知っているかって？　ばかなことをきかないで。ゴドリックはあなたの話ばかりしているわ。具合が悪くなりそうなほど、あなたを心配しているの。もちろん、実際に何かを口にしたわけではないけれど。四六時中、考え込んでいるのよ。いったいどこにいたの？　ああ、そうだわ、わたしのことはメグスと呼んでね。初対面の気がしないから」

玄関広間が薄暗かったせいかもしれない。小言を口にしていても、心配が伝わってきたからかもしれない。あるいは、相手が差し出してくれるのがあたたかい友情だったからかもしれない。

アルフはわっと泣きだしてしまった。

メグスの腕が彼女を包む。「心配いらないわ。ここにいれば大丈夫」

三日後、ヒューは痛む頭を抱え、暗い図書室に座っていた。アルフを捜索するために部下たちをセントジャイルズへやった。彼自身、通りを何時間も探してまわり、知っているすべての情報屋に尋ね、数えきれないほど多くの酒場をのぞいたあげく、〈恵まれない赤子と捨て子のための家〉まで調べたのだ。

しかしアルフの姿を見かけた者はなく、彼は心配で頭がどうかなりそうだった。セントジャイルズへ戻って、〈赤い首団〉に連れ去られたのだろうか？　名もない死体になって、テムズ川に浮かんでいないだろうか？　ほかの多くの人々のように——アルフの子どもの頃の友人で、彼女を守ってくれたネッドのように——行方がわからなくなってしまったのか？　ある日出かけて、そのまま消えた？

残りの人生を、彼女に何があったかわからないまま過ごすことになるかもしれないなんて。間違いなく頭がどうかなってしまうだろう。

今のところ、まだ正気を保っていられる理由はふたつ。ひとつ目は、アルフには長年ひとりで生き抜いてきた実績があるから。たくましく、機転がきき、粘り強いのだ、彼のアルフは。

ふたつ目は、ヒューがひどい失敗をしたせいで彼女がわざと隠れていると、ほぼ確信しているからだった。アルフと過ごした最後の朝を何度も思い返した結果、彼女に告げていなかったことがあるのに気づき、自らを罵った。

すぐに言うべきだったのだ。

ここにいてくれ。

出ていくな。

戻ったら話をしよう。

きみが大切だ。

人生をともに歩んでほしい。

ヒューは顔を覆ってうめいた。あの朝の彼は、自分が不安で皮肉なものの見方をするせいで、あまりに冷たい態度を取り、アルフを追い払ってしまった。

とんでもない愚か者だ。

「父様？」

ピーターの小さな声がした。ヒューは顔をあげ、痛みに潤んだ目を向けた。

息子はプディングを抱えて部屋の入り口に立っていた。前足の付け根を持たれ、うしろ足が垂れさがっている状態にもかかわらず、子犬は半分眠っているようだ。ピーターのほうは、途方に暮れて不安げな顔をしていた。

「ピーター」かすれた声が出た。咳払いをして続ける。「こっちへおいで」

少年はよろめきながら近づいてきた。子犬の体がぶらぶら揺れている。

「お尻も持ってやるんだよ」ヒューはやさしく語りかけ、見本を示してやった。それから息子と犬を一緒に抱えあげて膝にのせる。「世話係たちは？」

「お茶をいれてる」ピーターの下唇が震えた。

「どうした？」

「アルフはどこ？」

ヒューは大きく息を吸って目を閉じ、いらだちを抑え込んだ。この三日、息子たちと何度も同じ会話を繰り返してきた。キットはほとんど話しかけてこない。ピーターは二度もひどいかんしゃくを起こした。そしてふたりとも、夜はヒューと一緒に眠っている。今ではベッドがなんとなく子犬と子どもたちのにおいがするようになった。

「わからない。でも、探しているんだ。必ず連れ戻すつもりだよ」

「いつ？」ピーターは知りたがった。父親のベストのボタンを指でいじるうちに、また下唇が震えはじめる。

ヒューはふたたび目を閉じると、かんしゃくを起こす引き金になると承知のうえで、そっと答えた。「わからない」

「アルフがいないと寂しいよ」

彼は息子を見た。ひっくり返ってわめく代わりに、ピーターは青い目に涙をあふれさせている。ひどく悲しげな涙を。

少年は父親と視線を合わせて言った。「アルフに会いたい」

「わたしもだ」息子のやわらかな髪に頰を寄せる。

少し前まで、アルフの存在すら知らなかったのに。会ったのは一度きりで、生意気な少年だと信じ込んでいた。それが今では、彼女がいないことがヒューや息子たちの人生に影響を与えるほどの存在になっている。アルフがいない部屋は空っぽに感じられた。食事の席についてテーブルの向かいを見るたびに、パンにジャムを塗っていた彼女のことが思い出された。

そして夜、ベッドに横たわって子どもたちの寝息を聞いていると、手を伸ばして彼女の肩に触れたくてたまらなくなった。

彼の心に穴を開け、アルフはいなくなってしまった。こんなふうにふらつくほどの傷を負っても、人間は生きていけるものなのだろうか？

「旦那様」

顔をあげるとジェンキンズがいた。

灰色の髪の元兵士は、いつになく興奮した表情で近づいてきた。「ライリーが、過去にセントジャイルズの亡霊だったひとりを突き止めました。ロンドンにいます」

たちまち頭がはっきりした。初めから、アルフには指導者がいるに違いないと思っていたのだ。剣を使った戦い方を教え、おそらくはセントジャイルズの亡霊の衣装も与えた人間が。その人物なら、彼女の居場所を知っているかもしれない。「誰だ？」

「ゴドリック・セントジョンです」

20

黒の魔術師は激怒して叫び、炎を消そうとしました。けれどもその魔力は、彼自身が一二年前に放ったものと同じくらい強かったのです。そして黒の魔術師は、白の魔女と同様に、生きたまま焼け死にました。

黒の王子はひとり立ち尽くしていました。父王に教わったどんな魔法を使っても、この炎を鎮めることはできないとわかっていたのです。

そのとき、空から金のハヤブサがさっと舞いおりてきました。

「だめだ、戻れ!」黒の王子は叫びました。

しかしハヤブサは彼の命令を無視して、炎の円の内側に着地したのです。そしてたちまち、金色の髪の女性に姿を変えました……。

『黒の王子と金色のハヤブサ』

赤ん坊のソフィーは、とにかくかわいらしかった。

アルフが見ていると、白いシュミーズを着て幅の広いスカイブルーのベルトをつけたその幼児は、意を決した様子で丸々とした小さな両手を寝椅子につき、ぐっと上体を起こして立ちあがった。成功したのがうれしかったらしく、ぽっちゃりした顔に満面の笑みを浮かべて、小さくて完璧な歯をあらわにした。

「よくできたわね、ダーリン」メグスが娘に声をかける。

三人は内装を新しくしたばかりのメグスの居間で紅茶を飲んでいた。もっとも、飲んでいるのはアルフとメグスのふたりで、ソフィーはかたいビスケットを歯茎で嚙んでいたのだが。今はそのビスケットもテーブルの下に放り出し、可能なかぎり室内を探検するという新たな使命を自らに課しているところだ。

赤ん坊はアルフのスカートの横に手をつき、もう片方の手で寝椅子をしっかりつかみながら、じりじりと横歩きを始めた。目的地は、アルフの膝に置かれた金の縁取りのある皿らしい。そこにはレモンケーキがひと切れのっている。

「あなただったら、何かの家庭教師ができるんじゃないかしら」おなかをさすりながら、メグスが言った。

アルフは疑わしげな目で彼女を見た。「わたしが知っていることといったら、屋敷に忍び込んだり、情報を集めたり、剣で戦ったりすることくらいよ」少し考えてつけ加える。「屋根にものぼれるけど」

「あら、きっと興味深い授業になるわよ」メグスが紅茶をひと口飲んで言った。「ねえ、別に働かなくてもいいのよ。あなたがここにいてくれると、とてもうれしいの。もうすぐまた赤ん坊が生まれたら、とくに助けが必要になるわ」

寛大な申し出にアルフは微笑もうとしたが、難しかった。単純明快な事実として、悲しみに打ちひしがれていたからだ。三日前にこの屋敷へやってきた彼女は、まずメグスに、次いでセントジョンにもすべてを打ち明けた。けれど、ふたりのやさしさも、幼いソフィーの愛らしさも、失ったものの代わりにはならなかった。

欲しいのはヒューだ。彼とその息子たちと、それから……。

ソフィーがようやくアルフのところまでたどり着いた。小さな手を彼女の膝に置き、幼児特有のかわいらしさでにっこり見あげてくるソフィーを目にして、思わず息をのむ。

自分の子どもが欲しい。ヒューとの子どもが。

こみあげてきた涙で視界がかすみ、アルフはうつむいて顔を隠した。そんなことは起こりえない。絶対に。

どうにかして、それを自分自身に理解させなければならない。頭だけでなく心にも。

希望を捨てる方法を見つけなければ。

そのとき、階下から何かが割れる音と大声が聞こえてきた。

びっくりしたソフィーの手が、アルフの膝に置いた皿に当たる。皿は床に滑り落ちて割れてしまった。

赤ん坊は口を開け、大きな声で泣きはじめた。

メグスがおなかの大きい女性にしてはすばやい動きで、娘をさっと抱きあげた。

「今のはなんの音かしら?」

アルフはすでに席を立っていた。スカートを持ちあげ、廊下へ走り出る。

居間は玄関広間の上の階にあった。階段は吹き抜けになっており、二階の廊下には手すりが張りめぐらされている。彼女はそこから身を乗り出して階下をうかがった。拳を握りしめたセントジョンがヒューの前に立っている。ヒューは玄関広間に置かれたテーブルのひとつに倒れ込んでいて、その背後では壁にかかっていた鏡が粉々に砕け散っていた。

ここ数日、凍りついたようだったアルフの心臓が急にふくらんだかと思うと、次の瞬間には激しく打ちはじめた。

「あら、いやだ」そばでメグスが言う。「あの鏡、気に入っていたのに」彼女はすすり泣くソフィーを抱き直して続けた。「あれがカイル公爵?」

口をきくことができず、アルフはうなずいた。

メグスの声を耳にしたヒューが頭をめぐらせ、あの黒い目でアルフを見あげていたのだ。彼女はただ見つめ返すことしかできなかった。自分の心臓の音があまりに大きく耳に響いて、まともに考えられない。どうして彼がここにいるのだろう?

「明日、もっと適切な時刻に改めて訪ねてくるといい、公爵」ヒューに告げるセントジョンの声は、冷ややかで落ち着いていた。実際は激怒しているとわかるのは、彼をよく知る者だけだろう。「まもなく夕食の席につく時間だが、わが家では前もって紹介されるか、招待した客以外を迎えることに慣れていないものでね」

メグスが咳払いをした。「夕食はそんなに早く始まらないと思うけれど」

「アルフに何を話すつもりか知らないが、正直なところ、それはどうでもいい」セントジョンが続ける。

「わたしは興味があるわ」メグスがつぶやくように言った。

「だが、彼女には多くの選択肢があるということを心に留めておいてくれ。きみを選ぶのが最良かどうか、わたしにはわからない」

沈黙が広がる。

セントジョンが話しているあいだ、ヒューは一瞬たりともアルフから目をそらさなかった。真剣な黒い目に見つめられて、彼女は自分が震えているのがわかった。彼と話をしたい。でもヒューがここへやってきた理由が、また彼女の心を引き裂くものだとしたら……。

今度こそ、耐えられないかもしれない。

「きみと話がしたいんだ、アルフ」ヒューが言った。

ごくりとつばをのみ込む。心臓が喉までせりあがってきたような感じがした。

メグスが大げさにため息をついた。「まあ、ゴドリック、そんなふうに封建的で偉そうな態度のあなたを見ていると、気絶してしまいそう。今のわたしみたいに不安定な体調の女性に対して取るべき態度ではないわ」

セントジョンがいらだたしげな声をあげ、妻を見あげた。

メグスが満面の笑みを返す。「そうそう、ソフィーが今日〝大言壮語《ボンバスト》〟って言おうとしたこと、もう話したかしら?」

「メギー、赤ん坊のソフィーが〝ボンバスト〟などという言葉を発しようとする可能性はきわめて低いよ」

夫にやさしくたしなめられても、メグスの笑みは揺るがない。それどころか、わずかに大きくなった。「そう? じゃあ、この子を寝かしつけるのを手伝って、自分の耳で確かめてみてちょうだい。そのあいだに公爵閣下とアルフは、わたしの居間で話しあいができるわ」

セントジョンが唇を引き結んで妻と視線を合わせた。ふたりは無言でなんらかの意見を交わしたらしく、ついにはセントジョンがうなずいて、そっけなく言った。「三〇分だけだ」

メグスはソフィーを抱いたまま、アルフの腕を取って居間へ戻った。

「幸運を祈っているわ」小声で言って、アルフの頬にキスをする。「忘れないで。彼は公爵かもしれないけれど、男性でもある。ただの男性よ。彼らはときどき、ひどく愚かなふるまいをすることがあるの」彼女はうしろへさがり、娘と同じ色の目にまじめな表情を浮かべてアルフを見た。「それと、ゴドリックの言ったことは正しいわ。あなたには選択肢がある。ずっとわたしたちのところにいてくれても、ちっともかまわないのよ。彼の巧みな言葉に惑わされて、本当は望んでいないことをしてはだめ」

そう言うと、メグスは居間から出ていった。廊下でセントジョンと〝ボンバスト〟について何か話していたが、やがてふたりの声は遠ざかっていった。

アルフは深呼吸した。今までの人生と今後の人生が、すべてこれからのひとときに集約されるような気がした。

ヒューが入ってくる。

ひどい姿だ。かつらはつけておらず、陰鬱なまなざしで、ひげも剃っていない。右の頬骨のあたりが赤く腫れはじめているのは、セントジョンに殴られたせいだろう。明日の朝には黒い痣になっているに違いない。

彼に駆け寄って、抱きつきたかった。二度と放したくない。

アルフは両手をきつく握りしめた。ばかなことをしないように。「座らない？」

その言葉を無視して、ヒューは歩き続けた。大きくて肩幅の広い彼が、本当にここにいる。

「アルフ」声を発したかと思うと、ヒューはアルフの顔を両手で包んでキスをした。

手が勝手に動いてしまう。彼女はすすり泣き、ヒューの輝く髪に、愛しい頭に、首に、肩に両手を這わせた。

「なぜわたしを置いて出ていった？」その答えを聞くあいださえ離れているのが耐えられないと言わんばかりに、唇を合わせた状態でヒューが尋ねる。

「あなたがわたしにお金を払ったから」アルフは言った。開いたままのふたりの口に、彼女の涙が流れ込む。「わたしとの関係を終わらせたのはあなたよ」

「終わらせたりしない。絶対に」きつく抱きしめられると、激しく鳴っているのがどちらの心臓かわからなくなった。「金を渡したのは、そうするのが誠実だと考えたからだ。わたしがシュラグと会っているあいだ、きみは買い物にでも行きたいだろうと思って」

アルフは思わず体を引こうとしたが、彼が顔をしかめて放してくれなかった。

「買い物ですって？」

ヒューの頰が右だけでなく左側も赤くなる。「きみは今着ている服しか持っていないだろう。だからきっと……何か買いたいかもしれないと思ったんだ」彼はアルフを見据えて続けた。「きみを立ち去らせるなんて、そんなつもりはまったくなかった。ずっとわたしと一緒にいてほしい」

心からの言葉に聞こえる。でも……。「あの朝、あなたはひどく堅苦しかった。とてもよそよそしくて冷淡だったわ」

ヒューが目を閉じた。「わたしはきみと違う」小さく笑ったが、少しも楽しそうには聞こえない。「きみは悲惨な状況の中で必死に生きてきたのに、それでもなお希望や夢を抱くことができる。なぜそんなことが可能なのか、わたしにはさっぱりわからないが、そういうきみを愛しているんだ」まぶたを開けた彼の黒い目には、感嘆と痛み、そして傷つきやすさが浮かんでいた。「きみはわたしよりずっと勇敢だ。これまでわたしは物質的な富ならなんでも、金の皿にのせて与えられてきた。だが……きみのように希望を持つのは難しい。信頼するのは、さらに難しいと思う」

「わたしを信じるのは難しい？」胸の痛みを覚えながら、小さな声できいた。

「いや、それは違う」ヒューが激しい口調で返す。「自分自身を信用できないんだ。未来が信じられないんだと思う。ものごとが——わたしの人生や、家族や、幸福がうまくいくと信じて手綱から両手を離すことができない」彼は眉根を寄せてアルフを見おろした。「わかるかい？」

「いいえ」彼女ははっきりと答えた。けれども顔に浮かべた笑みのせいで、言葉にとげは感じられない。「わからないわ。あなたがわたしを愛していると言ってくれれば、何もかもがうまくいくと信じられるもの。間違いないわ。だって、わたしもあなたを愛しているから」

ヒューが彼女の額に額を合わせた。「全身全霊できみを愛している、アルフ。今も、これからも、永遠に愛するよ。きみの夢や希望を、わたしも信じて願うつもりだ」

「わたしたちに必要なのはそれだけよ」アルフはささやいた。

その言葉を裏づけるように、ヒューがやさしくキスをした。そして目を開けた彼女に尋ねる。「わたしと結婚してくれるかい、アルフ？」

「ええ、旦那」

そのときメグスが部屋に飛び込んできて、手を叩いた。「ああ、よかった！　結婚式は大好きよ」

四月
ノッティンガムシャー、オークデールパーク

小さなバッグを持ったアイリスは笑みを浮かべながら、オークデールパークの子ども部屋

へ続く階段をのぼった。朝のまだかなり早い時間にもかかわらず、大きなカントリーハウスの内部は興奮と活気にあふれていた。

それも当然だろう。何しろカイル公爵が最愛の女性と結婚するという、めったにない日なのだから。

秘密の結婚式について知る者は少なく、招待された者はさらに少なかった。貴族社会は非常に残酷になりうる。だからアイリスは、ヒューが本気でアルフを妻にするつもりだと気づいたとき、ほんの小さな罪のない嘘をつくよう提案したのだ。アイリスとヒューに、もはや結婚の意思がないことを公表しないようにと。そもそも彼らは一度だって正式な婚約発表をしていない。ふたりがまだ結婚するつもりだと誤解されたとしても、それは勝手に思い込んでいるまわりの人々が悪いのだ。アルフはすでにカイル・ハウスで暮らしているが、名もない彼女のことを気に留める人は社交界には誰もいなかった。

ヒューとアルフは三カ月を費やして結婚式の計画を立てたのち、ノッティンガムシャーにあるカイル公爵家の邸宅、オークデールパークへ息子たちを連れてひそかにやってきた。ここで身内だけのささやかな式を挙げ、秋まで滞在する予定だ——社交界から離れて。カイル公爵が身分の低い者と不釣りあいな結婚をしたという話は、いずれじわじわとロンドン社交界に伝わり、おそらく相当な騒ぎになるだろう。でも九月か一〇月までには、ほかにも世間の注目を集めるなんらかの事件が起こり、噂好きな人々の移ろいやすい好奇心はそちらへ向けられているに違いない。そうなればヒューたちもロンドンへ戻れるはずだ。

いずれにせよ、それが彼らの願いだった。うまくいかない理由は何もないと、アイリスには思えた。

結局のところ、天涯孤独で一文なしの名もない女性と結婚して騒ぎを引き起こした公爵は、ヒューが初めてではないのだから。

今日が自分の結婚式ではないことにがっかりする気持ちが生まれるに違いないとアイリスは思っていたのだが、実際は少しも気にならなかった。ヒューもアルフも大好きだし、クリストファーとピーターのことは愛している。

だからこそ、こうして少しのあいだだけアルフの着替えの手伝いから離れ、そっと階段をあがっているのだ。

踊り場で足を止め、ひし形のガラスをはめ込んだ古い窓から外を見た。オークデールは鬱《うっ》蒼《そう》とした森——とても幻想的な雰囲気のある森——に囲まれていた。ときどき、木々のあいだで動くものが見えるような気がする。

田舎で過ごした経験があまりないせいかもしれないけれど。

夕暮れどきを思わせる淡いピンクのスカートをつまみあげ、アイリスはふたたび階段をのぼりはじめた。

子ども部屋に近づくにつれて、ドアが開いたままの室内からくすくす笑う声が聞こえてきた。

中をのぞき込むと、ピーターがプディングとかいうおかしな名前をつけた子犬と床に座り込んでいた。新調したダークブルーの服は犬の毛にまみれている。そばで膝をついているのはクリストファーだ。彼は子ども部屋の床に木製のボールを転がした。プディングは必死で追いかけてボールをとらえたものの、獲物をくわえてすばやく逃げ、椅子の下に隠れてしまった。

ピーターが笑う。

だが、クリストファーは弟より厳しかった。「だめだよ、プディング」椅子の下をのぞいてたしなめる。「ボールを取ったら、持っておくんじゃなくて、戻ってこなくちゃいけないんだ」

彼は手を伸ばしてボールを引っ張り出した――まだ放そうとしない子犬をくっつけたまま。プディングは小さな四肢を踏ん張って抵抗している。

ピーターが大笑いして、床の上を転げまわった。

アイリスは咳払いした。

少年たちが顔をあげる。

ふたりに微笑みかけて言った。「プディングはもう少し訓練が必要みたいね」

「たぶん」クリストファーの声は自信なさげだ。

アイリスは子ども部屋を見渡した。「世話係たちは？」

「ミリーはぼくらの朝食を取りに行った。アニーはぼくの靴を磨いてるよ」ピーターが答える。

「なるほど」そこで初めて、ピーターがストッキングだけで靴を履いていないことに気づいた。「アニーはあなたの寝室にいるの？」

「そうだよ」

「それなら彼女のところへ行って、服にもブラシをかけてもらったほうがいいんじゃないかしら」アイリスは提案した。

ピーターが自分の体を見おろす。「うわ」彼は背を向け、重い足取りで寝室のほうへ歩いていった。

「あなたに渡したいものがあるの」アイリスはクリストファーに向き直って言った。

「ぼくに？」彼は子犬をおろして背筋を伸ばした。この三カ月で、クリストファーがいらだちを見せることはほとんどなくなった。少しずつだが父親に心を許すようになり、笑顔になる回数も以前より増えた。

アイリスはずっと、ヒューに一番よく似ているのはクリストファーだと思っていた。黒い髪や目の色が同じだし、ときどき顔をしかめて陰気な雰囲気になるところもそっくりだ。でもちょうど今のように、彼の中にキャサリンの姿がちらりとのぞく瞬間がある。驚きを感じたときの興奮した表情や、予期せぬ出来事に感嘆する様子に。

キャサリンもまた、クリストファーの一部なのだ。

アイリスは子ども部屋の椅子に腰をおろし、持ってきたバッグを開けた。そして何週間も前にクリストファーのベッドで見つけた、赤い革装の薄い日記帳を取り出す。

それを見たとたん、少年が目を見開いた。「母上のだ」

彼女はうなずいた。「ええ、そうよ。あなたに謝らなくてはならないわ、クリストファー。これをあなたの部屋で見つけて、断りもなく持って帰ってしまったの。ごめんなさい。あなたのお母様のことが恋しくてたまらなかったのよ」

受け取るクリストファーの下唇が震えている。彼は日記を開いて中を見た。

「ページが何枚かなくなってる」

「わたしが切り取ったの」アイリスは静かに告げた。「これは私的な日記で、お母様が書いたことの中には、きっとあなたには読んでほしくないと思われるようなものもあったわ。そのページはわたしが持っておいて、あなたが大人になって読みたくなったら、そのときに渡してあげる」

クリストファーは日記を見つめたままうなずいた。それから表紙を閉じて革を撫でた。

「読んではいないんだ。母上のものだから、持っていたかっただけ」

手を伸ばしかけたところでためらい、アイリスは結局その手を少年の肩に置いた。

「わかるわ」

寝室のほうからピーターの不満げな声が聞こえてきた。気の毒な世話係は、彼の服をきれいにするのに苦労しているようだ。

クリストファーがさっと寝室をうかがってから、アイリスに視線を戻した。

「レディ・ジョーダン？」小声で言う。

「何かしら？」

「今日、父上がアルフと結婚したら……」声が次第に小さくなり、眉根が寄った。父親を思い出させる表情だ。クリストファーは息を吸って続けた。「ふたりが結婚したら、アルフが母上になるの？」

アイリスは唇を噛んだ。「あなたはそれを望んでいるの？」

少年がふたたび日記を見て表紙を撫でる。「たぶん」

「では、そうなるかもしれないわね」穏やかに告げた。「あるいはアルフのままかもしれない。今すぐに決めなくてもいいんじゃないかしら？」

クリストファーがほっとしたようにため息をついてうなずく。

アイリスは微笑んで立ちあがった。「さて、支度を終えてしまいましょう。今日は結婚式に出席するんですもの」

その言葉を聞いて、少年はにっこりした。

ヒューはオークデールパークの黄色の間に立っていた。屋敷の裏手に広がる、建物の幅と同じ長さのある部屋だ。かなりの年月を経ているこの屋敷は、跡継ぎのいなかった前の持ち主が亡くなった際、いったん王室に返還されていた。装飾が妙に時代遅れだったり、庭園に草木が生い茂ったりしているのは、長いあいだ手を入れていなかったからだろう。キャサリンは田舎を嫌い、オークデールパークへは一度も足を踏み入れなかった。

ところがアルフはここが見えたとたんに目を奪われ、馬車の窓から身を乗り出すようにして凝視していた。どうやらひと目惚れしたらしく、ツルに覆われた建物の外観や、玄関広間の黒みがかった羽目板、前の住人が選んだ変わった色の部屋などにいちいち歓声をあげた。ヒューが何気なく、屋敷の近くの成長しすぎた木を切るかもしれないと口にすると、もう少しで泣きだしそうにさえなったのだ。

セントジャイルズ育ちの孤児がこれほど田舎を気に入るとは、いったい誰が想像しただろう？

今、ヒューは年配の主教のかたわらで、階下へおりてくるアルフを待ちわびている。結婚するために。

ようやくだ。

部下たちは一張羅に身を包んでヒューの隣に立っていた。キットとピーターは世話係たちと一緒に行儀よく座っている。ピーターはときおり、我慢できなくなってもぞもぞしているけれど。ゴドリック・セントジョンと彼の妻も出席していて、妻のほうはアイリスとおしゃべりしながら、すでに目元をハンカチでぬぐっていた。屋敷の使用人たちは、式のあとの食事の準備にかかっている者以外のほとんど全員が、結婚式に立ち会おうと一列になって壁沿いに並んでいる。

ヒューのうしろでほかの人々と向かいあう形で座っているのは、予期せぬ客――国王陛下その人だった。プラム色の服を身にまとって白いかつらをつけた国王は、ごくふつうの人物に見えた。ボタンに宝石がちりばめられている点を除けば。その隣にいるコペルニクス・シュラグは控えめだ。参列すると言いだした主にあきれているのかもしれない。ヒューが父親と直接会うのは今日で四回目だが、どんな感情を抱くべきか、自分でもよくわからなかった。

もちろん、アルフはずっとわくわくしている。重要なのはそれだけで、ほかはどうでもいい。

思い返せば、最初の結婚をしたときは緊張していた。そして気持ちの大部分は、キャサリンとベッドをともにする初夜に向いていた。

しかし今回は……。

もちろん初夜も心待ちにしているが、アルフとの結婚はそれだけではない。

残りの人生を彼女とともに過ごすことが楽しみなのだ。一緒に歩んでいくことが。食事の席で向かいあわせに座ることが。ふたりで子どもたちを市場へ連れていったり、テムズ川で船に乗ったりすることが。

おそらくもっと子どもを——ふたりの子どもをもうけて、家族になることが。

八年前、キャサリンと結婚したときには思い描かなかった人生だ。

シュラグは勧めてくるが、ヒューはもう外交の仕事をするつもりはなかった。彼の望む人生はこれだ。これが彼に喜びをもたらしてくれる人生なのだ。

そのとき、居間のドアが開いた。

アルフを目にするたび、こんなふうに腹を殴られたかのような衝撃をこれからも感じ続けるのだろうか？　ヒューはぼんやりとそう思った。

彼女が部屋に入ってくる。新しいドレスを――この数カ月でヒューがあつらえさせた何着ものドレスの中の一枚を着ていた。スカートとボディスと袖の一面に紫の小さな花の刺繍をちりばめた、白いウエディングドレスだ。四角く開いた胸元と肘丈の袖の縁にも、細い線状の刺繍が施されていた。結いあげた髪には、結婚の記念に彼が贈ったアメジストのピンが飾ってある。

アルフは美しかった。

彼女の横には幼い少女がふたり、手をつないで立っている。おそろいの白いドレスを着たハンナとメアリー・ホープ。ハンナはまじめな顔で目を見開き、小さなメアリー・ホープは親指をしゃぶっている。ふたりとも、今日からはヒューの被後見人になるのだ。

家族の一部に。

ハンナとメアリー・ホープは椅子のあいだを通り、ピーターとキットと世話係たちのところに設けられた自分たちの席についた。すかさずピーターが身を乗り出してハンナの耳に何かささやき、ふたりしてくすくす笑った。今後は目が離せないふたり組になるだろう。

しかしこの瞬間、ヒューの目にはアルフしか見えていなかった。

彼女が唇をかすかに震わせながら微笑み、こちらへ近づいてくる。ヒューは手を差し出した。

そこにのせられたアルフの手を引き寄せて尋ねる。「準備はいいか、いたずら坊主？」

「うん、旦那」彼女がささやく。そのとたん、ヒューは舞いあがるような喜びを、果てしない自由を感じた。以前は恐れていた感情だ。でも今の彼は、アルフへの愛に恐れることは何もないとわかっている。

アルフの愛がもたらすものは希望しかないから。

エピローグ

黒の王子は金色の髪の乙女を悲しげに見つめてささやきました。「どうしてわたしの言うことを聞かなかったのだ？　おまえは自らに死を運命づけてしまったのだぞ」

女性はただ王子に微笑みかけ、手を差し伸べました。「信じてください、愛しい人」

黒の王子は彼女の金色の瞳をのぞき込み、その手を取りました。

微笑みを浮かべたまま、女性は彼を炎のほうへ導きました。王子は身をこわばらせて立ち止まりましたが、彼女は肩越しに振り返って小さな声で言いました。「信じて」

黒の王子はうなずいて姿勢を正しました。

そしてふたりは一緒に魔法の炎の中へと足を踏み入れ……傷ひとつない姿で反対側へ出てきたのです。

黒の王子はまばたきしてうしろを振り返りましたが、そこではすでに炎が消えかけていました。「いったい……どうやったのだ？　こんなことをする呪文も魔法も、わたしは知らない」

金色の髪の乙女は、彼のこわばった頰に指先で触れました。「わたしが白の一族で、あなたが黒の一族だから。ふたりが一緒ならバランスが取れるのです。わたしの母もあなたのお父様も、そのことを理解していませんでした。彼らはお互いの違いだけを見て、努力すれば築けたかもしれないものに目を向けようとはしませんでした」

黒の王子は驚いて彼女を見つめました。「あなたはとても賢い人だ。あなたと結婚して、わたしたちの血をひとつにするべきだろう。ふたりで新たな王国を築き、平和におさめよう」

白の王女はにっこりすると、つま先立ちになって、黒の王子に口づけました。

「わたしもそう思うわ」

そうして白の一族と黒の一族はひとつに合わさり、灰色の一族となったのです。新しい王と女王には一二人の子どもが生まれ、さらには数えきれないほど多くの孫が誕生しました。そしてふたりは長い、長いあいだ、平和に幸せに暮らしたのです。

ときおり夕暮れどきに、詮索好きな城の人々の目を逃れ、腕に金のハヤブサを止まらせた王が馬を走らせる姿が見かけられました。鈴の音を軽やかに響かせながら……。

『黒の王子と金色のハヤブサ』

一方、その頃……。

ダイモア公爵ラファエル・ド・シャルトルは森の木陰から、草木の生い茂るオークデールパークの庭園で開かれている結婚祝いのパーティーを見つめていた。乗っている鹿毛の牝馬が落ち着きなく足を踏み替える。彼はうわの空で、馬のつややかな首を軽く叩いてなだめた。楽しげに言葉を交わし、声をあげて笑いあう招待客たち。雑草の中で小さな子どもたちが走ったり転げまわったりしている。そしてカイルが身をかがめて頰にキスすると、彼女の顔に笑みが浮かんだ。

結婚式のために彼女が選んだのは桃色のドレスだった。夜明け、あるいはシャクヤクの花を思わせる淡い色合い――それとも、男に純潔を奪われた女性の恥じらいに染まった頰の色だろうか？　美しいドレスだ。

亜麻色の髪のレディはもっと美しい。

ああ、そうだ。今や彼女はカイル公爵夫人となり、守ってくれる夫を得た。もう彼が心配する必要はないのだ。

ラファエルは馬の向きを変えると、暗い森の中へふたたび姿を消した。

訳者あとがき

大好評の《メイデン通り》シリーズ、今回のヒロインはアルフです。

前作までを読んだことのある方は、覚えていらっしゃるでしょうか？　ちょくちょく登場する情報屋の少年、もとい、少女のアルフを。魅力的なキャラクターだと気になっていたのですが、やはり来ました！　お相手は『心なき王が愛を知るとき』で出会いが描かれている、カイル公爵ヒュー・フィッツロイです。

とある晩餐会に出席した帰り道、ヒューは暴漢たちに襲われました。必死で逃げ、応戦したものの、多勢に無勢。窮地に陥ってしまいます。そこに現れたのがセントジャイルズの亡霊。屋根から屋根へと飛び移り二本の剣を操る身軽な亡霊はヒューを助け、キスをしたかと思うと、あっという間に姿を消しました。亡霊は女だったのです。

自分を襲わせたのは誰だろう？　晩餐会で目撃した密書のやりとりが関係しているのか、あるいは謎の秘密組織〈混沌の王〉が黒幕なのか、ヒューには判断がつきません。そこでまずは襲ってきた連中を手がかりに調査を進めようと、セントジャイルズの情報屋の少年、アルフを呼び寄せます。

ところがこのアルフこそ、セントジャイルズの亡霊でした。カイル公爵に呼ばれた彼女は、正体がばれたのかとドキドキしながら会いに行きます。そして仕事の依頼だとわかってなぜかがっかりしつつ聞き込みを開始したところ、彼女もまた暴漢たちに襲われて重傷を負ってしまい……。

アルフはセントジャイルズというロンドンでも最悪の貧民街で、幼い頃からひとりで生きてきました。そんな彼女にとって、少年の変装は身を守るための大切な手段です。とはいっても、つらい境遇をけなげに生き抜く幸薄い少女という描写は、アルフには当てはまらない気がします。自由で大胆な精神と持ち前の頭の回転のよさでたくましく生きているというほうが、しっくりくる印象です。もちろん孤独を感じている場面も出てくるのですが、悲壮感は感じられません。

一方、カイルは妻を亡くしてまだあまり時が経っておらず、残された幼い息子ふたりとの生活に苦労しています。妻とは情熱的な恋に落ちて結婚したものの結局うまくいかず、彼は家族から離れて軍隊に入り、三年間外国を転々としていました。そして妻が亡くなって家に戻ったときには、当然のことながら父子関係は大きなダメージを受けていたのです。毎晩のように悪夢にうなされ泣き叫ぶ下の息子と、捨てられた憎しみをぶつけてくる上の息子。カイルはふたりとの関係修復に向けて努力していますが、〝愛〟に対してはすっかり及び腰になっています。彼が懸命に気持ちにブレーキをかけようとしているのにふたりの関係が進展していくのは、アルフの無垢でまっすぐな気持ちがあってこそ。世間の荒波にもまれて育ち、ある意味とても老成しているアルフですが、芯の部分では純粋さを失っていません。セントジャイルズの亡霊として、弱い人々を助けるために夜な夜な走りまわるのも、この純粋さゆえでしょう。そして国王の庶子ながら認知され公爵となっているカイルも、人の醜い部分をいやというほど目にしてきていながら、やさしさを失っていない男性です。自由を愛する心とやさしさという同じものを秘めたふたりが徐々に関係を深めていくさまを、悪《あ》しき秘密組織〈混沌の王〉との対決とともに、ぜひ堪能していただけたらと思います。

さて、またひとり気になるキャラクターが現れましたね！　〈混沌の王〉の前リーダーであるダイモア公爵は、『心なき王が愛を知るとき』でモンゴメリー公爵との対決に敗れ、死を迎えました。ですが、本作品で登場したその跡継ぎがいかにもいわくありげで、興味をそそられます。長く楽しんでいただいているこのシリーズですが、まだまだ目が離せません。

二〇一八年二月

ライムブックス

黒《くろ》の王子《おうじ》の誘《いざな》いは

著　者　エリザベス・ホイト
訳　者　緒《お》川《がわ》久《く》美《み》子《こ》

2018年3月20日　初版第一刷発行

発行人　成瀬雅人
発行所　株式会社原書房
〒160-0022東京都新宿区新宿1-25-13
電話・代表03-3354-0685　http://www.harashobo.co.jp
振替・00150-6-151594
カバーデザイン　松山はるみ
印刷所　図書印刷株式会社

落丁・乱丁本はお取替えいたします。
定価は、カバーに表示してあります。
 ISBN978-4-562-06509-7 Printed in Japan